古典文獻研究輯刊

十五編

曾永義 主編

第6冊

清代乾嘉時期蘇州閨秀文學活動研究
——以結社與唱和爲考察中心（上）

王曉燕 著

國家圖書館出版品預行編目資料

清代乾嘉時期蘇州閨秀文學活動研究——以結社與唱和為考察中心（上）／王曉燕 著 — 初版 — 新北市：花木蘭文化出版社，2017〔民106〕

目 4+160 面：19×26 公分

（古典文學研究輯刊 十五編；第6冊）

ISBN 978-986-404-898-4（精裝）

1. 女性文學 2. 清代文學 3. 文學評論

820.8 106000805

ISBN-978-986-404-898-4

古典文學研究輯刊

十五編 第六冊 ISBN：978-986-404-898-4

清代乾嘉時期蘇州閨秀文學活動研究
——以結社與唱和爲考察中心（上）

作　　者　王曉燕
主　　編　曾永義
總 編 輯　杜潔祥
副總編輯　楊嘉樂
編　　輯　許郁翎、王筑　美術編輯　陳逸婷
出　　版　花木蘭文化出版社
社　　長　高小娟
聯絡地址　235 新北市中和區中安街七二號十三樓
　　　　　電話：02-2923-1455／傳眞：02-2923-1452
網　　址　http://www.huamulan.tw 信箱 hml810518@gmail.com
印　　刷　普羅文化出版廣告事業
初　　版　2017 年 3 月
全書字數　345024 字
定　　價　十五編 18 冊（精裝）新台幣 32,000 元

清代乾嘉時期蘇州閨秀文學活動研究
——以結社與唱和爲考察中心（上）

王曉燕　著

作者簡介

王曉燕：副教授，四川大學文學博士，上海復旦大學中國語言文學系博士後。四川大學錦城學院教師、儒學研究中心主任、成都市高新區「高新公益講壇」專家志願服務團特聘專家。主要從事文學批評與女性文學研究，已出版《清代女性詩學思想研究》、《被誤讀的「元嘉體」——顏延之文新釋》等專著；《中國古代美文十講》等教材，在《文藝評論》、《中華文化論壇》、《寫作》、《長春師範大學學報》等刊物發表論文十餘篇。

提　　要

　　清代乾嘉時期，閨秀文學活動出現繁榮局面，尤以江蘇為盛，作家一千五百餘人，著作一千八百餘種。其中，蘇州閨秀作家六百九十餘人，著作八百三十餘種，又為江蘇之最。其不僅有詩文別集、合集刊刻流傳，且與眾多非血緣關係之才媛及文人保持著密切的文學聯繫，以酬唱聯吟、收徒授學、書信交遊、題畫賦詩等多種形式保持長時期的文學互動，更以結社為平臺，在志趣、審美、詩學觀上彼此契合、互為畏友，或以名士為師，或自立門戶，逐步形成相對集中而典型的女性文學群。不論是數量上的飛躍、時間上的特殊還是地域上的集中以及方式上的獨特，都使此期蘇州閨秀文學實踐成為清代文化與文學發展中不可或缺的重要環節。

　　本書研究的重點，集中在蘇州閨秀文學結社活動興盛的原因、現狀、組織與參與結社的心理、社會因素、結社成果等方面，並在性別視野下著重探討閨秀在結社中的思想獨立性與書寫策略，以此為前提進一步考察在此特殊地域與時代文化元素中，女性對舊婦學的因襲與新思潮的確立。同時，將閨秀詩學理論的構建置於結社活動的語境中加以分析，對其多元化形成方式與途徑、結社視域中的詩學觀、文士品評的獨特視角等方面展開研究，亦注重剖析蘇州閨秀結社作為一個整體文化現象背後，女性社群意識的變化、女性結社與文人的關係及其在文學思想史上的價值等。

目

次

緒　論

一、論文主題及研究範疇

　　在《日知錄》中顧炎武曾言：「後人聚徒結會亦謂之社」〔註1〕。即是說，結社的條件至少包含兩個方面：一是多人聚集；二是較明確的目的性。在《中國古代的社、結社與文人結社》一文中，學者李玉栓對「結社」作了這樣的界定：「兩個或兩個以上的成員爲了相同的目的結合起來，並按照一定的規則開展活動的相對穩定的團體。簡言之，結社就是多數人有組織的結合。」〔註2〕並進一步指出結社的形態。至少應該包含四個方面要素，一是具有廣泛的參與性，人員一般在兩人及兩人以上；二是具有一定的目的性，從而體現出成員彼此之間的交遊與關聯；三是具有相對的穩定性，即結社活動要有一定的持續時間；四是組織性，即具有社約、社所、社長、社員等，形成較爲固定的社群關係。這四個方面可說基本概括了結社的全貌。在此基礎上，根據參與人員的多寡、結社目的的屬性、持續時間的長短、涉及地域範圍的寬窄、聯絡的方式、組織的形態等等，將結社具體化。顧炎武雖已指出結社的要旨，但並未闡明其價值何在。對於其所謂的目的性，清人杜登春曾在其《社事始末》一文中這樣論述：「社事之有關於世道人心，非細故也。乎社何昉乎？〔註3〕，「關於世道人心」乃是關節所在，但這更多地指向文人結社。閨秀結

<hr />

〔註1〕　（清）顧炎武《日知錄集釋》卷二十二，上海：上海古籍出版社 2006 年，第 1260 頁。
〔註2〕　李玉栓《中國古代的社、結社與文人結社》，《社會科學》2012 年第 3 期。
〔註3〕　（清）杜登春《社事始末》，北京：中華書局 1991 年，第 1 頁。

社尙且不具備干政的可能，關乎「世道人心」又似拔高，那麼，其結社的價值又何在呢？從考察清代閨秀結社較爲集中的江浙地區實際情況看，詩文酒社的文化身份更爲普遍，切磋詩藝、曉喻命理、互通家族、承載文化，實已成爲閨秀結社「翰墨遊弋」的主題。

就研究範疇而言，在清代受到諸多因素的影響，閨秀結社的存在面貌也較爲複雜，小範圍結社與大規模結社；詩社與文社；閨秀獨立結社與參與文士結社；交遊型結社與女書結社；封閉型結社與交叉型結社、一代結社與傳承型結社等各種形式的社團散落在蘇州各地，貫穿於清朝整個時期，並彼此影響與發展，形成一個獨特而可觀的人文風景。而關於社團的形態界定，學者李玉栓也指出﹝註4﹞，在中國古代史上存在的，幾乎都是不完全形態的結社，也就是說，並非每一個社團，都一定具有社名、社長、社約、社所等要素，只要它總體上不同於無目的而帶著很大偶然性的「群」，區別於組織嚴密的「黨」，即可以稱之爲結社。這一界定對於研究清代乾嘉時期蘇州地區閨秀文學結社活動仍然十分重要，畢竟，對於有結社之名的閨秀文學活動的把握較爲容易，而對於無結社之名有結社之實的情形的分析則相對複雜，除在形態上確定其具備組織的意義，更應在方式與過程上觀照其文學交遊切磋的實質。本文對蘇州閨秀結社的界定，定性在「群」與「黨」之間，但需要說明的是，閨秀之結社，其組織的嚴密性並非體現在政治訴求上，而更多地出於文化的考擦與聯吟的旨歸。根據目的的不同，結社又可以劃分爲軍事、政治、文化、經濟等類，此文所探討的蘇州閨秀結社範疇只限定於文化類，探討的重心是世家閨秀詩文類、講學類、藝術類、宗教類結社，旨在通過對這一特殊群體與層面的研究，全面把握乾嘉時期蘇州地區閨秀活動全貌及其文學價值所在。此外，需要說明的一點是，清代學者張玉書在《佩文韻府》中曾引《月令廣義》：「武林社有曰錦繡社，花繡也；曰緋綠社，雜劇也；曰錦標社，射弩也；曰英略社，拳棒也；曰雄辯社，小說也；曰翠錦社，行院也。」﹝註5﹞對門類眾多的民間結社活動有所關注，比如刺繡、雜劇、射箭、小說等，就連戲劇演員（行院是元明時代對戲劇演員的俗稱）也有結社，但這一民俗類不包括在本書研究範圍內。另外，這裡所指蘇州世家閨秀結社的四種主要類型，其中，詩文類，主要指以切磋詩藝、探究詩法、品評詩作爲

﹝註4﹞李玉栓《中國古代的社、結社與文人結社》，《社會科學》2012年第3期。
﹝註5﹞（清）張玉書《佩文韻府》，上海：上海古籍書店1983年，第2054頁。

主的結社活動；講學類，主要指以論學爲主旨，兼有賦詩的結社；藝術類，書畫、音樂愛好者所結的書畫樂社；宗教類，主要指與宗教相涉的結社，它不同於漢魏六朝的純粹宗教社團，而以詩文社爲主，或有僧人參加，或無僧人參加，僅是結社者的參禪悟道。

二、清代蘇州府閨秀文學活動研究現狀與不足

　　我國女性文學的研究早在二十世紀的第一個十年已經開始起步，在民國時期已取得頗多成果，比如出版於 1916 年的謝无量先生《中國婦女文學史》，1925 年梁乙眞先生《清代婦女文學史》、1933 年陶秋英先生《中國婦女與文學》等等，梁乙眞先生的《中國婦女文學史綱》是第一部由女性撰寫的中國婦女文學通史，意義重大可見一斑。此外，胡文楷先生費時二十餘年完成，出版於 1957 年的巨著《歷代婦女著作考》是目前研究中國古代女性文學不可或缺的重要文獻。但是，此後中國的女性文學研究曾經一度沉寂，直到二十世紀八十年代才又伴隨著西方女性主義、女權主義文學思潮的傳入而重新復蘇。近十年來開始有更多的學者關注明清女性意識的變化、社會活動範圍的拓展、文學思想的轉變及其對女性文學創作的直接間接影響，產生了一大批優秀的專著及論文，比如由臺北里仁書局 2000 年出版的鍾慧玲《清代女詩人研究》、天津南開大學出版社 2004 年出版的喬以鋼《中國女性與文學》、北京人民出版社 2004 年陳玉蘭《清代嘉道時期江南寒士詩群與閨閣詩侶研究》、中國傳媒大學出版社 2009 年李彙群《閨閣與畫舫：清代嘉慶道光年間的江南文人和女性研究》、南京江蘇人民出版社 2005 年李志生譯，高彥頤著《閨熟師──明末清初的江南才女文化》、蘇州大學段繼紅 2005 年博士論文《清代女詩人研究》等。其中，陳玉蘭與李彙群的專著均以清代嘉慶、道光年間女性與江南文人的交往爲研究重點，側重考查其社會關係網；而像鄧紅梅《女性詞史》（2000 年）、趙雪沛《明末清初女詞人研究》（2008 年）、張麗傑《明代女性散文研究》（2009 年）等則採用傳統的研究方式，更多地在文體研究上下工夫。在閨秀結社領域有所開拓的，是以下幾部專書：王瑞慶《明清江南的士女結社》、石旻《香奩結社擅風流──清代清溪吟社的風貌》、付優《明清女性結社綜論》、俞曉紅《〈紅樓夢〉詩社與明清江南閨媛結社小識》、段繼紅、高劍華《清代才女結社拜師風氣及女性意識的覺醒》等。目前學界對明清女性結社現象有所討論，但命題集中在結社現象的本身，研究顯得籠統，

對於成員之間的關聯、結社的內外動因、結社的方式與過程以及結社活動的
互涉、閨秀結社成果等等一系列問題的分析較爲欠缺，尤其是對女性參與性
結社與組織性結社的區別及關聯缺乏深入的研究，對拜師型結社的方式、過
程及交叉結社現象缺乏分析，加上對女性結社的成果及結社女性的詩文集沒
有較爲系統的考察，使得目前的女性結社問題還存在較大的研究空白。

三、本書研究思路與方法

中國古代女性文學創作源遠流長，從相傳爲皇娥所作之《清歌》，到女性
文學的可信者《詩經》；從漢代聲光赫赫「其文章不獨照耀當時，且大有影響
於後世」之女作家唐山夫人、班婕妤、班昭、卓文君、王昭君、蔡琰，到魏
晉六朝王宋風骨、左謝大家；從唐宋文學薛濤、魚玄機、花蕊夫人、李清照、
朱淑眞的聲名赫著再到明清女性文學的全面繁榮，留下一筆豐碩的文學財
富。在清代，女性文學最終走向鼎盛。胡文楷《歷代婦女著作考》統計及史
梅女史《清代江蘇方志著錄之清代婦女著作——胡文楷歷代婦女著作考拾遺》
補充，自漢迄明，女性作者僅三百六十一家，而有清一代卻多達三千五百多
家，「超軼前代，數逾三千」，從身份上看，這些女性以世家閨秀爲主，從出
現時間上講，則主要集中在乾隆和嘉慶時期。創作階段分佈的不均衡，恰恰
說明清代文化精神的新變與女性社群意識的開掘與深化。與此同時，這三千
五百多位女作家在清代的地域分佈也表現出極不均衡的現象，從全國的分佈
來看，東南沿海的江蘇、浙江兩省占清代女性作家總人數的百分之七十以上，
其中尤以江蘇省爲最，約有女作家一千四百人左右，著作超過一千七百種。
江蘇省又以蘇州府女性作家爲多，約在五百七十人左右，著作約六百八十種。
女性作家不僅有詩文集刊刻流傳，且與眾多非血緣關係的文士保持著較爲穩
定而密切的文學關係，以酬唱聯吟、收徒授學、家族雅集、書信往來、題畫
賦詩等多種形式保持著長時期的交遊關係，甚至以結社方式，在人生志趣、
審美追求、詩學觀念上保持著充分的交流。這意味著，在清代女性中間，正
在逐步形成一個龐大的女性文人群。數量上的飛躍、時間上的特殊、地域上
的集中、方式的獨特等，都使得乾嘉時期蘇州府女性的文學創作實踐成爲清
代文化與文學發展中的一個不可或缺的環節。本文研究重點，就集中在清代
乾嘉時期蘇州府閨秀結社問題的考察上，著重剖析作爲一個整體文化現象背
後，清代女性社群意識的變化、交遊方式的突破、閨秀結社與文士的關係以

及結社所帶來的文學成果等。本書採用的研究方法如下：

　　首先，本書以女性的性別意識與交遊觀作爲研究的前提。女性對自我的身份的認知、社會角色的定位，深刻地影響著文學創作的視野、視角、書寫方式與傳播理念，更對其文學網的拓展起著根本性的引導作用。本書將以此爲基礎，對閨秀之間、閨秀與文士之間的文學交遊及結社活動展開分類研究，從而分析在不同的性別視域下，閨秀結社的原因、目的、方式、途徑的差異；同時，對蘇州府所轄六縣：吳縣、長洲（包括元和）、崑山（包括新陽）、常熟（包括昭文）、吳江（包括震澤）、太倉直隸州閨秀結社的個案展開考察，從而將宏觀視野與微觀案例結合，再現閨秀結社的場景，以幾個典型結社爲核心，以同時代女作家的各種例子充分佐證，對閨秀結社的特點與價值全面考察。

　　其次，本書將以文化生態闡釋的方式嘗試分析清代蘇州府閨秀結社的立體文學版圖。在這裡需要指出的是，國內外女性文學研究的方法不一而足，但作爲女性學的研究方法卻相對滯後。北京大學魏國英教授與中華女子學院教授韓賀南分別提出各自不同的見解。魏國英指出，女性學研究的方法論原則和思想依據乃是辯證唯物主義與歷史唯物主義，即「從女性與社會的聯繫和制約中，從生產力和生產關係、經濟基礎和上層建築的基本矛盾及其運動規律中，尋求關於女性的一切問題的答案」、認爲「考察女性特徵的變動、女性存在形態的演變、女性價值的進步與發展，都要從分析當時的生產方式交換方式及經濟關係入手。這是唯一正確的方法」〔註6〕。而與魏國英觀點相異的，是中華女子學院教授韓賀南在《女性學導論》中提出的解構式的女性學研究方法。這種方法是以研究者所提供的感受與價值恆定來解讀社會現象，稱爲解釋主義，它強調研究者本人在女性學研究過程中的積極介入，對女性的主觀感受、聲音乃至經驗的關注。同時，韓賀南教授提出，以質性研究法進行資料的搜集和調查，能保證研究目的與方法、分析框架與方法以及文化背景與方法的一致性。以上兩派觀點對女性學研究都是有所裨益的，前者將女性研究置於社會性的外部關係網之中，有利於女性公眾性探討；而後者則著重於女性本文思考，有助於場景還原。本書將結合二者的優點，採用文化生態闡釋的閱讀方式研究乾嘉時期蘇州閨秀結社現象，所謂文化生態，指的是蘇州閨秀生存的時代政治、地域、結社傳統、自我及社會身份界定等文化

〔註6〕魏國英《女性學概論》，北京：北京大學出版社2000年，第21～22頁。

因素；而闡釋，則側重於從文學文本、女性本位、性別相對性、他者評定等角度對蘇州閨秀結社現象盡可能作出較為全面的解讀。劉勇強先生曾在其《閨閣與畫舫：清代嘉慶道光年間的江南文人和女性研究》一文中對嘉道時期的女性文學作出過這樣的評價：「由於生活範圍的狹窄，清代女性文學創作雖然很有特點，但是總體成就似不宜誇大。女性文學創作的意義也許主要不在其本身的藝術貢獻，而在於整個文學生態乃至文化格局中的補充性建構，其思想與藝術價值也只有置於文學生成的環境並與相關的文學活動聯繫起來考察才更有意義。」〔註7〕顯然，劉勇強先生所指，是需要將女性文學及交遊活動的研究置於文學生態與文學格局中進行考察，才能更恰切地抓住其文學方式的生成及文學活動的意義。但應該看到的是，雖然清代女性文學相較於傳統男性文學而言的確成就不高，但其特點卻十分突出，它的意義也就不僅僅在於與周遭生態環境、與文學網絡之間建立關聯所呈現出的格局似的價值，而更應突顯出女性身份確認、公共參與、文學突破的本位認知與自我界定。本書採用文學生態與雙向闡釋結合的方式，以期接近於清代蘇州閨秀的真實話語。

第三，本書在研究中，以清代乾隆、嘉慶朝為重點審視範疇，持斷代文學研究的視角，主要考慮到乾嘉時期雖然作為文學史一般意義上清朝由盛轉衰的時期，但女性文學恰巧在此階段出現明末清初以來的第二次繁盛面貌，一定程度上突破文學創作的範疇，而將領域拓展至拜師、結社等社會網絡關係，出現許多詩社、文社，得到當代著名文士的大力支持，表現出有別於之前任何一個朝代、任何一個時期的女性文學創作新特徵。本書在研究中著重分析清代蘇州閨秀結社的共性與個性，並將其個性特點作為考察的重點。與此同時，研究還持地域文學觀念，以乾嘉時期的蘇州府作為研究中心，蘇州府包括吳縣、長洲（含元和）、崑山（含新陽）、常熟（含昭文）、吳江（含震澤）、太倉直隸州。以此為研究範疇，主要基於清代蘇州地區特殊的經濟文化與人文環境，一方面，乾嘉時期的蘇州地區經濟繁榮、社會相對穩定，為女性文學創作與結社活動提供了較好的物質條件；二是蘇州地區世家大族密集，女學興盛，這一點，近代學者柳棄疾就曾在其《松陵女子詩徵序》中細緻描述了乾嘉時期的吳中，尤其是吳江地區女性文學創作的盛況：「自任

〔註7〕李彙群《閨閣與畫舫：清代嘉慶道光年間的江南文人和女性研究》，北京：中國傳媒大學出版社2009年，第23頁。

心齋清溪結社，與隨園相犄角，《潮生》一集，赫然爲吳中十子盟主。而倉山門下，綠華沆瀣最深……」〔註 8〕，緊接著便提及吳江七大世家：計氏、丘氏、宋氏、周氏、柳氏、王氏、吳氏，共計約四十餘位女性參與到以家族爲中心的聯吟群體中，女學的興盛與世家大族的文化涵養密不可分，但這則文獻材料不僅對當時吳地家族文學繁盛現況作出了概述，同時也對文人積極支持女性文學創作，甚至招收女弟子的現象進行了說明，其中談到的任心齋，即震澤人任兆麟，是著名的吳中十子「清溪吟社」「金閨領袖」張滋蘭的丈夫。靈芬館主，即著名的女性文學支持者吳江詩人郭麐。倉山，即清代「性靈」詩說的提倡者袁枚；三是在清代開科取士的制度下，蘇州府是有名的仕進之鄉，據沈道初先生所編《吳地狀元》〔註 9〕統計，清代共有狀元人數爲一百一十四名（含兩名滿狀元），其中蘇州府就有二十九人之多。另外，又據朱保烱與謝沛霖《明清進士題名碑錄索引》〔註 10〕統計，清代僅江南地區進士就有四千零一十三名，而蘇州一府就多達七百六十三名。士人對才學的重視與涵養不能不影響到家族女性才學的成長，伉儷唱和往往也就成爲女性才藝豐滿的一個日常途徑；四是明清時期蘇州府文人結社風氣濃鬱，女性交遊方式的拓展也受此風氣影響。據蘇州大學王文榮 2009 年博士論文《明清江南文人結社研究》統計，明代在蘇州結社的文人大小社團就有三十九個，而在清代更是多達九十八個，文人結社的方式、途徑都對蘇州女性的交際性文學活動帶了一定的影響。

第四，對於中國古代結社問題的研究，學界一般有三種基本方式，一是採用實證的方法，借助文獻的搜集與梳理，以確定結社的各種細節，從而還原結社活動的原貌；二是文化學的方法，將結社置於明清大文化背景之下，分析其淵源、影響等外部因素，從而揭示結社活動的價值與功能；而只有第三種方法，學理研究法，才將結社本身作爲考察的全部重心，從其構成要素、性質、形態、類別及結社與其它社團之間的聯繫與區別等等。本文在探討乾嘉時期蘇州結社問題時，將以學理研究爲主要方法，旨在全面細緻地解讀結社的現象及過程；同時，也結合文化研究與實證研究法，對乾嘉時期的蘇州文化及相關生態環境作恰當的分析與闡釋。

〔註 8〕 胡文楷《歷代婦女著作考》（增訂本），上海：上海古籍出版社 2008 年，第 372 頁。

〔註 9〕 沈道初《吳地狀元》，南京：南京大學出版 1997 年，第 232～234 頁。

〔註 10〕 朱保烱，謝沛霖《明清進士題名碑錄索引》，上海：上海古籍出版社 1980 年。

在上述研究重點及研究思想、研究方法的指導下，本書將從以下幾個方面對清代乾嘉時期蘇州閨秀結社活動作出考察：

第一章，本章一方面主要探討中國古代「結社」現象及在清代的發展，確定結社活動的實質及在中國傳統社會層面上的文化價值與影響；同時探討古代女性結社的發展及在清代的演化現況，從而進一步確定乾嘉時期蘇州府女性結合的範疇與內涵。另一方面，則通過研究清代女性文學創作、交遊活動產生的文化生態，包括文士對女性德、才關係的論辯；女性文學創作合理性的探討；女性身份在大家閨秀與貧民之間的落差等，從而研究女性文學的活躍與關係網的拓展所隱含的意識自覺與心理矛盾。因此這裡所探討的「文化生態」，既包含文士評價的公眾話語，和包括女性作者對自身身份與性別立場的自我界定。但總而言之，支持抑或貶抑，「德」本論，實質上才是清代文士女學觀念的核心命題；自覺抑或矛盾，走出閨閣才是清代蘇州閨秀自我突破的中心意旨。

第二章，本章將對清代乾嘉時期蘇州閨秀結社活動興盛的現況與原因進行梳理。首先將對蘇州結社閨秀來源作出考察，對其生存狀況、結社動機等方面盡可能全面的分析，從而確定其社會或社集的性質；其次，對蘇州閨秀結社興盛的現象作出全方位考察，包括參與人員數量、地域分佈、結社時間、社集名目等四個角度。再次，嘗試從女學觀的新變、世家文化輻射、立派結社風氣影響、文人名士的支持四個方面對閨秀結社興盛的原因進行考察，家族聯姻也作爲考察的角度之一。江慶柏先生在其《明清蘇南望族文化研究》中對蘇南望族女性文化活動進行考察時就曾將女性活動置於家族教育人才、科舉等文化背景之中進行綜合評定，給我們研究女性文學活動提供了好的借鑒。與此同時，聯姻也是蘇州閨秀結社活動得以展開的歷史圖景。潘光旦先生早在其《明清兩代嘉興的望族》一書中就指出：「婚姻能講類聚之理，能嚴選擇之法，望族的形成，以至於望族的血緣網的形成，便是極自然的結果。這種類聚與選擇的手續越持久，即所歷的世代越多，則優良品性的增加，集中，累積，從淡薄變做醇厚，從駁雜變做純一，從參差不齊的狀態進到比較標準化的狀態，從紛亂、衝突、矛盾的局面進到調整、和諧的局面——也就越進一步，而一個氏族出身人才的能力與夫成爲一鄉一國之望的機會也就越不可限量。」〔註 11〕世家婚禮的以類相聚正是文化整合與發展的重要方式，以此爲生存圖景的閨秀結社在一定程度上也打上了文化互彙的色彩。因此，

〔註11〕潘光旦《明清兩代嘉興的望族》，上海：上海書店出版社 1991 年，第 12 頁。

對結社閨秀所屬血緣與姻親關係的梳理，無疑有助於對其結社的方式、性質深進一步的分析，從而對社團興盛原因更準確地把握。最後，本章還將對蘇州閨秀結社活動興盛的表現，即詩文集的刊刻出版現象作出梳理。

第三章以個案研究爲中心。選擇乾嘉時期蘇州世家爲代表，對閨秀族內結社現象作細緻考察，著重分析以血緣關係爲紐帶以及以婚姻關係爲中心的閨秀結社類型與特徵。第四章圍繞個案研究，側重分析以非血緣關係爲基礎的閨秀結社形成與發展的一般特徵。借助個案研究，探討蘇州閨秀在結社活動中所體現的心性書寫與身份重構。

第五章，仍然以個案研究爲中心，將研究視野轉向閨秀與文士結社，既基於非血緣關係的事實又強調突破性別約制的社交型結社趨勢，且將此結社活動置於清代乾嘉時期性靈風潮的發展背景之中深入分析，從而考察蘇州閨秀在此文化環境中適度妥協與持久抗衡的過程。此章爲本書的重點，第二節既清晰劃分蘇州閨秀與文士結社的獨立單元，確立拜師型結社的完整構架，又在每一獨立單元中，細緻解讀拜師形式下，閨秀另立社盟的基本事實與文本實質。在對交叉結社之形成、方式、影響等元素的展開解析中，使蘇州閨秀的文學社交活動及文學思想演進得以進一步梳理。

第六章是對第四、五兩章的總體提升，將閨秀社交型結社作爲重點考察對象，把閨秀之間及閨秀與文士之間的社集對比進行考察，一方面探討在新的時代與地域文化元素中，閨秀文化觀念的因襲與新立；而另一方面則分析，清代兩大詩學陣營論爭下，文士授徒結社的心理姻緣與詩學選擇。將閨秀作爲一個立體概念置於乾嘉時期江蘇蘇州的特殊範疇下審視。

第七章是本書研究的重點，以閨秀結社爲背景，借助個例的典型分析，以其文學交遊、文學創作、詩學觀點三個方面的創作爲契機，解讀結社活動的成果與價值。

第四至七章是論文的重點，先以閨秀之間的結社爲研究對象，再以閨秀與文士結社爲研究中心。之所以作這樣的劃分，主要考慮閨秀結社在不同性別環境下所表現出的本質性差異，前者側重於女性性靈的抒寫與眞實生活場景的參與；後者則側重於傳統淑德觀的立場與社會生活的呼應。以此爲基礎，從細節上解讀蘇州閨秀結社的宏觀與微觀特徵，比如結社範疇、結社目的、社名來源、社長取擇、社約等。爲更全面地辨析乾嘉時期閨秀結社的特徵，第五章，將從女性社會群體意識的自覺與提升、詩學觀念對男性詩學世界空

白的填補、會社意涵的豐富、新的文學領域的開拓等五個方面對清代乾嘉時期蘇州閨秀結社的價值與影響作出總結。

綜上所述，自明代後期起，部分才媛仿傚江浙地區的男性士人相約而建立女性詩社，爲她們提供了交流思想和切磋技藝的平臺，推動了女性文學的發展，本書著重分析蘇州地區女性詩社的縱向發展軌跡、各階段呈現的不同特點：起社的緣由、社員形成、結社雅集的形式、社友之間的交往、創作的主要題材、詩社解散原因等，旨在通過份析，探索清代蘇州才女詩社興盛的人文因素、詩社的存在模式、才女的深層心理動因、建構的文學價值等。研究的興趣點包括以下三個方面：一是借助對蘇州閨秀的別集、選集、序跋及地方志及紀事類文獻等資料的耙梳，對蘇州閨秀結社進行全面細緻的歸納；二是將閨秀結社現象的發生發展置於廣闊的文化背景下進行研究觀照，發掘其多方面的深層蘊含；三是著重考察女性寫作與交遊的性別意識、地域文化、時代風習及彼此之間的相互滲透的密切聯繫。旨在通過以上考察，對乾嘉時期蘇州閨秀結社有一個較爲完整的梳理。

第一章　清代乾嘉時期蘇州閨秀文學活動興盛現狀及其原因

　　清代乾嘉時期蘇州地區閨秀結社活動的興盛是文化史上的佳話，此期的閨秀結社不僅參與者眾多、結社名目林立，且結社活動具有一定的規律與規模，區別於普通的宴集或偶然的唱和，同時呈現出跨區域的發展趨勢，在閨秀之間、閨秀與文士之間形成較爲廣泛的結社網絡，拓展了女性文學的視野。然而追根溯源，女性文學的漸趨發達，女性作品的愈加豐富，時間應在明代末年，王陽明心學標舉「致良知」之心學，要求人反觀諸己，不外求而自得其心，在《傳習錄·答顧東橋書》一文中，其「良知良能，愚夫愚婦與聖人同」〔註1〕的觀點，似震雷劃破長空，取消聖人神聖性的同時，亦賦予平民更多「爲我」的精神。而隨即出現的泰州學派學者王艮更將此等思想發揮到極致，在《王心齋先生遺集》中以「聖人之道，無異於百姓日用，凡有異者，皆謂之異端」〔註2〕的狂狷之語開啓李贄石破天驚的婦學思想。《焚書》卷二《答以女人學道爲見短書》首先指出：「謂人有男女則可，謂見有男女豈可乎？謂見有長短則可，謂男子之見盡長，女子之見盡短，又豈可乎？」〔註3〕十分清晰直言不諱地肯定了男女才學無異之見。更是在所作《初潭集》中載錄二十五位才媛且竭盡全力表彰女性才智，其所謂「此二十五位夫人，才智過人，識見絕甚，中間信有可爲干城腹心之託者，其政事何如也？」〔註4〕以孔門四

〔註1〕　（明）王陽明《傳習錄》，鄭州：中州古籍出版社2008年，第158頁。
〔註2〕　（明）王艮著：陳祝生主編《王心齋全集》，南京：江蘇教育出版社2001年。
〔註3〕　（明）李贄《焚書》，北京：中華書局1974年，第164頁。
〔註4〕　（明）李贄《初潭集》，北京：中華書局1974年，第59頁。

科之德行、政事、文學三者爲衡量女子才學的依據，顯然已逐步透露出其破除俗見的意願。更以周武王之後，齊太公之女邑姜之賢才爲例，毫不避諱地直陳其男女平等之見：「邑姜以一婦人而足九人之數，不妨其與周召太公之流，並列爲十亂。彼區區者，特世間法，一時太平之業耳，猶然不敢以男女分別，短長異視，而況學出世道，欲爲釋迦老佛，孔聖人朝聞夕死之人乎？」〔註5〕言下之意，上古三代之時且不得以男女分別，更何況孔聖人及此後之輩！男女創作中的平等亦在此理之中：

> 且夫世之眞能文者，比其初皆非有意於文也。其胸中有如許無狀可怪之事，其喉間有如許欲吐而不敢吐之物，其口頭又時時有許多欲語而莫可所以告語之處。蓄極積久，勢不能遏，一旦見景生情，觸目興歎，奪他人之酒杯，澆自己之塊壘，訴心中之不平，感數奇於千載。既已噴玉唾珠，昭回雲漢，爲章於天矣。遂亦自負，發狂大叫，流涕慟哭，不能自止，寧使聞者見者切齒咬牙，欲殺欲割，而終不忍藏於名山，投之水火。〔註6〕

創作的力量乃心之眞切與山石之遇彼此碰撞的結果，人而爲之，孰分男女？這便是眞相，但這對人內心眞實性的認同與順意闡發，是傳統婦言所不容的。李贄的筆觸正是對這一禁區的有力突破，使女性獲得抒寫自我的依據與勇氣。在李贄「童心說」的開啓下，公安三袁承繼發揚，以「獨抒性靈，不拘格套，非從自己胸臆流出，不肯下筆」〔註7〕爲旗幟，又將「獨抒」的意義提上敘述的日程。於此，創作的靈感與眞性成爲最合理的依據，爲閨中女性言出於閨撐起保護傘，爲其特具一幟的創作開路。

在此文化大勢之中，明末吳江葉氏午夢堂一門閨媛正式拉開結社序幕。而文士葉紹袁也成爲支持閨秀結社的較早者，對於妻子沈宜修及子女的唱和聯吟以積極認同。試看其爲女兒葉紈紈《愁言》所作序言：「婦女之事，《內則》備矣，櫛從笄總外，所佩帨刀礪觿、金燧箴管，而不及乎文章歌詠。大聖人察性考質，在所不廢。聲音被乎閨閫，繇來尚矣。余內人解詩，並教諸女，文采斐然，皆有可覽觀焉。」〔註8〕對閨媛創作的敬意溢於言表，亦由此

〔註5〕（明）李贄《初潭集》，北京：中華書局1974年，第62頁。

〔註6〕（明）李贄《焚書》北京：中華書局1974年，第172頁。

〔註7〕（明）袁宏道著；錢伯城箋校《袁宏道集箋校》，上海：上海古籍出版社2007年，第131頁。

〔註8〕梁乙眞《中國婦女文學史綱》，上海：上海書店出版社1990年，第363頁。

可見，文士對女性結詩社的支持，明末已開其先。明末亦是閨秀的唱和聯吟逐步興盛的時期，尤以蘇州地區爲典型。除吳江沈宜修母女外，尚有蘇州陸卿子、王鳳嫻母女與長洲徐媛等。我們將從乾嘉時期特殊的文化生態、蘇州地域文化風格兩個側面對此期的閨秀結社興盛現狀及發展原因作深進一步的探討和梳理。

第一節　乾嘉時期蘇州閨秀文學活動興盛的現況及其特點

　　本章中我們亦將以「乾嘉」與「蘇州」分別作爲關鍵詞，對這大小傳統及彼此關聯進行研究，考察其對閨秀結社行爲及思想所產生的影響。隨著吳地社會的進步以及商業的發展，閨秀之才得到不同程度的認同，並在生活生產與文學創作等領域對女性的價值與貢獻給予較大程度的肯定，從而在總體文化層面上表現出相較於以往任何時期與地域更爲寬鬆的有利於女性發展的文化生態環境。從生產生活與文化活動兩個方面而論，首先，吳地女子在絲織生產及相應商業活動中的突出表現，不僅增加了家庭的收入，體現出其工巧的特殊才藝，更在社會活動中無形地提升著女性的社會品格。據《皇朝經世文編》記載民間女子：「七、八歲以上即能紡絮，十二、三即能織布，一日之經營，盡足以供一人之用度而有餘。」〔註 9〕吳江縣的「小家婦女多以紡織爲業」〔註 10〕絲織與棉織經濟所吸引的不僅是平民女子，在吳地，富家亦以紡織爲要務。據徐獻忠《吳興掌故集》卷十二記載：「松人婦勤苦，松人中產以下，日織一小布以供食，雖大家不自親，而督率女伴，未嘗不勤。」〔註 11〕長洲縣「婦女勤工作，或織席、織履」，「澔墅鄉村織席者十之八九」，「席市每日千百成群，凡四方商賈皆販於此」形成市鎮商業中女性參與經濟實踐的新興繁盛局面，這一點亦得到了吳地文人的認同與贊許，稱「邑人以布縷爲業，農民之困藉以稍濟」〔註 12〕。吳地女子以自身的勞動技能與經濟實踐顯現出相較於以往女性更多的自立性與在家庭生活中的重要性，甚至：「貧家往往待織

〔註 9〕《敬陳農桑四務疏》，《皇朝經世文編》卷三。

〔註 10〕中國人民大學清史研究所《清史研究集》第 5 輯，北京：光明日報出版社，1986 年，第 333 頁。

〔註 11〕徐獻忠《浙江省吳興掌故集》，臺北：成文出版社 1983 年，第 611 頁。

〔註 12〕樊樹志《國史概要》上海：復旦大學出版社 2004 年，第 342 頁。

婦舉火，布成漏或四下矣，其夫若子負之處」〔註13〕其次，民間說唱藝術等文
藝式樣的隨之興盛也在某種程度上打開了女性文藝創作的新視野與新窗口。乾
隆年間吳江文士王元文在其《北溪詩集・吳趨吟》中記載了此時吳中地區的社
會風尚，分別從賈人、行樂、賽神、事佛、胥吏、詩學等十個方面講述了吳中
的各種風貌。〔註14〕清人陸容《菽園雜記》中更是記載，在清代吳地民間「皆
有習爲倡優者，名曰戲文子弟，雖良家不恥爲之。其扮演傳奇，無一事無婦人，
無一事不哭，令人聞之易生凄慘」〔註15〕，甚至出現了女性「每一登場，滿座
傾倒，其聲如百囀春鶯，醉心蕩魂，曲終人散，猶覺餘音繞梁」〔註16〕的熱鬧
景象。女性在民間文藝中的積極參與與部份認同，雖不足以說明女性在文藝生
活中的絕對優勢，但至少可見女性才學相對自由發展的空間與可能，女性之言
不再局限於「閨」的「走出」態勢。

一、「大小傳統」的底色與「文化區」的共建

在此節裏，我們對蘇州閨秀結社的研究重心放在「乾嘉」與「蘇州」兩
個關鍵詞上。將「蘇州」的地域元素置於「乾嘉」的大文化圖景中進行考察，
既側重於解讀「乾嘉」的包容性與輻射性地位，也關注「蘇州」的地方視野
與獨特風貌。正如蔣寅先生在《清代文學論稿》中引用美國人類學家所提出
的「大傳統」與「小傳統」的概念，恰到好處地詮釋了這二者彼此之間的關
聯，又極其細緻地把握著二者的差異。其云：

> 自二十世紀五十年代美國人類學家 Robert Readfield 提出大傳統
> （great tradition）和小傳統（litter tradition）的概念〔註17〕，幾十年
> 來這一對概念與精英文化、通俗文化和城市文化、鄉土文化兩對概
> 念糾結在一起，在人類學家和歷史學家的著作中已被作不同程度的
> 發揮。就中國文學史的情況而言，如果將單位稍作置換，那麼與大
> 傳統和小傳統的關係相對應的既不是精英文學和通俗文學，也不是
> 城市文學和鄉土文學，而應該是經典文學和地方文學。前者意味著
> 整個民族文學傳統，固然是精英的，但未必是城市的；後者意味局

〔註13〕 李燕光《清史經緯》瀋陽：遼寧大學出版社 1987 年，第 116 頁。
〔註14〕 張慧劍《明清江蘇文人年表》上海：上海古籍出版社，2008 年，第 1157 頁。
〔註15〕 （明）陸容《菽園雜記》卷十。
〔註16〕 阿英《小說三談》，上海：上海古籍出版社 1979 年，第 71 頁。
〔註17〕 Robert Readfield, Peasant Society Culture, University o Chicago Press, 1956.

　　部的地方文學傳統，雖是鄉土的，但決非通俗的。〔註18〕

美國人類學家 Robert Readfield 對大傳統和小傳統的定位，將時代精英文化與地域精英文化之間架構起一座互通的橋梁，使人們學會在多元視角中審視所謂的「傳統」元素。對於「大傳統」與「小傳統」的接受，人們往往採取不同的態度。那麼，什麼是傳統？美國學者 E・希爾斯在其《論傳統》作出這樣的闡釋：「它是人們在過去創造、踐行或信仰的某種事物，或者說，人們相信它曾經存在，曾經被實行或被人們所信仰」，並進一步指出「大傳統」被接受的方式：「人們會把傳統當做既定事實加以接受，並認為去實行或去相信傳統是人們應該做的惟一合理之事」〔註19〕。這裡的接受，帶著集體意識的模式與不自覺的表達。然而，在 E・希爾斯看來，小傳統與此不同，「傳統依靠自身是不能自我再生或自我完善的。只有活著的、求知的和有欲求的人類才能制定、重新制定和更改傳統。」〔註20〕活著的、求知的、有欲求的人，實際上指的即是「鄉土」或「一地」或「當下」，所謂的「傳統」也一定會以不同的方式，不同的程度在具體的生活著的人們的思想和身上反映出來。正如蔣寅先生所言：「一個地域的人們基於某種文化認同，種姓、方言、風土、產業及在此基礎上形成的價值觀和榮譽感，出於對地域文化共同體的歷史的求知欲，會有意識地運用一些手段來建構和描寫傳統。」〔註21〕一個時代一個地區生活著的人們，總是同時被大傳統與小傳統所照耀著，生發出屬於自己生命的光芒。與此同時，小傳統之間，地域文化、文學之間仍然存在彼此交融與影響的現象。美國人類學家羅伯特・F・墨菲在《文化與社會人類學引論》一書中指出：「由於傳播的作用，經過一個時期，彼此相鄰的社會的文化就有了越來越多的共同之處，相鄰或相近社會文化的趨同傾向造成某些地域文化的相似性，這被稱為『文化區』，在一個文化區的界域內，各個組成的社會儘管絕不是等同的，但卻具有大量共同的特質，對各文化區的描述表明，其發展過程中涉及千絲萬縷的聯繫。」〔註22〕清代文壇雖然在各個歷史階段都有

〔註18〕蔣寅《清詩話考》，北京：中華書局 2005 年，第 69～70 頁。

〔註19〕〔美〕愛德華・希爾斯《論傳統》，傅鏗、呂樂譯，上海：上海人民出版社 1991 年，第 15～17 頁。

〔註20〕〔美〕愛德華・希爾斯《論傳統》，傅鏗、呂樂譯，上海：上海人民出版社 1991 年，第 19 頁。

〔註21〕蔣寅《清詩話考》，北京：中華書局 2005 年，第 70～71 頁。

〔註22〕〔美〕羅伯特・F・墨菲著；王卓君譯《文化與社會人類學引論》北京：商務印書館 2009 年，第 255 頁。

自己獨特的主題，但我們發現，地域文學及其所形成的群體與彼此之間的關聯，才是真正承載與推動文化史發展的根基。即以江蘇為例，包括常州派、吳江派、吳會英才十六人、吳門七子、毗陵四子等地域文學集團。清代江蘇常州文人李淦在其《燕翼篇》中甚至將清代天下版圖分為三大區域：

> 地氣風土異宜，人性亦因而迥異。以大概論之天下分道焉：北直、山東、山西、河南、陝西為一道，通謂之北人；江南、浙江、江西、福建、湖廣為一道，謂之東南人；四川、廣東、廣西、雲南、貴州為一道，謂之西南人。北地多陸少水，人性質直，氣強壯，習於騎射，憚於乘舟，其俗儉樸而近於好義，其失也鄙，或愚蠢而暴悍。東南多水少陸，人性敏，氣弱，工於為文，狹波濤，苦鞍馬，其俗繁華而近於好禮，其失也浮，抑輕薄而侈靡。西南多水多陸，人性精巧，氣柔脆，與瑤侗苗蠻黎蜒等類雜處，其俗尚鬼，好鬥而近於智，其失也狡，或詭譎而善變。〔註23〕

這裡，李淦指出清朝以北、東南、西南三分天下的局面，雖不盡恰切，但關鍵在於，其以地域特徵、氣候特徵等來衡量人的素養與特性，總結出北人「人性質直，氣強壯，習於騎射，憚於乘舟，其俗儉樸而近於好義，其失也鄙，或愚蠢而暴悍」；東南人「人性敏，氣弱，工於為文，狹波濤，苦鞍馬，其俗繁華而近於好禮，其失也浮，抑輕薄而侈靡」；西南人「人性精巧，氣柔脆，與瑤侗苗蠻黎蜒等類雜處，其俗尚鬼，好鬥而近於智，其失也狡，或詭譎而善變」等三類特質來，是將地域文學把握到極致的了。

總之，清代吳地女性經濟地位的變化與文藝生活的拓展都為女性結社活動的開展鋪墊了較為寬鬆的社會環境。吳地文士也能較正面地肯定女性的才學，比如，清初蘇州女詞人徐燦，精於詞而工於書畫，丈夫陳之遴在為其詞集作序時就以「得溫柔敦厚之旨，佳者追宋諸家，次亦楚楚，無近人語」稱讚之，將其詞的精神與《詩經》「溫柔敦厚」之旨並提，將其詞之藝術品格與宋人詞作共論，不可謂不高矣。這樣的例子不甚枚舉。更值得注意的是，在清代地方志中更是有著對女性才華的詳實記載。學者徐鵬在其《典範女性的重構——明清浙江地方志中的才女書寫》一文中依據胡文楷《歷代婦女著作考》（增訂本）中明清兩代女作家的記載統計，有百分之五十左右的明代女作家資料見於地方志，而清代女作家則有百分之六十左右的資料見於地方志。

〔註23〕　（清）張潮《檀幾叢書》，上海：上海古籍出版社1992年，第261頁。

對此現象，美國學者高彥頤在研究中指出：「女性才華在地方志中得到了頌揚，並且與道德堅定性一起，成爲女性名字載入史冊的評判標準。」〔註 24〕清代乾嘉時期蘇州地區女性才學的普遍被認同與此文化大環境的發展密不可分。美國的人類文化學者 C・恩伯認爲：「儘管個體之間存在著很大的差異，但在一個特定的社會裏，人們對一定環境的反應卻有著嚴密的一致性，這是因爲他們共同享有相同的態度、價值觀和行爲，這些便構成了文化。文化可以定義爲被一個集團所普遍享有的，通過學習得來的觀念、價值觀和行爲。」〔註 25〕在乾嘉時期的蘇州，作爲一個地域的歷史印記，在這裡生活著的人，文士或者閨秀，都感受著來自同一環境的氣息：對世事的態度、價值取向、行爲方式。因此，當我們在解讀蘇州一地閨秀結社文化意涵時，對「蘇州」的地域闡釋自然十分重要。

二、創作與社集並榮，單向與多向交叉

錢謙益在其所編選《列朝詩集・閨集》中曾選錄明代閨秀一百二十三人之作，而這些閨秀大半出在吳越。錢氏在評價明末吳江沈氏文學時曾盛贊道：「諸姑伯姊，後先娣姒，靡不屏刀尺而事篇章，棄組紃而工子墨，松陵之士，汾湖之濱，閨房之秀代興，形管之詒交作矣」〔註 26〕，足見自明代伊始吳中地區閨秀文學創作之興已顯其端倪。另據施淑儀《清代閨閣詩人徵略》統計，清代閨閣詩人共一千二百餘人，其中江蘇就有四百六十餘人，約占總數的百分之四十。而據胡文楷《歷代婦女著作考》〔註 27〕統計，清代女詩人共三千六百人左右，其中江蘇女詩人就有一千五百餘人（加上南京大學史梅女史的統計數字〔註 28〕），約占總數的百分之四十。兩組數據比例相當。說明江蘇在清代閨秀文學史上極爲重要的地緣身份。而在清代乾嘉時期江蘇蘇州地區閨秀結社活動亦盛況空前，這首先可以從吳江地區閨秀文學創作活動的繁盛上反映出來，據南京大學史梅女史統計，清代僅以吳江一縣而言，有著作記載

〔註 24〕〔美〕高彥頤著，李志生譯《閨塾師：明末清初江南的才女文化》，江蘇人民出版社 2006 年，第 232 頁。
〔註 25〕〔美〕C・恩伯、M・恩伯《文化的變異》，瀋陽：遼寧人民出版社 1988 年，第 49 頁。
〔註 26〕（清）錢謙益《列朝詩集・閨集》上海：上海三聯書店 1989 年，第 350 頁。
〔註 27〕胡文楷《歷代婦女著作考》，上海：上海古籍出版社 1985 年。
〔註 28〕史梅《清代江蘇婦女文獻的價值和意義》，南京：江蘇古籍出版社 2002 年。

的女性作家就多達一百一十五人,其著作一百三十九種〔註 29〕,清代文士詩話亦多處提及所見蘇州閨秀文學交遊的盛況。比如苕溪生在其《閨秀詩話》卷三中曾記:「余僑寓吳門,每值明月之夜,輒與二、三契友,邀遊金閶門外。時則人影滿地,笙歌擱院,勾欄佳麗,競妍爭芳。或憑亞字欄桿,對客聲笑,或互相倚偎,情言潭潭:至足樂也。有花文蘭者,雖隸籍倡家,而霧鬢風鬟,容貌昳麗。既數與往還,乃知其尤工翰墨」〔註 30〕。如此清俊靈性的女子,非倡家所獨有。易順鼎在爲《清代閨閣詩人徵略》所作序中有云:「詩家至於有清,遂臻極軌,瓊閨之彥,繡閣之姝,人握隋珠,家藏和璧」〔註 31〕閨閣詩人更爲特出,這只要看才媛輩出的吳江葉氏一門便知,世家所重亦在閨秀之才德兼並,葉紹袁爲《午夢堂全集》所作序中對家學門規作了這樣的闡釋:「丈夫有三不朽:立德、立功、立言。而婦人亦有三焉:德也,才與色也,幾昭昭乎鼎千古矣。」〔註 32〕而整個蘇州世家在文學上的造詣實則上是閨秀才藝得以舒展的必要前提,正如《清稗類鈔》所言:「世家大族,彤管貽芬,若莊氏,若左氏,若莊氏。若楊氏,固皆以工詩詞著稱世者」〔註 33〕。近代學者柳棄疾更是在《松陵女子詩徵》序言中詳細贅述了乾嘉時期吳中地區女性文學活動的盛況:

> 自任心齋清溪結社,與隨園相犄角,《潮生》一集,赫然爲吳中
> 十子盟主。而倉山門下,綠華沆瀣最深,餘則宜秋、子佩、柔仙諸
> 人,亦皆以掃眉不櫛之選,爲大匠所刮目。蓋當是時,靈芬館主方
> 稱霸騷壇,提倡閨襜,不遺餘力,鐵門、湘湄、山民、秋史實左右
> 之……宜秋與鐵門爲中表,子佩實儷山民,柔仙則湘湄之妹,而秋
> 史之耦也。由是拔茅彙茹,嬪於袁者,荅卿、如絲、秋卿;嬪於陳
> 者,鶴君、蕙仙、子珊、秋佩,紛紛競起矣。又旁逮諸士族,於計
> 則櫛生、阮芝、清涵、琴史,以及芝仙、心度、南初、青睞、七襄、
> 小娥、蕊仙、芸仙;於丘則心香、宛懷、翠寒、紫烟,以及鏡湖、

〔註 29〕 史梅《清代江蘇婦女文獻的價值和意義》,南京:江蘇古籍出版社 2002 年。
〔註 30〕 (清)苕溪生《閨秀詩話》卷三,南京:鳳凰出版社 2010 年,第 1668 頁。
〔註 31〕 (清)施淑儀《清代閨閣詩人徵略》,南京:鳳凰出版社 2010 年,第 1872 頁。
〔註 32〕 (明末清初)葉天寥纂輯《午夢堂全集》(上),貝葉山房 1936 年,第 2 頁。
〔註 33〕 徐珂編《清稗類鈔·文學類》,中華書局 1986 年,第 3987 頁。

菊秋、葵仙、頌年、寶齡、雙慶、蘭卿、鋤經；於宋則柔齋以及香
溪、珠浦、琅腴、玉遮；於周則葆文、畹蘭、蘭娟、詠之；於柳則
蓉塘、翠峰；於王則倚雲、佩言；於吳則柔卿、安卿、允卿。或娣
姒競爽，或婦姑濟美。以暨母子兄弟，人人有集。〔註34〕

吳江閨秀的文學活動包含著創作與社集兩個不可或缺的方面，同時，參與者
眾多，彼此之間或姊妹關係，或母子兄弟關係。在此基礎上吳江閨秀文學活
動表現出兩個極為重要的特徵：第一，逐步形成以某幾個文士為中心的結社
活動網絡，比如以靈芬館主郭麐為中心形成的閨秀結社群體，其中心人員又
與以袁枚為中心所形成的隨園詩社彼此之間存在千絲萬縷的聯繫，例如鐵
門、湘湄、山民、秋史三人為靈芬館結社的主要社員，宜秋、子佩、柔仙三
人為隨園女弟子結社的主要成員，而「宜秋與鐵門為中表，子佩實儷山民，
柔仙則湘湄之妹，而秋史之耦也」，同時，任兆麟所結清溪吟社也與袁枚隨園
詩社「相犄角」，說明主要社團之間互通彼此，結社活動的錯綜複雜，也正說
明此期女性交遊活動的頻繁與廣泛。第二，結社活動呈現出由中心向四圍擴
展的趨勢，柳棄疾言：「旁逮諸士族」，則又將計氏、丘氏、宋氏、周氏、柳
氏、吳氏囊括近來，從而形成一個極廣闊的交遊網絡與社團。清代蘇州府望
族巨姓密集，成為閨秀結社活動的重要土壤，如吳江大姓葉、朱、陸、顧；
崑山巨族如王、李、戴、顧；常熟著姓黃、錢、龐等，世家之間閨秀相望，
形成氣候。

第二節　閨秀結社在乾嘉時期蘇州地區活躍的原因
探微

在歷史上，「乾嘉」時期是清代由盛轉衰的一個轉折點。但恰恰是在這
一時期，閨秀文學活動走向興盛，一方面是閨秀的結社開始頻繁，另一方
面則是閨秀的拜文士為師的行為逐漸活躍，這兩個方面都是女性公眾生活
的重要組成部份。相應而來的是詩集的刊行、合集的出版以及詩論的產生，
從一個更廣的傳播立場上推動了閨秀結社話語的加強。閨秀社會活動的活
躍意味著其身份的重新定位，而在乾嘉時期的蘇州，這一新變已呈現出蔓
延的趨勢。

〔註34〕《磨劍室文錄》，上海：上海人民出版社 1993 年，第 556 頁。

一、立言意識與心理前提：才德標準及其結社驅動

1. 立言意識與身份體認

乾嘉時期蘇州閨秀結社活動的興盛，與此期女性意識的自覺不無關係，這所謂的「自覺」，一方面是伴隨傳統婦教思想的打破，女性開始超越「內言不出於閫」的俗制，積極嘗試創作並開始突破家庭活動範圍而建立初步的社會聯繫。一方面，在較爲廣泛地建立社會聯繫，確立新的性別身份的同時，閨秀開始尋求與文士平等的才名，從而在社會層面上獲得自我身份的認同。

先說創作意識。借文學創作以抒寫胸臆吐露心聲，將文學作爲心靈的釋放與人生的記錄，是清代閨秀參與創作的直接意圖。常熟閨秀席佩蘭《長眞閣集》中有一首《題項烈婦飲冰集》的詩作，詩前有序，記載了吳定生在夫死之後兩次自盡未遂被人救起，之後不久卻「託疾餓死」之事。在其歿後，留下遺集二卷，卷中有《玩月》詩：「一點清光塵不染，千秋心事月同明」，卷首有吳定生自序：「間有所作，不過自適己事，以當痛苦。要皆有爲而言，非無病呻吟也。」〔註35〕常熟閨秀席佩蘭爲之題詩，其詩云：「冰心只許同金鏡，仙骨應知返玉京。痛絕兩年歌當哭，一編工拙任人評」〔註36〕。因此，我們若只將閨秀所作之詩簡單地當作嘲諷弄月之什，未免不當，這一典型事例既呈現出蘇州閨秀「自適己事」的寫作目的，也反映出「工拙任人評」的淡然心境，適己、記史的宗旨與創作的自覺性都是十分明確的。

其次再言才名意識。在第一章「在支持與批判中的自我確認——女性結社在清代發展的心理前提」一節裏，我們已經分析了清代閨秀新的心理生成環境，是在支持與批判的歷史話語中，不斷審視自我、批判自我、超越自我的過程，這其中仍然充滿著頗多的舊式心理矛盾，因爲我們在大量文獻中也發現仍有許多閨秀在創作完成詩文集之後，不願付梓也不願示人，最終付之一炬的例子也較爲常見。但這畢竟是在閨秀自我確認過程中出現的心理顛覆，應該看到的是，儘管如此，更多的閨秀在才名的尋求上，已經提出較爲明確的要求，這種「自覺」的意識，實際上才是根本上推動閨秀參與創作、筆根不輟並組織結社的心理動力。乾隆至咸豐年間的上海才女趙棻在其《濾月軒集》序中已有辭云：「宋後儒者多言文章吟詠非女子所當爲，故今世女子能詩者，輒自諱匿，以爲吾謹守『內言不出於閫』之禮。反是，則廷欺炫鬻

〔註35〕　（清）席佩蘭《長眞閣集》卷二，上海：上海古籍出版社 2010 年，第 360 頁。
〔註36〕　（清）席佩蘭《長眞閣集》卷二，上海：上海古籍出版社 2010 年，第 378 頁。

於世，以射利焉耳。是二者，胥失之也。《禮·昏義》女師之教，婦言居德之
次，鄭君注云：『婦言，辭令也。』夫言之不文，行而不遠，文章吟詠，非言
辭之遠鄙倍者歟？何屑屑諱匿爲！」〔註37〕這是世俗對婦言的定位，凡出於
閫者，則是「炫鬻於世，以射利焉」，是受到世人批判的，因此，就有閨秀因
世之諱匿「而託於夫若子以傳者」，隱匿女性身份的信息而假託於他人從而使
詩文得以流傳。趙棻對此極爲不滿，她以「《禮·昏義》女師之教，婦言居德
之次」爲依據，並以鄭玄所注爲據指出「婦言，辭令也。夫言之不文，行而
不遠，文章吟詠，非言辭之遠鄙倍者歟？何屑屑諱匿爲！」，文辭遠鄙，有辭
則能遠，婦言即爲辭令，因而可言、能言，指出了女性創作的合理性，並憤
憤言：「不避好名之謗，刊之於木」。即使被世人目之爲「好名」好禮者，也
在所不惜。從這則典型例子中，可見乾隆時期的女性，從傳統經學中尋找婦
女「立言」的依據，爲自己的文學創作正名的意識已非常明確，與此同時，
在當代社會中，她們對自身女性身份的體認，已讓她們認識到男女創作上的
種種不平等，並力求突破這種不平等從而獲得性別身份的社會認同。那麼「好
名」，便只是是男性社會對「炫鬻於世，以射利焉」女性的批判與排斥，而非
閨秀本質性的人生追求。

　　與上海閨秀趙棻在同一意識層面上，有過之而無不及的是江蘇句容閨秀
駱綺蘭。據清代江蘇閨秀施淑儀所編《閨閣詩人徵略》卷六記載：

　　　　綺蘭，字佩香，號秋亭，江蘇句容人。佩香少耽書史，好吟詠，
　　移家丹徒。袁簡齋、王夢樓兩太史，俱以爲女弟子，詩格亦工。嘗
　　繪《秋燈課女圖》徵題，賓谷先生有『窗外秋聲不可聽』之句，因
　　以『聽秋』名其軒。尤喜畫蘭以寄孤清之致。有自繪《佩蘭圖》，題
　　句云：『孤清看畫本，騷怨得詩源』，王梅卿題云：『湘花湘草寄情深，
　　紈扇將來著意吟。想見畫簾寒不卷，抱琴彈出美人心。』〔註38〕

施淑儀這則材料的記載，包含幾個非常重要的信息，一是駱綺蘭繪作《秋燈
課女圖》，這是一幅極有意思的畫，它不僅傳達出女性相夫教子的傳統婦教思
想及其重要，更將這幅「課女圖」置於「秋」這一特殊的季節氛圍中，既凸
顯出畫中閨閣女子的孤獨與凄清，也使整幅圖彌漫在濃鬱的深情之中。駱綺

〔註37〕（清）趙棻《濾月軒集》，上海：上海古籍出版社 2010 年，第 347 頁。
〔註38〕（清）施淑儀《清代閨閣詩人徵略》卷六，南京：鳳凰出版社 2010 年，第 1952
　　　～1953 頁。

蘭早年夫卒無子，遷居鎮江，只有一義女相伴，因而這幅「秋燈課女圖」就更加彰顯出駱氏的才高於學善。難怪乾隆六十年乙卯夏五月既望，丹徒舊史王文治（駱綺蘭之師）在爲《聽秋軒詩集》作序時給予她如此高的評價：「歐陽公嘗謂『詩必窮者而後工』，豈獨丈夫爲然？即女子亦多爲之。綺蘭讀書明大義，具卓識。無世俗兒女子態，亦不沾沾爲資生計。綺蘭一女子耳，獨能虛懷受學如此。此豈易得者哉！顧其詩益進，其境益窮，白屋孤燈，夏日冬夜，塊然熒處，與物無求，古所稱固窮之君子，不意於巾幗中遇之。至於遊歷山川，流連景物，意之所適，寢食輒忘，窮之中又有通者存焉，殆非有得於中者弗能也！抑綺蘭少時即愛靜坐，近復稍稍從事於釋氏安心之法，果如是，將心之所處與身之所歷，悉超然於窮通得喪之外，而詩之工與不工何足較耶？予序其詩，亦欲兼以著其爲人也。乾隆六十年乙卯夏五月既望，丹徒舊史王文治撰並書。」〔註39〕王文治對駱綺蘭的評價是極高的，一方面肯定其與物無求，乃古之「固窮君子」，具高潔之品行；一方面對其忘我地遊歷山川、流連景物，能將身與心全然融貫，心中有得爲超脫之情，得失之外有虛懷若谷之志的「窮通」精神與窮達智慧，極爲欣賞。再者，在王文治看來，宋代歐陽修曾言「詩必窮者而後工」，不僅文士如此，閨秀亦如此，駱綺蘭詩之工雅巧致與其境遇之窮有著必然的內在聯繫。與此同時值得注意的是，駱綺蘭繪成此圖後，便廣泛「徵題」，顯然，持傳統女教思想之人不會有此行跡，這是在大膽突破閨閣之言禁錮前提下的作爲；據駱綺蘭《秋燈課女圖》記載，爲此幅畫題贈的文士就多達五十五人，比如豫親王、汲修主人、袁枚、王文治、畢沅、謝振定、曾燠、祝德麟、李廷敬、姚鼐、方昂、法式善、顧宗泰、張問陶、王友亮、李如筠、吳錫麟、趙翼、郭坤等等，其中，袁枚、王文治、曾燠、郭坤等人還題詩多首〔註40〕。最後，在這段文獻中我們發現駱綺蘭曾同時拜錢塘文士袁枚、丹徒文士王文治、青浦文士王昶爲師，爲三人之女弟子。駱氏拜多人爲師，交遊甚廣在清代閨秀之中也是極典型的。

　　作爲清代乾嘉時期極具典型意義的閨秀典型，駱綺蘭體現著清代「自覺」女性的幾個重要特徵，一方面對自己的作品有較爲明確的傳播意識，對「立言」有較爲清晰的價值取擇；另一方面，她與當代諸多著名文士的文學交遊極其廣泛，這一點也較明確地體現出其在社會身份的認同上所作出的嘗試與

〔註39〕 （清）駱綺蘭《聽秋軒詩集》，合肥：黃山書社2008年，第580頁。
〔註40〕 （清）駱綺蘭《聽秋軒詩集》，合肥：黃山書社2008年，第720頁。

努力，而這種努力的根本動因，則又來自於性別意識在社會層面上的自覺以及對「立言」的內心渴望。在《聽秋館閨中同人集》自序裏，駱綺蘭將其立言意識與身份體認一一道出，這段材料也成為我們解讀清代乾嘉閨秀社交心理的重要文獻，駱氏曰：

> 女子之詩，其工也，難於男子。閨秀之名，其傳也，亦難於才士。何也？身在深閨，見聞絕少，既無朋友講習，以淪其性靈；又無山川登覽，以發其才藻。非有賢父兄為之溯源流，分正偽，不能卒其業也。迄于歸後，操井臼，事舅姑，米鹽瑣屑，又往往無暇為之。……至閨秀幸而配風雅之士，相為唱和，自必愛惜而流傳之，不至泯滅。或遇非人，且不解咿唔為何事，將以詩稿覆醯甕矣。閨秀之傳，難乎不難。〔註41〕

駱綺蘭指出，閨秀之所以工詩難、傳名亦難，其原因有二，一則「身在深閨，見聞絕少，既無朋友講習，以淪其性靈」，「于歸後，操井臼，事舅姑，米鹽瑣屑，又往往無暇為之」，這是深處閨中無暇文事的重要原因；另則，「無朋友講習，以淪其性靈；又無山川登覽，以發其才藻」，同時亦無當代名公巨卿為之揄揚，社會身份的空白，交遊的匱乏，是閨中女子即使有詩才，而無詩名之傳的又一主要障礙。而對閨秀詩文創作不易及不傳的認識，清代文士也有與此類似的觀點，清人黃秩模所編《國朝閨秀詩柳絮集》是收錄清代閨秀詩規模最大的一部，在其族侄傳驥謹為之所作序言中這樣評述道：「惟閨閣之才，傳者雖不少，而埋沒如珍異，朽腐同草木者，正不知其幾許焉也。此曷故與？蓋女子不以才見，且所遇多殊，或不能專心圖籍，鎮日推敲，此閨秀專集之所以難成也。成帙矣而刻之未便，傳之無人，日久飄零，置為廢紙已耳」〔註42〕。駱綺蘭對此的認識是真切而深刻的，但即使如此，她早先也並未有「立言」、「正名」之欲，據駱氏自序，操持筆墨的主要原因，是「家道中落，與夫子輒吟詠，謀生計。老屋數椽，秋燈課女，以筆墨代鼯織。」在當時以筆墨謀生計的貧困女性也較為常見。然而當駱綺蘭之詩畫愈佳，索詩畫者愈眾之時，議論之聲便四起，質疑者斥其詩畫非駱氏親為，而為代作。為此，駱綺蘭甚是懊怒，在這篇自序中，她又言及日後如何以自己的努力證

〔註41〕　（清）駱綺蘭《聽秋軒閨中同人集》，南京：鳳凰出版社 2010 年，第 2580 頁。
〔註42〕　（清）黃秩模編輯，付瓊校補《國朝閨秀詩柳絮集校補》，北京：人民文學出版社 2011 年，第 1 頁。

明詩才的眞實，又是如何回應世人對其與袁枚、王文治等文士交遊之「非禮」：

> 或見蘭之詩而疑之，謂《聽秋軒稿》，皆倩代之作。蘭賦性粗豪，謂於詩不能工，則誠歉然自慚；謂於詩不能爲，則頗奮然不服。間出而與大江南北名流宿學覿面分韻，以雪倩代之冤，以杜妄人之口。師事隨園蘭泉夢樓三先生，出舊稿求其指示差繆，頗爲三先生所許可。世之以耳爲目者，敢於不信蘭，斷不敢不信隨園、蘭泉、夢樓三先生也。於是疑之息而議之者起！又謂婦人不宜作詩，佩香與三先生相往還尤非禮。隨園蘭泉夢樓三先生蒼顏白髮，品望之隆與洛社諸公相伯仲。蘭深以親炙門墻，得承訓誨，爲此生之幸。〔註43〕

面對眾人對其與三位先生交遊的質疑，駱氏並未因此退卻，反而以《詩經》中《卷耳》、《葛覃》、《采蘩》、《采蘋》等爲例說明，自古聖人對女性創作就未持反對態度，「內言不出」也非固有的信條。駱綺蘭以自己對三位先生的尊敬與欽佩，三人的德高望重，回擊了那群「非醇厚君子」之用心。不僅沒有從此擱筆，恰恰相反，她還將遠近閨秀投贈之作集結成篇，予以付梓，使女性之詩名、清麗之詩才得以傳揚，雖「自傷福命不如同人」，但「又竊幸附諸閨秀之後而顯矣」。在歷史面前，駱綺蘭的堅韌與才學令人讚歎，在眾人的質疑聲與名士的教諭聲中，其「傳名」的妄想得以實現，並最終使《聽秋軒詩集》、《聽秋軒閨中同人集》、《聽秋軒贈言》得以付梓，亦使遠近閨秀的投贈之什得以見世，不能不說是一個女性文學世界的奇跡。而在與眾多名士的文學交遊中，駱綺蘭爲自己主動描繪的人生圖景，在清代乾嘉時期的社會意義上，又是閨秀身份自我體認的一個重要信號，這意味著此期女性文學生態的極大變化，也意味著走出閨閫之人交遊網絡的根本性拓展已經成爲一股不可逆轉的新潮流展示於乾嘉世人的眼前。

2. 心理前提與才德標準

中國古代佛教中的女性結社，並非本書所研究的範疇，一方面此期的女性結社並未形成自發而穩固的社團；另一方面，作爲信徒，這些女性也並未超越佛教活動的範圍，其意義也不能片面拔高。因此，本書暫不將佛教女性社集納入結社研究範疇。後期的女性結社，由佛教信徒的集會演變成詩文學社，而女性之間也往往借助書信交往來確認彼此，並使詩文社得以延續。關

〔註43〕嚴迪昌《清詩史》（下），杭州：浙江古籍出版社 2002 年，第 799 頁。

於書信結社的方式，學者楊仁里在《江永女書：人類文字史上的奇跡》一文中指出：「因爲婦女用女書結拜姊妹並進行通信往來、社交活動，因此女書屬於女性結社文學」〔註 44〕。但這樣的結社，往往被學者定位爲「苦情文學」，認爲女性書信作品僅僅停留在抒寫悲情上，較多的是對黑暗社會的控訴、對禮教陳俗的叛逆、不屈服於命運打擊的吶喊，具有鮮明的反叛意識和覺醒色彩。但實際上，這樣的界定是片面的，缺乏將女性置於社會性別角色雙向關係之中進行考察的關鍵環節，還僅僅是對女性性別立場的單一評判。當闡釋者將女性作爲性別角色中不可或缺的客體審視時，其地域、民族、信仰、階層等歷史文化生態才會逐一顯現出來。女性結社的內涵，也就不應僅僅停留在「苦情文學」的界面。如若將閨秀文學的呈現置於明清學術發展的大環境中進行綜合考察，我們不難發現，進步文士的支持是帶著學術演進的烙印與文學闡釋新變的因素。陽明「心學」強調主體性對於外物觀照的統攝性意義。其後，從王陽明到泰州學派王艮學術的根本性變化，又最終奠定了「童心說」、「性靈說」的詩學理論基礎，誠如徐渭在《奉贈師季先生序》中所言：「先生論學本新建宗，講良知者盈海內，人人得而聞也。後生者起，不以良知無不知，而以所知無不良，或有雜於見，起隨便之心而概以爲天則。」〔註45〕從「良知無不知」到「所知無不良」的轉變，實質上已是對人欲世俗的正面肯定，這正與袁枚所言「人欲當處即是天理」（《再答彭尺木進士書》）相通。從文化與文學的角度講，就是要超脫外物羈絆而實現主體的眞靈性。這一理論前提爲閨秀文學的開掘鋪展了道路，因爲人人有「良知」，「詩非異物，只是人人心頭舌尖所萬不獲己，必欲說出之一句說話耳，則固非儒者之所得矜爲獨能也？」〔註46〕那麼閨秀亦應如此。而另外一方面，心學的發展也帶來文學闡釋方法向主觀性方向轉變，「尙意」成爲關注的中心，闡釋者更加重視「不知而自至之妙」（陸時雍語）的會心境界，追求的是「各有會心」的心理直覺。而這種闡釋方式亦反之要求創作者恰到好處地把握神與意、情與詞之間的尺度，求得靈性鮮明而又不著痕跡的「鏡花水月」似的審美。明清時期，除性靈派關注創作主體精神外，詩論家更提出「同然」與「誠然」的概念去進一步闡釋作詩者的心意。金聖歎云：「作詩須說其心中之誠

〔註44〕楊仁里《江永女書：人類文字史上的奇跡》，《民族論壇》，2004（10）。
〔註45〕（明）徐渭《徐渭集》卷十九，北京：中華書局 1983 年，第 515 頁。
〔註46〕（清）周亮工《尺牘新鈔》卷五，上海：上海書店出版社 1988 年，第 121 頁。

然者，須說其心中之所同然者。說心中之所誠然，故能應筆滴淚；說心中之所同然，故能使讀我詩者應聲滴淚也。」〔註47〕尤其強調「誠然」如其心而能應筆滴淚的至情。與此同時，亦強調閱讀者與古人心意的相通，甚至不分你我的彼此互釋，「詩者思也，以我之思可通於彼；以一二人之思可通於千萬人；且千百年以上之思，由今思之，恍如我意中之所欲吐」〔註48〕這樣的闡釋思路與述求方式使閨秀文學創作亦獲得文化思想上的解放。因而，本書在研究清代乾嘉時期以閨秀爲中心的結社活動時，尤其注重個體與整體的結合考索、性別與社會的綜合衡量，以求建立較爲全面的觀照體系。清代以江浙一帶爲中心的閨秀結社，發展極盛。一方面閨秀結社名目繁多，社集頻繁。清代女子結社在江南沿海一帶較爲突出，其結社範圍主要以閨秀所在家族及父輩交遊對象爲主。比如，清末民初廣東閨秀冼玉清在所著《廣東女子藝文考》中就記錄了閨秀詩文結社的一般事實。《廣東女子藝文考》「《方采林詩》二卷」條目後，記載：

> 沈德潛序曰：「廣南方九谷先生以詩鳴，後家於吳，長君蔞朔次君東華亦以詩鳴吳中，予與定交。知其古體必宗漢魏，近體必宗唐人，承九谷家法也。繼得交九谷女夫金學博蘊亭，蘊亭詩歌並宗九谷，最後知九谷次女金夫人歸學博者，亦能受九谷詩學」。昔歐陽文忠序謝景山女弟希孟詩，謂其隱約深厚，守禮而不自放，非猶他婦人之能言者，而原其所自來，得於母夫人好學窮經之教。今夫人之詩，隱約深厚，與希孟同，守禮與希孟同，故有得於九谷先生遺訓者。亦復好學窮經，耳濡目染，以漸深造而有得。〔註49〕

廣南方九谷先生一家歸居吳地後，以詩而聞名，九谷先生先與沈德潛「定交」，而後沈氏又交九谷先生女婿金學博蘊亭、九谷次女金夫人。沈德潛更以「歐陽文忠序謝景山女弟希孟詩」之例，盛贊九谷先生之女金夫人之詩「隱約深厚，守禮而不自放，非猶他婦人之能言者」。將女學、詩學與婦教密切聯繫。沈德潛爲長洲人士，論詩主「格調」，又以提倡「溫柔敦厚」詩教而聞名，是乾隆朝重要的詩壇領袖，其主張典型地代表著乾隆時期的官方立場。而沈德

〔註47〕　（清）金聖歎著，曹方人，周錫山標點《金聖歎全集·貫華堂選批唐才子詩》，南京：江蘇古籍出版社1985年，第47頁。

〔註48〕　（明）莫秉清《傍秋庵文集》，臺灣：文海出版社1973年影印本。

〔註49〕　冼玉清《廣東女子藝文考》，北京：商務印書館1941年，第23～24頁。

潛本人參與結社的情況也比較複雜，不僅同時參與多個社團，並且組織社團也名目眾多，從這一方面也足見結社活動對官方詩學意志傳播中的價值與作用。無怪，為何沈德潛要讚美九谷先生女兒之詩「隱約深厚，守禮而不自放，非猶他婦人之能言者」，與他「溫柔敦厚」的格調論如出一轍。在此則例子裏，九谷先生次女與家人及沈氏的詩學交遊典型地體現為閨秀參與型結社。冼玉清在所著《廣東女子藝文考》「《茗香室詩略》一卷」條，還記錄了組織型結社的類型。《茗香室詩略》為香山李如蕙所撰，「如蕙，字桂泉，道光間人。父異凡以任俠累戍四川，生桂泉於戍所」。李如蕙就曾結「桂泉社」：「倪鴻《桐陰清話》七云：『先是邑有詩社，桂泉名列前茅，同人遂為一峰執柯，合承之夕，一峰有句云：難得賽修盡名士，題門親為賦催妝。』一時稱之。」〔註50〕在清代，以江浙及沿海一帶為中心的閨秀結社活動較為突出和頻繁，以參與型、組織型為主要形式的結社較為典型。

另一方面，以交遊為目的的結社得到世家大族及名士的大力支持，突破傳統婦教與女學，在閨秀交遊網絡上獲得較大的拓展，閨秀社會性得以顯現。世家大族與當時名士對閨秀結社的支持，主要出於對其詩文創作及交遊活動的理解、認同與欣賞。其所認同的，一是閨秀創作中真性靈、真性情的表達。比如袁枚在《答蕺園論詩書》中曰「詩由情生」、「有必不可解之情，而後有必不可朽之詩」〔註51〕，而什麼樣的情最易動人呢，「情所最先，莫如男女」。袁枚對「女子不宜為詩」的陳俗觀念予以批駁，一則以《三百篇》多為女子之詩為例充分肯定了女子之詩的經學依據；二則也對女性由於「針黹之餘不暇筆墨」無人唱和創作失語，因而詩作湮沒無聞者甚多的現況表示遺憾：

> 目論者動謂詩文非閨秀所宜，不知《葛覃》、《卷耳》首冠《三
> 百篇》，誰非女子所作？《兑》為少女，而聖人繫之以朋友講習；《離》
> 為中女，而聖人繫之以文，日月麗乎天，詩之有功於陰教也久矣。
> 然而言者心之聲也，天機戾則律呂不調，六情和則音節自協。〔註52〕

又言：「詩分唐、宋，至今人猶恪守。不知詩者，人之性情；唐、宋者，帝王之國號。人之性情，豈因國號而轉移哉？亦猶道者，人人共由之路，而宋儒

〔註50〕 冼玉清《廣東女子藝文考》，北京：商務印書館 1941 年，第 53 頁。
〔註51〕 （清）袁枚《小倉山房文集》卷十七，南京：江蘇古籍出版社 1993 年，第 526
　　　　 頁。
〔註52〕 （清）駱綺蘭《聽秋軒詩集》，合肥：黃山書社 2010 年，第 580 頁。

必以道統自居，謂宋以前直至孟子，此外無一人知道者。吾誰欺？欺天乎？」
〔註53〕充分肯定了作詩之性情人皆有之，人之性情各異，自然詩之風景不同，
誠如天生花卉，春蘭秋菊，各有其芳，只要能「動人心目」，即爲佳作。否定
「內言不出於閫」的言論，肯定了女性作詩的合理性。而像袁隨園這樣直接
肯定女性創作以情爲宗的清代文士還有明末清初文士苕溪生〔註54〕。苕溪生
《閨秀詩話》卷二曰：「自古佳人才子，賦命多薄，況才美兩擅，落跡風塵，
蹈山涉水，飽歷星霜，偶一念至，能不悲哉？余情奴也，情之所鍾，正在我
輩。」〔註55〕「情」乃詩歌創作的源泉，也是女性在詩歌創作中不變的主題
與創作的宗旨。爲何女子能以情爲尚呢？苕溪生認爲，「佳人才子，命多薄而
才兼擅」卻又「落跡風塵，蹈山涉水」，正是基於她們豐韻的才學與多舛的命
途，因此，吐露於詩時才能以濃烈的情感作底色而自然抒寫，同時，苕溪生
對「女子無才便是德」的俗論予以否定，指出「長以才者必有情，深於情者
必有德，故才實不可少」。以才而情，以情而德。才、情、德的彼此關聯變得
如此密切和必要，這在清代以前的任何一個時期都是沒有出現過的。有清一
代，對女性創作與交遊活動給予支持的著名學者還有王士祿、陳維崧、吳偉
業、王士禛、王文治、杭世駿、郭麐、陳文述等等。而直接招收女弟子指導
其詩歌創作的著名文士有錢謙益、王士禛、袁枚、陳文述、杭世駿、毛奇齡、
沈大成、蕭蛻公、陳秋坪、郭麐、任兆麟、梁章鉅、畢沅等，不勝枚舉。此
外，揚州學派代表人物阮元，也曾編著《兩浙輶軒錄》與《淮海英靈集》專
門搜集江浙婦女的創作，其支持的態度是顯而易見的。常州文士陸繼輅還曾
從詩的本質是抒情言志、出於「憂愁幽思不得已而託之於此」的立場出發，
在其《崇百藥齋三集》中駁斥了「婦人不易爲詩」之謬論：「吾聞諸儒家者曰，

〔註53〕（清）袁枚著；顧學頡校點《隨園詩話》卷六，北京：人民文學出版社 1982
年，第 141 頁。

〔註54〕關於苕溪生其人，學者蔡鎮楚在其所著《中國美女詩話》（長沙：湖南師範大
學出版社，2008 年，第 348）一文中指出：「苕溪生是誰，難以確認，以其
取名，當係浙江人。苕溪，水名，浙江吳興縣的別稱。南宋胡仔寓居於此，
自號『苕溪漁隱』，因作大型詩話叢編《苕溪漁隱叢話》。苕溪生生於斯，長
於斯，自慕之，仰之矣。依蔣寅《清詩話考》，僅知其爲明末清初人，他自稱
爲『情奴』，其女性文學觀念比較別致，特別強調女子之才，與封建主義「女
子無才便是德」之論者相左，認爲女子有才氣是其魅力所在，並言「長以才
者必有情，深於情者必有德，故才實不可少」。

〔註55〕（清）苕溪生《閨秀詩話》卷二，新民書局 1934 年，第 23 頁。

婦人不宜爲詩。斯言也，亦幾家喻而戶曉矣。顧嘗有辨之者，至上引《葛覃》、《卷耳》以爲之證。夫《葛覃》、《卷耳》之果出於自爲之與否，未可知也。則婦人之宜爲詩與否，亦終無有定論也。」〔註56〕但是，結社活動的開展也不同程度地遭到部份文人的批評與反對，結社活動也表現出或隱或顯的特徵，同時，女性對於自身社會身份的定位也在自我矛盾中得以最終確認，並大膽與反對者進行論爭，顯現出與舊時閨秀思想意識極大的不同。在清代，女性的傳統職能被發展到極致，比如社會對貞潔觀念的極度重視，「女子無才便是德」仍社會的主要思想等等，都嚴重限制了女性走出閨閣的自覺與行動。學者陶秋英曾在其著作《中國婦女與文學》一書中就簡明扼要地梳理了中國古代女性貞潔觀逐步深化的一個過程，她指出：「女子貞操的學術是立於漢代的儒家，但事實上，漢代的社會並不曾受其大賜，唐代對於貞潔觀念仍然很淡薄，宋代由理學的發達進至於禮教的大進步，由禮教的大進步而進至於女子貞潔的被極端重視，明代成爲貞潔最重視最發達的時代，到了清代，什麼都到了極致，貞潔成了女子的天責。」〔註57〕陶秋英指出了當時人對婦德的極度重視。因此，一些以傳統儒家倫理與程朱理學爲依據，具有濃厚保守思想色彩的的學者公開批評清代「婦學」〔註58〕的失眞，比如生活於清代中葉儒家婦德盛行時代的學者章學誠，就曾在其《婦學》〔註59〕篇中控訴說，不少輕佻小人以造勢標榜並炫耀名聲，是世之流弊。古代的婦學，是先學禮後言詩，而現在的婦學恰恰相反，只作詩而不達禮甚至敗壞禮俗。章學誠將矛頭直接指向了以清代學者袁枚爲代表的，招收女弟子並與其詩文唱和者的言行。章氏曾在《丁巳札記》中近乎憤慨地怒斥了這一所謂的文學交往方式：「近有無恥妄人，以風流自命，蠱惑士女，大抵以優伶雜劇所演之才子佳人惑人。

〔註56〕（清）陸繼輅《崇百藥齋文集》卷一四，《清代詩文集彙編》上海：上海古籍出版社 2010 年，第 175 頁。
〔註57〕陶秋英《中國婦女與文學》，北京：北新書局 1993 年，第 37 頁。
〔註58〕所謂「婦學」，在古代專指對婦女的教育，《周禮‧天官‧九嬪》曰：「九嬪掌婦學之法，以教九御：婦德、婦言、婦容、婦功。」這就是說，早在遠古社會，國家即專設了職掌婦女教育的機構與官員，教育內容是婦女的德、言、容、功四個方面。章學誠也論述了古代婦學的主要內容，指出：「婦學之目，德、言、容、功。鄭注『言爲辭令』，自非嫻於經禮，習於文章，不足爲學，乃知誦《詩》習《禮》，古之婦學，略亞丈夫。」「蓋四德之中，非禮不能爲容，非詩不能爲言。」
〔註59〕（清）章學誠《文史通義‧婦學》，上海：上海古籍出版社 2008 年，第 177 頁。

大江以南，名門大家閨秀，多爲所誘。徵詩刻稿，標榜聲名，無復男女之嫌，殆忘其身之雌矣。此等閨娃，婦學不修，豈有眞才可取？而爲邪人之播弄，浸成風俗，人心世道，大可憂也。」〔註60〕章學誠是從傳統婦教的角度對女性結社甚至拜文士爲師的行爲表示質疑並予以批判。以章學誠爲代表的清代文士對閨秀結社交遊方式與文學創作對「婦言」的違背，持否定的態度。

這樣的否定與批駁也並非無因由。東漢班昭《女誡》一書中已有對封建女性全面的規範與約束，闡釋了三從四德的倫理道德、男尊女卑的社會秩序，對中國古代女性思想與言行的影響十分深遠。在《婦德》第四中，其提出「女有四行，一曰婦德，二曰婦言，三曰婦容，四曰婦功。夫云婦德，不必才明絕異也；婦言，不必辯口利辭也；婦容，不必顏色美麗也；婦功，不必工巧過人也。清閒貞靜，守節整齊，行己有恥，動靜有法，是謂婦德。」〔註61〕對女子之德行作了高度凝練的概括與規定，而唐代女學士宋尚宮若莘更是在其《女論語》中對班昭撰《女誡》爲後世女子作垂範的用意作了記載：「曹大家曰：『妾乃賢人之妻，名家之女。四德兼全，亦通書史。因輟女工，間觀文字，九烈可嘉，三貞可慕。深惜後人不能追步，乃撰一書，名爲《論語》，敬戒相承，教訓女子。若依斯言，是爲賢婦。罔俾前人，傳美千古』」〔註62〕並在《立身》章中規定了女子「立身之法，惟務清貞」的最高標準以及「莫窺外壁，莫出外室，窺必掩面，出必藏形」〔註63〕的行爲規範，儼然成爲女性端行的枷鎖。至明代天啓四年（公元1624）多文堂更直接將東漢班昭所撰《女誡》、唐朝女學士宋若莘所撰《女論語》、仁孝文皇后《內訓》、明末儒者王相之母劉氏所撰《女範捷錄》四部書合刻爲《閨閣女四書集注》，最終定型爲一整套封建女子閨範的典型教材，既是女性言行舉止的客觀標準，更成爲壓抑女性生命尊嚴的禮教枷鎖！而自東漢班昭《女誡》之後，直至明清時期，這樣的枷鎖與約制有逐漸加強的趨勢，從今天留存的篇目來看，明代的「女誡」類書目就包括七部：仁孝文皇后《內訓》、劉氏《女範捷錄》、呂得勝《女小兒語》、呂坤《閨範》、《閨戒》、徐士俊《婦德四箴》、王孟箕《御下篇》等。而明確爲清人所撰「女誡」類書籍至少在十部左右：陸圻《新婦譜》、陳確《新

〔註60〕 陳東原《中國婦女生活史》，上海：上海書店出版社1984年，第269頁。
〔註61〕 張福清《女誡 婦女的枷鎖》，北京：中央民族大學出版社1996年，第3頁。
〔註62〕 （清）秦淮寓客《女史》，南京：江蘇人民出版社2011年，第426頁。
〔註63〕 （清）秦淮寓客《女史》，南京：江蘇人民出版社2011年，第426頁。

婦譜補》、查琪《新婦譜補》、唐彪《婦女必讀書》、史典《願體集》、王之鐵
《言行彙纂》、賀瑞麟《女兒經》、《婦女一說曉》、廖免嬌《醒閨編》、馮樹森
《四言閨鑒》等等。但值得注意的是，明清兩朝官方對「女誡」類書籍的愈
加推行，卻恰恰說明了在民間，婦女閨閫生活的逐漸改變。不妨看明代秦淮
寓客所編《女史》中，明代閨秀於閨閫之外和詩聯吟、飲宴遊弋的熱鬧場景，
在《綠窗女史》一書中秦淮寓客鮮明地對此進行了刻畫。在題詞中，秦淮寓
客這樣描繪道：

> 五都佳麗，莫比江南。芙蓉楊柳之堤，翠羽明珠之隊，能使風
> 薰自醉，日憺忘歸。恒娛樂於白晝，少寄情於綠窗，惜沉冥而不返。
> 負窈窕之妙材，豈若靜女文心，麗人芳韻？珊瑚研匣，奉綺席以週
> 旋；翡翠筆床，隨香車而出入。或相思得句，薄命傷情；或錦上傳
> 心，葉中寫怨。題班姬之紈扇，揮薛氏之花箋，奪謝家之香囊，書
> 王郎之白練，莫不嬿婉多情，風流漫興。〔註64〕

江南閨秀文化的發展達到前所未有的高度，「恒娛樂於白晝，日憺忘歸」遊宴、
「珊瑚研匣，翡翠筆床」的才思，皆在在彰顯著閨閫之外的「嬿婉多情」與
「風流漫興」。面對社會輿論支持與批評共存的聲音，閨秀創作群體中有部份
人選擇了放棄，然而更有積極者開始自我審視並尋求文學與自身價值的新出
路，一方面，她們認識到閨秀創作的不易及其原因，並有尋求支持與理解的
趨勢。駱綺蘭在其所編《聽秋館閨中同人集》序中，一開始便訴說女性從事
文學創作的艱難：「女子之詩，其工也，難於男子。閨秀之名，其傳也，亦難
於才士。何也？身在深閨，見聞絕少，既無朋友講習，以淪其性靈；又無山
川登覽，以發其才藻。非有賢父兄為之溯源流，分正偽，不能卒其業也。迄
于歸後，操井臼，事舅姑，米鹽瑣屑，又往往無暇為之。至閨秀幸而配風雅
之士，相為唱和，自必愛惜而流傳之，不至泯滅。或遇非人，且不解咿唔為
何事，將以詩稿覆醯甕矣。閨秀之傳，難乎不難。」〔註65〕其所述女子為詩
之難的原因，一方面由於「操井臼，事舅姑，米鹽瑣屑」家庭瑣碎事務所困，
無暇為之；另一方面，在駱綺蘭看來更為重要的是閨秀「身在深閨，見聞絕
少，既無朋友講習，以淪其性靈；又無山川登覽，以發其才藻」，一生走不出
深閨，沒有遊歷、缺乏益友切磋文藝，是閨秀之名傳，極難的主要原因。而

〔註64〕 （明）秦淮寓客《女史》，南京：江蘇人民出版社 2011 年，第 444 頁。
〔註65〕 胡文楷《歷代婦女著作考》，上海：上海古籍出版社 1985 年，第 276 頁。

才士則可以「取其青紫，登科第，角逐詞場，交遊日廣，又有當代名公巨卿從而揄揚之」不僅「交遊」甚廣，且有名士揄揚，因而才士方能「名益赫然照人耳目」。只有當女子的婚姻使得其所「幸而能配風雅之士，相爲唱和」，或許還能「不至泯滅」，如若「所遇非人」，則落得個「將以詩稿覆醯瓿矣」的結局。在這段文字裏，駱綺蘭說出了兩個根本性的問題，閨秀內心希求突破「內言不出於閫」的俗制，在文學交遊網絡上尋求自身的發展；閨秀創作的維持與繼續，離不開與「風雅之士」的酬唱。這就意味著，清代閨秀是否能在創作上與交遊上有所拓展，其作品能否流傳，較大程度上仍取決於文士的選擇與觀念，家庭成員的立場也起著至關重要的作用。

另一方面，在充滿悖論的社會輿論中，清代部份閨秀對「立言」及其傳播仍賦予了熱忱，其嚴辭駁斥「文章吟詠非女子事」的俗制，斥之爲「謬論」，企圖衝破藩籬，尋求女性自己的聲音。比如乾隆至咸豐年間的上海才女趙棻在其《濾月軒集》序中即云：「宋後儒者多言文章吟詠非女子所當爲，故今世女子能詩者，輒自諱匿，以爲吾謹守『內言不出於閫』之禮。反是，則廷欺炫鬻於世，以射利焉耳。是二者，胥失之也。《禮·昏義》女師之教，婦言居德之次，鄭君注云：『婦言，辭令也。夫言之不文，行而不遠，文章吟詠，非言辭之遠鄙倍者歟？何屑屑諱匿爲！』文章吟詠誠非女子事，予之詩不能工，亦不求工。也有自知其短而反暴之以求名者乎？蓋疾夫世之諱匿而託於夫若子以傳者，故不避好名之謗，刊之於木。」〔註66〕在清代士大夫對女性創作及交遊活動表示出不同立場的同時，閨秀自身也充滿著矛盾和自疑。嘉慶戊午正月既望，論山漫叟在爲江蘇丹徒閨秀鮑之蘭《起雲閣詩鈔》所作序言中就這樣評價鮑之蘭女史對創作傳播與交遊活動的觀念：

> 妹至性謹樸，勤於女紅；結縭後，尤專事井臼操作弗倦，時有餘暇，即手擷一編。每晤予，輒相詰難，以故所藝日進。顧嘗謂文詠非閨閣事，有所著不以示人，遂多散佚，今集中若干首，不及生平手著十分之一，皆妹諸子所竊藏，以時編輯，私自寶貴而妹不知也。〔註67〕

一方面她們走出「閨閣」與其它閨秀交遊並進行文學創作，期望「婦言」能名之於世，但與此同時，仍持著「文章吟詠誠非女子事」的觀念，自我矛盾。

〔註66〕《清史稿》，北京：中國文史出版社2003年，第2530頁。

〔註67〕（清）鮑之蘭《起雲閣詩鈔》卷一，合肥：黃山書社2008年，第163頁。

乾隆時期的閨秀趙棻其詩文創作俱佳，古體律體兼備，其標準也是「美其才而不苟以節」〔註68〕，但在《濾月軒集》序言中，一個「誠」字又道出了其內心的徬徨與困惑。但可貴的是，儘管如此，趙棻仍對「疾夫世之諱匿而託於夫若子以傳者」表示了不滿與反對，寧可背負「好名」之謗，也要「刊之於木」使其「婦言」傳之於世。從清代諸多閨秀文學活動的事實中，我們不難發現，她們正是在他者評定的矛盾與自我審思的心理悖論中逐步向前邁進的，而其文學創作主題的新舊兼具、文學活動的內外延伸，其整個過程都伴隨著女性思想曾有的羈絆與新的啓發而鮮明活潑地展開，形成一幅錯綜交織、層疊不窮的美妙圖景。

最後，再談談清代閨秀的才德標準及對結社活動產生的影響。上文曾言及學者徐鵬依據胡文楷《歷代婦女著作考》中的統計得出的研究數據，明清兩代女性的才學在地方志中得到了較爲普遍而詳實的記錄，學者高彥頤亦曾指出，此現象已說明女性才學在地方志中得到了正面頌揚。比如光緒《杭州府志》記載「生有夙慧」的汪端七歲即「賦《春雪》詩，驚其長老」；而在乾隆《紹興府志》所記載的閨秀王端淑則更是「幼聰穎，喜讀書，稍長亦酣史傳，古大家，工於詩，能臨池，亦間遊戲水墨詩，則標新探奧，敵體沈宋，其論斷古人處，絕似龍門，毫無兒女口角」〔註69〕聰穎的天賦是地方志中對女性才學頌揚的主體。學者康正果據此指出，女性接受的教育程度遠不及男性。男性之詩才更多受到後天培養，而女子詩才則較多地依靠天賦。這與「性情」相通的「天賦」，正是乾嘉時期以「尊德性」爲尚的文人所需的理論依據。清代文人對閨秀「才」、「德」的評價與選擇，不僅僅是處於性別立場的審思與品評，如果將這場大考論置於清代中期學術文化發展的領域進行考察，我們將會發現，對閨秀文學的審度，實則也是文士文化觀念的側面投影，是清代中期「道問學」與「尊德性」論爭現象在詩文創作觀領域的反映。

清代中期古籍考據之風的興盛，復古傾向的再度蔓延，使「道問學」之風再度成爲當代的文化主流。手持考據的文士對失傳已久的古音古字、宋元刻本抄本爭相研究，形成一股濃鬱的學究氣。而對於以性靈爲創作宗旨的詩壇而言，所重者卻恰恰在「尊德性」一途，且形成與學問考據一派的對立態

〔註68〕（清）平步青《霞外攟小屑》，上海：上海古籍出版社1982年，第397頁。
〔註69〕李亨特修，平恕等纂乾隆《紹興府志》二，上海書店出版社2000年，第535頁。

勢。乾隆年間陽湖派創始人惲敬就曾對此論爭現象予以了駁斥：「同州諸賢達多習校錄，嚴考證，成專家。爲賦詠者，或率意自恣，而大江南北以文明天下者，幾於昌狂無理，排溺一世之人，其勢力至今未已」〔註70〕。除此而外，文士對閨秀才學的欣賞與支持也絕不是純粹源自於其婦學觀的立場，除了對女性天賦的認同之外。文士自身對「知音」的索求，從色到德到才，再到德才色兼合的變化，也是個中的重要因素，比如清初蘇州文人衛詠在《悅容編‧隨緣》中就表達了這層期許之意：「要以隨其所遇，近而取之，則有其樂而無其累。如面皆芙蓉，何必文君，他如稍識數字，堪充柳絮高才」〔註71〕，又在《博古》篇中說：「女人識字，便有一種儒風。故閱書畫，是閨中學識，如宮閨傳、列女傳、諸家外傳、西廂、玉茗堂還魂二夢，雕蟲館彈詞六種，以備談述歌詠，自有知音」〔註72〕。女子之習文，在宮閨傳、列女傳、諸家外傳、西廂、玉茗堂還魂二夢，雕蟲館彈詞六種有所閱覽自然是極佳的，當她們與文士交流時，便可增添精神生活的樂趣。明代文人馮夢龍甚至將伉儷之才必作日月：「譬之日月，男，日也，女，月也；月借日而光，妻所以齊也；日歿而月代，妻所以輔也。此亦日月之智，日月之才也。」〔註73〕明末吳江文學家葉紹袁更是對伉儷唱和的雅致與在閨秀文才形成中的重要性有著較明確的認識：

> 特以「內言不出於閫」爲禮經之明文，故記載罕稱道之。然非在室奉長者之訓，于歸得倡隨之樂，則雖抱韋含章，亦無以自見。故必有謝安石之風流，而道韞以詠絮著；爲秦士會之寄贈，而徐淑以明鏡傳遞。〔註74〕

文中葉紹袁指出，「在室奉長者之訓，于歸得倡隨之樂」長者的教誨與丈夫的互酬，既是閨秀才學得以形成的重要條件，也是其詩名形成的必備要素。葉氏與沈氏「倡隨之樂」僅從沈宜修去世後葉氏之悲中便可略見一斑。如果說潘岳、蘇軾是悼亡詩的有力開啓者，那麼葉紹袁則是悼亡詩的不二殿軍，其《代答十

〔註70〕　（清）惲敬《大雲山房文稿》，四部叢刊本。
〔註71〕　《叢書集成續編》，第97冊，子部，上海：上海書店出版社1994年，第312頁。
〔註72〕　鮑震培《清代女作家彈詞小說論稿》天津：天津社會科學院出版社2002年，第37頁。
〔註73〕　高洪鈞《馮夢龍集箋注》，天津：天津古籍出版社2006年，第131頁。
〔註74〕　（明末清初）葉紹袁《午夢堂集》，北京：中華書局1998年，第2頁。

章，內人並未及見。詩成婦死，摧愴如何，再用前韻爲悼亡之哭》〔註75〕等一
百六十來首悼亡名作既是其「香籠無伴鬱深深」伉儷深意的完整寄寓，更是
對名媛才學的有力肯定。在清代，文士對閨秀才學的格外青睞，或者正是促
使閨秀加入到結社大潮之中，尋求才藝切磋與聲名提升的內在動力。而文士
所青睞的才學女性並非傳統意義上的受「禮教」與「女教」薰陶的女子，而
是具有「詠絮才」的靈慧閨秀謝道韞。另一方面，在蘇州閨秀的唱和及序跋
文字材料中，我們發現，閨秀所傾慕的古代女文人也恰巧是清代文士們所推
崇的典型女學士，東晉名臣謝安侄女謝道韞。這種不謀而合，正說明閨秀女
學思想的本質性轉變與參與社集的內在傾向。

　　清代閨秀對文學藝術的追求常用「林下風」三字簡潔地點評，比如清代
浙江仁和閨秀蘇畹蘭《閨吟集秀》六卷的自序亦言：

> 　　三代之興，窈窕妃媛，有蓋文才，搦管揮毫，馳騁於法度之中，
> 爲世所傳，以興內教。近代以來，少習文章，六藝之奧，湮沒無聞。
> 發華緘而思飛，嗟林下風致，不及遠矣！積有歲時，謬蒙深拾。於
> 是詠萱草之喻，用寄幽懷。頤道家之秘言，察天下珍妙；固可觸憂
> 釋疾，目玩意移，縱心所欲。聞之前志，觀者勿以婦人玩弄筆墨爲
> 誚焉則足矣！〔註76〕

《燃脂餘韻》卷三對清初才媛黃媛介的評價也有：「清雋高潔，絕去閨閣畦徑。
乙酉鼎革，家被蹂躪，乃跋涉於吳、越間。困於攜李，躓於雲間，栖於寒山，
羈旅建康，轉徙金沙，留滯雲陽。其所記，多流離悲戚之辭，而溫柔敦厚，
怨而不怒。既足觀其性情，且可以考事實，蓋閨秀而又林下風者。」〔註77〕
稱其雖遭遇變故，羈旅漂泊、命途多舛，但仍具溫厚不怨的性情，似乎已具
備了超塵脫俗的氣格與林下逸士的風韻。清代詩話文獻中也多次出現文士以
「清」去定位閨秀詩歌，如清才、清秀、清麗、清婉、清淺、清貞、清絕、
清隱、清眞、清豔、清妙、清和、清超、清雋、清逸、清空、清新、清剛、
清雅、清俊、清健、清順等等，亦喜以「林下風」來品賞女性詩歌藝術風韻
及其詩學精神追求，比如：

> 　　孫春岩觀察滇南，娶姬人王氏，名玉如，雲南昆明人。善畫工

─────────────

〔註75〕　（明末清初）葉紹袁《午夢堂集》，北京：中華書局1998年，第853頁。
〔註76〕　（清）范畹蘭《閨吟集秀》六卷，南京：鳳凰出版社2010年，第2542頁。
〔註77〕　（清）王蘊章《燃脂餘韻》卷三，南京：鳳凰出版社2010年，第713頁。

詩，與女公子雲鳳、雲鶴閨房倡和，有林下風。〔註78〕

孫春巖觀察滇南，娶姬人王氏，名玉如。善畫工詩，與女公子
雲鳳、雲鶴閨房倡和，有林下風。〔註79〕

自然好學齋主人汪端，有姑雲琴，茲逸珠。能詩，著有《沅蘭閣
集》，寄端詩云：『美人雲影在西湖，誰識青溪最小姑？殘墨冰甌和雨
滌，回風羅袂倩花扶。薰香靜展《藏眞貼》，拂素春臨《望遠圖》絕
似當年曹比玉，瓊簫吹徹月明孤。』林下清風，略見一斑矣。〔註80〕

「林下風」或用以讚美女性閒雅飄逸、超塵脫俗的風采與氣格，也用以指隱居
者恬淡自然的風度，更指向竹林名士般超曠的心性與生命境界的勾勒。顯然，
「林下風」的評價是極高的。據《世說新語》記載：「謝遏絕重其姊。張玄常
稱其妹，欲以敵之。有濟尼者，並遊張、謝二家，人問其優劣，答曰：『王夫
人神情散朗，故有林下風氣；顧家婦清心玉映，自是閨房之秀。』」〔註81〕此
外，北宋詩人蘇軾《題王逸少帖》詩：「謝家夫人淡豐容，蕭然自有林下風。」
明代詩人梁辰魚《各調犯七犯玲瓏・遇妓》曲：「琳宮驀地逢，翛然林下風。」
都曾以「林下風」稱女性獨特而形神兼備的風格。國朝文士周銘還撰有《林下
詞選》十四卷，據《四庫全書總目提要》記載，《林下詞選》題目中，取「林
下」二字，蓋取《世說》所載謝道韞事也。綜上所言，清代文士對「才女」的
定位與欽賞，無外乎以下四個方面，一是有「清」韻，顯現出超然脫俗的清姿；
二是有「林下風」，洗盡脂粉氣而具名士格；三是，有性情，眞婉篤厚，率性
任情；四是有膽識，可爲豪傑丈夫之所爲；東晉謝道韞便恰巧成爲其共同的激
賞對象。這裡，我們順便說一說，中國文學史上不乏才德兼善的女文人，如漢
代的蔡琰、班昭；六朝的左棻、鮑令暉；唐代的薛濤、魚玄機；宋朝的朱淑眞、
李清照，她們之所以沒有被清代文士所欽賞，原因正在於這些作家與作品所體
現的人格、思想、風致，都還局限於傳統文學的窠臼，其屬於女性本色的聲音
還極鮮明，閨怨、傷春、哀離、相思等題材仍然是常見的筆墨，沒有突破女性
身份與文學的一般模式。但在《晉書・列女傳》中所記載的東晉名媛謝道韞，

〔註78〕　（清）雷瑨、雷瑊《閨秀詩話》卷四，南京：鳳凰出版社 2010 年，第 1002
　　　　　頁。
〔註79〕　（清）袁枚《隨園詩話》卷二，北京：人民文學出版社 1982 年，第 41 頁。
〔註80〕　（清）王蘊章《燃脂餘韻》卷五，南京：鳳凰出版社 2010 年，　第 793 頁。
〔註81〕　（南朝宋）劉義慶撰，徐震堮著《世說新語校箋》，北京：中華書局 1984 年，
　　　　　第 177 頁。

卻與以「才德」、「節烈」入選的名媛相異，她是以才學敏捷、清談善辯而入選其中，並在諸多社交唱和展示出特殊的靈性而得到文士的青睞。南朝劉宋臨川王劉義慶所撰《世說新語》裏記載了關於謝道韞的幾則佳話：

　　謝太傅寒雪日內集，與兒女講論文義，俄而雪驟，公欣然曰：「白雪紛紛何所似？」兄子胡兒曰：「撒鹽空中差可擬。」兄女曰：「未若柳絮因風起。」公大笑樂。即公大兄無奕女，左將軍王凝之妻也。

　　王凝之謝夫人既往王氏，大薄凝之。既還謝家，意大不悅。太傅慰釋之曰：『王郎，逸少之子，人材亦不惡，汝何以恨乃爾？』答曰：『一門叔父，則有阿大、中郎、群從兄弟，則有封、胡、遏、末。不意天壤之中，乃有王郎！』〔註82〕

《晉書‧王凝之妻謝氏傳》亦記載：「凝之弟獻之嘗與賓客談議，詞理將屈，道韞遣婢白獻之曰：『欲為小郎解圍。』乃施青綾步障自蔽，申獻之前議，客不能屈。」〔註83〕謝道韞幼賦妙才，據載叔父謝安一次問她，《毛詩》中何句最佳？謝道韞答云：「詩經三百篇，莫若《大雅‧嵩高篇》，吉甫作頌，穆如清風。仲山甫永懷，以慰其心。」謝安大贊其雅人深致。在歷史上，謝道韞實因「謝庭詠雪」聞名，以「未若柳絮因風起」句得謝安盛贊，以柳絮喻雪，既寫出其輕盈身姿與色澤形態，又將其逍遙、清悅、漫灑天際「因風」而起的風韻摹寫得淋漓盡致。謝道韞詩風受道家思想與玄言清談的影響，顯示出「林下」之骨，別具一格。作為女性詩人，其雅好清談品評人物，錦口繡心，博才靈辯的的獨特魅力也彰顯出不俗的才華。歷史上的謝道韞亦以敢言之清才、敏捷的辯才著稱於世，更以獨異的個性曉喻士林。在孫恩之亂平息後不久，寡居會稽的謝道韞曾與太守劉柳清談，其侃侃而論深得劉柳欽佩，劉氏曾贊言：「實頃未所見，瞻察言氣，使人心形俱服」〔註84〕道韞自也表示了對劉太守的景仰：「親從凋亡，始遇此士，聽其所問，殊開人胸腑」。〔註85〕雖

〔註82〕（南朝宋）劉義慶撰，徐震堮著《世說新語校箋》，北京：中華書局1984年，第179～185頁。

〔註83〕（唐）房玄齡等撰《晉書‧列女‧王凝之妻謝氏傳》卷九十六，北京：中華書局1997年，第2516頁。

〔註84〕（唐）房玄齡等撰《晉書‧列女‧王凝之妻謝氏傳》卷九十六，北京：中華書局1997年，第2516頁。

〔註85〕（唐）房玄齡等撰《晉書‧列女‧王凝之妻謝氏傳》卷九十六，北京：中華書局1997年，第2516頁。

然這次交流只在帳幕之後，雙方未曾謀面，但在寡居期間的這一行爲實乃傳統婦教所不容。在當時士人看來，謝道韞可稱女學士典型，不論從才學、交遊還是性情，都與其它閨秀有別，《世說新語》裏還記載，曾有人將張玄之女張彤雲與謝道韞並舉，並問濟尼，二人才學之高低，濟尼答曰：「王夫人神清散朗，故有林下之風。顧家婦清新玉映，自有閨房之秀。」濟尼的評論道出了其中的奧妙，謝道韞與其它閨秀不同之處正在其所獨具之「林下之風」，而清代文士所激賞的女性才華，也正是這「林下風」韻。文士的欽賞，女學觀念的變化，自然影響到女性的自我定位與人格品評。個中互爲表裏。這裡不妨舉江蘇昭文（屬蘇州常熟）閨秀江淑則爲例，試看文士所作之序與閨秀所作之序的關聯。江氏是常熟俞鍾綸之妻。著有《獨清閣詩詞鈔》，包括詩鈔四卷、詞賦一卷，有咸豐二年（公元 1852）刊本。在《獨清閣詩詞鈔》前有多位友人爲其題序，其中，咸豐二年歲在壬子季秋之月，學者邵淵耀序曰：

> 闐仙之詩，不削削於裁紅刻翠，而抗心睎古，襟韻高朗，興寄清勝，一弱女子出語可令老宿警聳。其於脂粉之氣，亦深病之，故有「詩本厭香奩」之句。清才濃福，兩者得兼，當在斯人矣。豈平生雅尚，綽有林下清風，爲儕偶所推，閨房之秀所望塵弗及者。其詩遠謝朝華，清越超俗，實足以久留天壤，而不容漸滅。〔註86〕

在這段序言中，邵淵耀連用了三個「清」字，對江淑則詩才予以評價，分別是「清勝」、「清福」、「清越」，指出其詩能洗盡閨秀脂粉氣、獨具神韻襟懷的朗闊之貌，以「林下清風」對其卓然有別於其它女子的詩格給予了極高的頌美。而在另一篇閨秀題序中，同樣也用「林下風」給予品評，這便是陽湖閨秀張紹英（常州學派重要作家張綺之女）於道光二十八年歲次戊申三月所題序文：

> 文心穿九曲之珠，彩筆挹三危之露。神比蘭幽，品如菊淡。明璫翠羽，人誇不櫛書生；佩玉瓊琚，我羨掃眉才子。千里論文，卷裏之英華可摘。循竹林之舊事，欣遇阮咸；吟柳絮之新詞，快稱謝蘊。〔註87〕

張紹英評價指出，江淑則是集竹林名士風度與謝道韞靈秀才華於一身。這一論調顯然與《獨清閣詩詞鈔》前序邵淵耀的論點不謀而合。竹林名士與謝家女誡生活於魏晉南北朝時期，時局動蕩、玄學彌漫，造就了文人清麗脫俗的氣度

〔註86〕 （清）江淑則《獨立清閣詩鈔》，合肥：黃山書社 2010 年，第 1152 頁。
〔註87〕 （清）江淑則《獨立清閣詩鈔》，合肥：黃山書社 2010 年，第 1154 頁。

與孑然獨立的風骨。謝道韞就曾寫詩表達過對嵇康詩才的欽慕，《擬嵇中散詠松詩》云：「遙望山上松，隆冬不能雕。願想遊下憩，瞻彼萬仞條。騰躍未能升，頓足俟王喬。時哉不我與，大運所飄飄。」即以隆冬之松經寒不雕的風姿寄寓了自己亂世尤存與心靈堅守，這也正是嵇康「越名教而任自然」、「站時就如孤松獨立；醉時就似玉山將崩」（山濤對嵇康的評價）、「從容出入，飄飄若仙」的心靈映照。而與此同時，我們注意到，謝道韞作爲一名女性，其被欣賞，也非柔媚清婉，而是骨氣凌然，在《晉書‧列女傳》「王凝之妻謝氏傳」裏，記載了謝道韞不畏強敵的豪傑作爲：「及遭孫恩之難，舉厝自若，既聞夫及諸子已爲賊所害，方命婢肩輿抽刃出門，亂兵稍至，手殺數人，乃被虜。其外孫劉濤時年數歲，賊又欲害之，道韞曰：『事在王門，何關他族！必其如此，寧先見殺。』恩雖毒虐，爲之改容，乃不害濤。」〔註88〕孫恩亂起，謝道韞聞其夫與子皆遭殺害，便令女婢取刀，提刀出門，手刃數敵，被俘虜後，又在孫恩欲殺其孫兒時，毫無畏懼挺身而出，孫恩竟然爲之改容，竟未加害於濤。謝氏壯舉不能不讓世人敬佩。而閨秀張英與文士邵淵耀對江淑則及其詩集的評價與選擇不謀而合，對具「林下風」而有「清」氣，善論敢言性情眞率而具豪傑之氣的女子表示出格外的讚美，甚至閨秀在爲友人作序跋時多以「膽識才氣」、「豪俠丈夫之所爲」等加以讚譽，不能不說明，清代閨秀在時代女學觀的變化中，對自身的認可、言行的尺度、審美性情的傾向都在發生著一定的變化，這正呼應了謝國楨先生在《明清之際黨社運動考》一文中所言：「結社這一件事，在明末已成風氣，猶如春潮怒上，應運勃興。不但讀書人要立社，就是士女們也要結起詩酒文社，提倡風雅，從事吟詠」〔註89〕。當清代閨秀打破陳俗舊制走出閨閣時，她們的思想在自我矛盾中自省與更新，而看起來簡單的詩酒文社的建立，在根底上不僅受到文士結社風雅推波助瀾的影響，更是女性新的自覺人格、詩文志趣、交遊品尚在突破傳統婦教與女學困惑時的選擇與新變。

二、世家孕育與君主倡言：閨秀社事活動繁榮根基

在宗法制社會及儒家倫理思想下成長起來的中國古代婦女，其創作的不易是可想而知的。但在清代，世家大族卻成爲閨秀文學繁盛的溫床，在家族

〔註88〕（唐）房玄齡等撰《晉書‧列女‧王凝之妻謝氏傳》卷九十六，北京：中華書局 1997 年，第 2517 頁。
〔註89〕謝國楨《明清之際黨社運動考》，北京：中華書局 1982 年，第 8 頁。

之中，母系、父系、夫係的成員不論在思想意識、文學涵養上，還是生活經歷與學術成就上，或深或淺地在閨秀文學創作中打下烙印。葉恭綽所著《遐庵彙稿·吳江葉氏詩錄序》中記載：「吾宗葉氏，自宋室南渡，石林公以文章、政事，承先啓後，聲譽赫然。後嗣散居江、浙、閩、皖、粵、贛、湘、鄂諸省，鬱爲望族。迄今子孫繁衍，逾數萬人。其間之以文章、政事著者，蓋指不勝數。」〔註90〕在清人的定位裏，世家與望族是能在政事、科舉、文章三方面世代相承的大家望姓。世家大族的文化趣味與思潮是可以影響到一個時代與民族。正如陳寅恪先生所言：「東漢以後學術文化其重心不在政治中心之首都，而分散於各地之名都大邑，是以地方大族盛門爲學術文化之所寄託。故論學術，只有家學之可言，而學術文化與大族盛門常不可分離。」儒家文化講究「尊祖敬宗、修宗廟、敬祀事」〔註91〕明清以還，宗族的強盛自然一方面與儒家倫理思想有關，而其如此集中地大發展現象則應歸因於明末清初易代之後民族意識與家族觀念的凝聚性的發展，顧炎武就曾提出「強國」須「強宗」的觀點：「自治道愈下，而國無強宗，無強宗是以無立國，無立國是以內潰外畔而卒至於亡，然則宗法之存，非所以扶人紀而張國勢者乎？」〔註92〕顯然，宗族強乃國強重要支柱的思想也加快推動和刺激了清代宗族的快速發展。根據清人筆記中的記載，清代蘇州府的巨族更是遍布四邑，比如常熟「著姓有四：蕭氏、錢氏、龐氏、黃氏。蕭、錢、黃三族，自剩國時俱以科名政事顯，而龐氏之發祥，乃至於今」〔註93〕；而崑山世家「明朝推戴、葉、王、顧、李五姓。迨入本朝，東海氏兄弟貴，而前此五姓則少衰也」，吳江大族著姓就更爲顯赫，「二葉之外，如朱、張、顧、陸，本吾邑大姓，今邑中支派亦繁」〔註94〕。世家大姓的存在無疑成爲閨秀文化提升的重要保障。胡文楷在《歷代婦女著作考》中引近代嶺南才女冼玉清《廣東女子藝文略》後序對閨秀創作獲得成就的三個條件的評價：

> 就人事而言，則作者成名，大抵有賴於三者。其一名父之女，少稟庭訓，有父兄爲之提倡，則成就自易。其二才士之妻，閨房倡

〔註90〕 葉恭綽《遐庵彙稿》，上海：上海書店出版社 1930 年，第 399 頁。
〔註91〕 （漢）鄭玄《禮記正義》上，上海：上海古籍出版社 2008 年，第 614、861 頁。
〔註92〕 （清）顧炎武《顧亭林詩文集》，北京：中華書局 1983 年，第 100 頁。
〔註93〕 徐珂《清稗類鈔》第五冊《門閥類》，北京：中華書局 1986 年，第 2116 頁。
〔註94〕 陳去病《五石脂》，南京：江蘇古籍出版社 1999 年，第 319 頁。

和，有夫婿爲之點綴，則聲氣易通。其三令子之母，儕輩所尊，有
後嗣爲之表揚，則流譽自廣。學藝在乎功力，吾國女子素尚早婚，
十七八齡，即爲人婦。婚前尚爲童稚，學業無成功之可言，既婚之
後，則心力耗於事奉舅姑，週旋戚尚者半。耗於料理米鹽，操作井
臼者又半，耗於相助丈夫，撫育子女者又半。質言之，盡婦道者，
鞠躬盡瘁於家事且日不暇給，何暇鑽研學藝哉？故編中遺集流傳
者，多青年孀守之人，此輩大抵兒女累少，事簡意專，故常得從容
暇豫，以從事筆墨也。至於若年謝世者，遺集煌煌，又大都受乃父、
乃夫、乃子之藻飾，此亦無可諱言者〔註95〕

冼玉清的見解是極其深刻的，她一方面指出女子成才的不易主要因其出嫁之
後精力所耗之多，已無暇鑽研學藝，「料理米鹽，操作井臼，相助丈夫，撫
育子女」幾乎是中國古代女性生活的全部，這一觀點也基本上得到了清代多
數閨秀的認同，比如駱綺蘭在《聽秋軒同人集序》中也曾有感於斯。另一方
面也看到凡成才成名之閨秀大抵有賴於名父之女、才士之妻、令子之母三個
重要條件。乾嘉時期，蘇州世家之中的閨秀大都具備這三個基本條件，獲得
相對充裕的習文時間與空間。比如，常熟才媛陶安生，關於其家世背景，在
丈夫章玕的題序中便有這樣的記載：「陶爲虞山著姓，其先子師大令負詩文
重名於康熙時，越數傳，而余外舅靜涵孝廉繼之，才高學博，主持東南詩壇
四十餘年」〔註96〕，足見其家學傳承的關係與對陶氏詩學的涵養。再如江蘇
太倉閨秀毛秀惠及其姊妹即受其父親良好的詩學教育，據清人黃秩模《國朝
閨秀詩柳絮集》卷一七記《擷芳集》引王愫《女紅餘藝》跋云：「先外舅鶴
汀先生博洽淹貫，爲藝林祭酒，畢生心力萃於詩，凡燕居對客，談詩而外，
無雜言。故即課女，亦以詩。每謂詩本性情，試觀《國風》所錄，半出閨襜
之作，苟有得於溫柔敦厚之遺，何患不爲淑媛？於是朝披夕諷，得於庭訓者
有年。」〔註97〕毛秀惠之能詩，誦讀經史過目不忘，自然與其敏慧有關，但
倘若沒有鶴汀課授於詩、朝披夕諷，以及「《國風》所錄半出於閨襜」的體
認與對女性作詩的極力支持，又怎會有毛秀惠等女的詩學益進？而毛秀惠在

〔註95〕冼玉清《廣東女子藝文考》，上海：商務印書館1941年，第1～3頁。
〔註96〕（清）陶安生《清綺閣詩剩》題詞，合肥：黃山書社2008年，第1344頁。
〔註97〕（清）黃秩模編輯，付瓊校補《國朝閨秀詩柳絮集校補》卷一七，北京：人
民文學出版社2011年，第741頁。

適王懋之後，因「會計出入及中饋瑣屑，務經營拮据，不暇作詩者十有餘年」的事實又正好說明非才士之妻的閨秀命運。蘇州世家大族林立，這樣的例子不勝枚舉，例如鎮洋畢氏、常熟蘇氏、太倉王氏等等，下文將詳細闡釋，此不贅述。

另一方面，清朝統治者重視女才的風氣也對女性文化身份的提高有著不可抹殺的作用，這也促使了經濟富庶的南方世家往往以家中出才女爲榮。清代康熙、雍正、乾隆、嘉慶四朝皇帝皆博學而能詩，且倡風雅，康熙皇帝曾勅編《四朝詩》、《全唐詩》、《歷代題畫詩》等，而乾隆皇帝亦曾勅編《唐宋詩醇》等，乾隆風雅，曾多次與群臣唱和，有詩題曰：「每有吟詠，輒以示大學士，並南書房翰林等。或命依韻疊和，非以辭藻相誇尚，几暇之餘，相與悠遊翰墨，亦可以陶性情、驗政事，比之征歌選舞，不猶愈乎？」〔註98〕這些詩中包括《聖制覺生寺大鐘歌用沈德潛韻》、《聖制秋日剪園蔬賜大學士並內廷翰林等蔣溥爲十蔬圖以進並繫以詩以用其韻答之》等。顯然乾隆帝絕非簡單以詩藝爲好，「可以陶性情、驗政事」後者才是重心，這目的出處實與先秦「以詩觀風」無二，以「觀」而達「治」之用，以至「經夫婦，成孝敬，厚人倫，美教化，移風俗」〔註99〕。而在乾隆二十二年丁丑科會試用試帖詩之後，天下士子更是追隨者眾。康熙、乾隆等帝不僅愛文士之才，亦重閨閣之學，因慕閨秀詩而多次命其進呈，比如江蘇才媛黃媛介、桑靜庵、朱中楣等，就曾奉命將詩作呈予皇帝。黃媛介等詩名大作，「吳中閨閣，爭延置爲師，常有公卿內子，假其詩以達宮禁，名重天下」〔註100〕。受皇帝賞識而得閨閣才名，求師者眾，讓黃媛介一介閨媛聲名大作。而細探究竟，黃媛介爲何受到皇帝的青睞，個中自有原因。媛介爲明末清初浙江秀水人，文學家黃象山與才媛黃媛貞之妹，出身儒門，幼承家學。據清人黃秩模《國朝閨秀詩柳絮集》卷二七記載：「黃媛介，字皆令，浙江秀水人。諸生象山妹，嘉興楊元功室。著有《湖上草》、《越遊草》。」〔註101〕媛介曾於崇禎十六年（公元1443）客依虞山錢謙益、柳如是夫婦，與柳如是居絳雲樓，彼此酬唱十分投契。媛介聲名漸高卻不慕榮利，仍堅持嫁給自幼定親的楊世功，黃秩模《柳絮集》

〔註98〕故宮博物院編《清高宗御製詩初集》卷三，海口：海南出版社2000年。
〔註99〕（唐）孔穎達《毛詩正義》，北京：人民文學出版社2012年，第29頁。
〔註100〕趙雪沛《明末清初女詞人研究》北京：首都師範大學出版社2008年，第53頁。
〔註101〕（清）黃秩模編輯，付瓊校補《國朝閨秀詩柳絮集校補》卷二七，北京：人民文學出版社2011年，第1243頁。

亦有記載：「太倉張西銘溥聞其名，往求之。時皆令已許楊氏，楊久客不歸，父兄勸之改字，誓不可，卒歸於楊。」〔註102〕在清兵南下之後，夫婦在吳越等地輾轉流離，媛介曾以爲閨中塾師甚或賣畫爲生，徐珂《清稗類鈔・文字類》記載：「嘉興名媛黃介令詩名噪甚，恒以輕航載筆墨遊吳越間，嘗傲西湖斷橋一小閣，賣詩自活，稍給，便不肯作，有時亦作畫。」〔註103〕生活已經到了窮竭之地，然黃媛介詩中卻並無慍怨，反而品節自高，愈發溫柔敦厚，錢謙益在《黃皆令新詩序》中云：「皆令擬河梁之作，骨格蒼老，音節頓挫，雪山一角，落筆清遠，清詞麗句，點撥殘山剩水。」〔註104〕對其清節才學是十分欽佩的。不僅如此，得到了清代皇帝命呈詩作的黃媛介更是與諸多名士詩文唱和交遊，除錢謙益外，另如施閏章、朱彝尊、吳偉業乃至黃宗羲都有與媛介的文學過從且對其示以敬佩之意。施閏章在其《施愚山集》中這樣評述道：「黃氏以名家女，寓情毫素，食貧履約，終身無怨言，庶幾哉稱女士矣。」〔註105〕縱觀黃氏的際遇，既風雅又奇絕，出身名門卻家道中落，結交名士卻固守清貧，才名遠揚卻恪守舊婚，賣詩爲生卻得帝王欽賞。然而，這奇絕又似乎都在意料之中，「以名家女，寓情毫素，食貧履約，終身無怨」才是帝王、名士們欽賞黃媛介的根本願意，從詩教的立場出發彰顯婦學才是眞正的用意。但不論官宦、文士出於何種考慮，黃媛介作爲閨塾師，其創作畢竟傳播開來，成就其一時詩名，這是值得關注的。

帝王與名士的關注，是閨秀得以成其詩名的重要外在原因，然而正如上文所言，家學淵源，世家傳承的內在動因必不可少，即如黃媛介，倘若沒有儒學家傳的根基，即使其「食貧履約，終身無怨」或許也很難爲名士甚至帝王所賞。自然也無才學可言。足見文化世家的重要性。在清代的江蘇省，文化世家比比皆是，比如常州張氏家族（常州學派重要代表人物張琦及其兄張惠言）、毗陵莊氏家族（二十七位女性作家）、太倉畢氏（尚書畢沅）、江都阮氏（阮元）、常熟宗氏、邵氏、華亭張氏等，而江蘇僅吳江就有七大姓氏家族，

〔註102〕（清）黃秩模編輯，付瓊校補《國朝閨秀詩柳絮集校補》卷二七，北京：人民文學出版社 2011 年，第 1244 頁。

〔註103〕（清）徐珂《清稗類鈔》，沈立東《中國歷代女作家傳》北京：中國婦女出版社 1995 年，第 176 頁。

〔註104〕（清）錢謙益《錢牧齋全集》五，上海：上海古籍出版社 2003 年，第 863 頁。

〔註105〕（清）施閏章《施愚山集》，鄧之誠著；趙丕傑選編《五石齋小品》北京：北京出版社 1998 年，第 277 頁。

其閨秀文學創作極度興盛，它們分別是：沈氏、計氏、周氏、王氏、丘氏、宋氏、吳氏、柳氏。比如吳江沈氏，是明末清初著名的文學世家，從沈奎開吳江沈氏文學先河之後，歷時十一世而不衰，在我國文學史上都是極爲罕見的，其一門之中的著名文人比如戲曲家沈璟、閨秀詩人沈宜修等均出其門。又以常州張氏家族爲例，張琦有四女，自幼對家學耳濡目染，據其次女緯青在《緯青遺稿》中的記載，其父張琦還曾與她們「夜分篝燈，談說今古」，足見張琦思想對其女的直接薰陶與影響之深。其長女孟緹著有《淡菊軒詩稿》，並輯錄閨中詩爲《國朝列女詩錄》、次女緯青著有《緯青遺稿》、三女婉紃著有《綠槐書屋詩集》、四女若綺著有《餐楓館文集》，若綺又有四個女，分別爲王采蘋、王采蘩、王采藻、王采藍，都有文采。道光三十年，包世臣女婿張曜孫輯錄四女著作，並合刊爲《陽湖張氏四女集》，並在其《棣華館詩課》序言中記載了張氏一門兩代閨秀文學活動的興盛：

> 余喜其敏慧好學，又病中無所事事，日與論詩畫讀書以遣。諸女子之出塾者，皆令督課之。及官武昌，伯姊孟緹自京師先至，乃迎婉紃、若綺來居官室，見諸女皆長成，學日進，甚樂之。於是一庭之內，既損米鹽井臼之勞，又無膏粱文繡之好，遂日以讀書爲事，相與磨切義理，陶澤性情，陳說古今，研求事物。凡讀書作詩文畫書、治女工皆有定程，而中饋酒漿瑣屑之事，各於其閫爲之不廢，日無曠咎，語無雜言。〔註106〕

張曜孫在這篇序言中講述了當時張氏閨秀一門風雅的情景，反映出幾個方面的問題，一方面，在世家大族裏，閨秀的成長與同族文士的督課引導有著密切的關係，蘇州的閨秀往往從小就與其兄弟姊妹一起接受塾師的教育，飽讀詩書，滿腹經綸。她們具備較高的文化起點，已經逐步培養起對人生的審美與感懷、對文學藝術的欣賞，甚至對哲學的思考與對歷史的感悟，這些都爲她們的結社活動提供了必備的文化素養。比如編撰《紅樹山莊詩存》的江蘇吳縣閨秀汪仲仙，即是這樣一位自幼接受家學的女子，在文士魏伯濤爲其（嫂汪仲仙）所寫序言中記載：「先嫂汪安人幼承廷璐公家學，於經史子集無所不讀，本經術爲詞章，故出語率有根柢，豈若脂粉之習，徒爲是靡靡凡響哉！」〔註107〕長洲閨秀韓韞玉，爲「慕廬宗伯爽之季女。少承家學，博極群書。」

〔註106〕（清）張晉禮《棣華館詩課》（清道光三十年棣華館刊本），張曜孫序。
〔註107〕（清）汪仲仙《紅樹山莊詩存》，合肥：黃山書社2008年，第1023頁。

〔註108〕一方面，此類閨秀聯吟已經成爲世家之中女性生活不可或缺的重要組成部份，不僅具有一定的規律性，且已融入了她們的生命；再者，正因爲沒有「米鹽井臼之勞」，也「無膏粱文繡之好」，因此方給大家閨秀門提供了足夠進行文化及文學活動的空間與機遇。最後，閨秀聯吟的內容，並非簡單描寫花紅草綠、悲歡離合，抒發其多愁善感的閨中女子之常情，而是「磨切義理，陶澤性情，陳說古今，研求事物」，似乎已非女子所爲，而儼然具有當下名士之風，這也被學者們稱爲「文士化」，這一點尤其值得注意。

　　以上我們從一個宏觀的角度探討了世家大族對閨秀文學創作的影響，下面，我們從一個微觀的角度，從閨秀出身家庭的精神薰陶及其出嫁之後與丈夫之間的精神關聯兩個角度分析閨秀文學思想之根基及其變化。詩之品第高下往往與詩人之德義高低有相吻合之處。文如其人，詩亦如其人。世家大族對閨秀子女的詩學影響，不僅僅體現於直接的詩學觀念的融合、傳遞與借鑒，有時往往借助對人的品評而得以實現。比如清代浙江錢塘閨秀汪端生於書香門第之家，其祖父汪憲，早成進士，官刑部員外郎，但二十六即乞養告歸，其父汪瑜候選布政司，卻歸隱不仕，都體現出其志節與傲骨，這一點，不能不影響到汪端。加上在其母去世之後，其父親專門延請秀才高邁庵課其讀書，將之視如掌上明珠，又可見其影響之深，因此，當其父取宋元明及本朝詩教汪端時，她獨留高青丘、吳梅村兩家，最後去吳留高，並以詩評的方式說出各種原因：「梅村濃而無骨，不若青丘澹而有品」。高啓爲明初長洲著名學者，「吳中四傑」之一，元末曾隱居吳淞江畔，明初受詔入朝修《元史》，授翰林院編修。思想以儒家爲本，兼受釋、道影響，厭倦朝政，不羨功名利祿。洪武三年（公元1370）秋，朱元璋擬委任他爲戶部右侍郎，他固辭不受，被賜金放還。後被朱元璋借蘇州知府魏觀一案腰斬於南京。從隱居的經歷到骨子裏的志節，汪端家族都與其有相似之處，因而其重「淡而有品」，實則淡而有骨。說出如此詩學觀念就不足爲奇了。世家大族的影響，對於閨秀而言是一個寬泛的概念，它不僅指女性自己出身的家庭，更是指其出嫁後所在的家族，而這似乎對其後期詩歌創作及詩學觀念的最終定型起著至關重要的作用。以汪端爲例，其父因聞陳文述之子裴之才華出眾，又閱其《春藻堂初集》而甚喜，便在嘉慶十二年（公元1807）使汪端與裴之訂婚，汪端當時只有十五歲。嘉慶十五年（公元1810）二月初五，十

〔註108〕（清）雷瑨、雷瑊《閨秀詩話》卷四，南京：鳳凰出版社2010年，第988頁。

八歲的汪端嫁給了陳裴之。在陳家，汪端受到其公婆篤信道教的深刻影響，也修道請業，自然，在她的詩歌創作及詩學觀念中便難以避免地打上了道家思想的烙印。汪端自學道以後，不但日常生活發生了變化，對文學的態度也截然轉變。比如，陶雲汀約陳文述共同續選《國朝詩別裁集》時，陳文述曾徵求汪端的意見，汪端卻勸其勿參與《別裁集》的編選：「翁生平虛懷若谷，不以文學自矜，故忌者尚少。若操此選，過寬則濫，過嚴則隘。此中前輩各有後人，請託不行，謗讟易起。端前此尚可助翁定去取，奉道以來，覺此事不甚有味。翁亦道緣深矣，不宜更以此擾清淨心。」〔註109〕顯然，受到道家無爲觀念的影響，汪端告知其不可輕易參與國朝詩的編選，其原因，一方面考慮到是「若操此選，此中前輩各有後人，請託不行，謗讟易起」，還是保持「虛懷若谷，不以文學自矜」，而少招人忌爲好；另一方面，則是因其家人修道，道家講究清淨無爲，因此，不可「以此擾清淨心」。這則事例，很能說明閨秀在出嫁以後受到婆家思想觀念的影響，並將其內化的過程。這其中，更多的則是通過閨房唱和，與丈夫詩學觀念的彼此影響。比如王采薇與其丈夫孫星衍之間的唱和，在洪亮吉《北江詩話》卷二記載：「其閨房唱和詩，雖半經兵備（指孫星衍）裁定，然其幽奇恍惚處，兵備亦不能爲。如「青山獨歸處，花暗一層樓」、「一院露光團作雨，四山花影下如潮」，足見其技藝切磋背後詩學思想的相互滲透。又如一代文宗阮元的妻子孔璐華在其詩稿自序中不經意地說到了丈夫阮元的思想觀念、生活經歷、情感審美等對她所產生的影響：「幼年讀《毛詩》，不能穎悟，兼又多疾，先君憐之曰：「願汝能學禮，不必定有才。吾家世傳詩禮，能知其大義即可矣。于歸後，丈夫喜言詩，始復時時爲之。又因宦遊浙江，景物佳美，得詩較多。」孔璐華所言實際上說出了以上兩個方面的家庭關聯與作用，這也正是生活於世家之中的閨秀最要緊的文學生存背景。正是得益於世家之中文士思想情致、文學涵養、學術成就等方面的影響，清代閨秀之作在情感、題材、格調等維度都集中地超越了前代而具有了更多公眾話語的身份。總而言之，世家大族對閨秀文學創作的影響，是塑造了其文化的身份，使其表現出多才多藝、眼界開闊、生活感受豐富、思想敏銳、知識面寬，同時也表現出「於經濟治體，無不通達」〔註110〕、社會交際拓寬等綜合特點，這也是我們研究清代女性詩學思想的一個必要前提。

〔註109〕蔣寅《清代文學論稿》，南京：鳳凰出版社 2009 年，第 314 頁。
〔註110〕（清）沈善寶《名媛詩話》，上海：上海古籍出版社 1995 年，第 342 頁。

三、結社啓發與風習延續：閨秀結社中的縱橫座標

　　清代江蘇地區結社活動的盛況，是蘇州閨秀結社活動的生態圖景，閨秀結社活動在一定程度上受到當時結社風氣的影響是較爲明顯的。這裡我們先舉江蘇常州無錫爲例，談談結社活動的一般形式與性質。據學者王文榮統計，清代無錫地區的文學結社總共有十八個，即云門詩社、忍草庵社、九峰三逸社、秦保寅結社、杜詔結社、秦涷子續碧山吟社、朱襄續碧山吟社、夕陽社、敬業會、秦園九老會、續碧山吟社、陳大鈞續碧山吟社、肆情社、寒香社、虛白社、范鏡堂結社、蓉湖吟社等。〔註111〕對此，學者羅時進指出〔註112〕，無錫地區的結社在明代已帶有鮮明的家族性與繼承性的特徵，碧山吟社即已開家族結社之風，在清代，高門著姓更是成爲結社活動的主導者。比如忍草庵社，據《梁溪詩鈔》卷十七所記：「忍草庵僧讀徹喜歌詩，嘗集邑中詩人拈題限韻，有『中原七子非無後，顧氏三龍正始餘』之句，三龍者，謂公與景行、廷颺也」。此所言顧氏三龍即顧野、顧景文、顧廷龍，廷龍與景文乃顧憲成的曾孫。足見結社的家族性。另外，據杜詔《雲川閣集・詩五》《題碧山吟社新圖》詩記載，在康熙中期，梁溪又興碧山吟社，與會者有二十一人之多，成員亦爲家族關係，再者乾隆時期無錫的素心吟社，成員約二十四人左右，世家子弟仍然佔了多數。顯然，清代江蘇地區結社，以家族成員爲紐帶關係的仍然占多，建立在世家基礎上的文人社集成爲此期的主要方式，而生長生活於世家裏的閨秀，自然受此風氣影響，家族成員關係成爲必不可少而又最初的結社環節與形態。蘇州府自明代開始結社之風大爲盛行，一直延續至有清一代。結社已經不僅僅作爲一種文化現象存在於歷史的圖景裏，更是形成了一種交際模式、文化傳統、地域世俗。文人結社的昌盛不僅影響到閨秀的文化思想，其結社的方式更是爲閨秀結社起到了很好的典範作用。

　　首先，我們對蘇州府明清以來的結社傳統進行考察。根據康熙《重修常熟縣志》、康熙《吳江縣志續編》道光《蘇州府志》、光緒《昆新兩縣續修合志》、宣統《太倉州志》、民國《吳縣志》、光緒《常昭合志稿》、光緒《吳江縣續志》乾隆《震澤縣志》、《江蘇詩徵》、《海虞文徵》、乾隆《蘇州府志》、乾隆《吳江縣志》、乾隆《長洲縣志》、乾隆《常昭合志》、《海虞詩苑》、杜登

〔註111〕王文榮《明清江南文人結社研究》，蘇州大學博士論文 2009 年。
〔註112〕羅時進《地域・家族・文學　清代江南詩文研究》，上海：上海古籍出版社 2010年，第 206 頁。

春《社事始末》、《吳門園墅文獻》、《沈德潛年譜》、錢大昕《潛研堂文集》、道光《吳門補乘》、《江蘇藝文志》、《松陵詩徵》、《盛湖志》、《垂虹詩勝》、宣統《鎮洋縣志》、《黃堯圃先生年譜》、《滄浪亭新志》、《周莊鎮志》等文獻記載進行統計，明清兩代，在蘇州一地的結社就有一百三十九個左右，而僅清朝就占一百之多。縱觀明清兩代蘇州一地的文人結社活動，有如下幾個特點。第一，結社名目繁多。比如北郭詩社、斯文社、朋壽會、邑社、南社、北社、魁文會、歸庵社、遺清堂社、應社、震社、匡社、復社、臨社、蔚社、滄浪會、愼交社、同聲社、太倉十子社等等。第二，參與人員多具有進士身份，或爲在朝官員，或爲致士大夫，或爲遺民。以蘇州清代時期的結社爲例，順治三年，太倉陳瑚等人所舉之「蓮社」，參社人員以太倉詩人爲主，多達八十多人，此社即爲遺民詩社，社集編爲《玩潭詩話》。

其次，社事活動在清初至順治年間以遺民社爲主，而在康熙朝及之後則以詩文社爲尚。在清代的文人結社總體而言，從成員、社名、結社持續時間、社所、社集等各個角度分析，都具有一定的穩定性和規律性，順治至康熙年間結社性質的轉變，與順、康朝政治變動及政策取向保持著潛在的一致性，據《清詩紀初編》卷三「徐乾學」條記載：「自順治中禁社盟，士流遂無敢言文社者。然士流必有所主，而弘獎風流者尚焉，乾學尤能交通聲氣，士趨之如水之赴壑。」〔註113〕僅以結社之事爲例。比如順治三年（公元 1646），太倉陳瑚等人所舉之「蓮社」，成員多爲明朝遺民，人數至少在八十人以上，持續時間長達三十年之久，並有社集《玩潭詩話》留存。再如順治年間在蘇州所舉之「耆年會」，據《武進陽湖合志》卷二十三《人物‧文學》記載，此結社由武進人莊朝生所倡，持續時間亦有二十年之久〔註114〕，亦爲遺民社。而順治年間蘇州地區的遺民結社，以「驚隱詩社」爲最。而自康熙朝起，文人的結社活動則逐步由之前的遺民社性質往詩文社性質發展，其顯著特色是，往往以某一世家爲中心，以詩文酒社爲形式形成密切的唱和關係，並以此輻射到其它文人群體。試舉兩例予以說明，長洲顧家爲名門望族，在康熙朝，顧嗣立與其兄顧嗣協就曾在蘇州結社詩文社。據顧嗣立《閭丘先生自訂年譜》考略記載：「康熙四年（公元 1665），乙巳，顧嗣立生於蘇州史家巷雅園，父

〔註113〕鄧之誠《清詩紀事初編》上卷三，上海：上海古籍出版社 2013 年，第 364 頁。
〔註114〕（清）李兆洛《武進、陽湖合志議》，杭州：浙江人民出版社 1990 年，第 370 頁。

顧予咸，順治四年進士，歷山陰令、直隸知縣、吏部員外郎，十六年致仕，八子，公爲幼子，行十一，字俠君」〔註115〕，其成年以後，以顧氏兄弟爲中心組織的詩文社，社集活動較爲頻繁，《闇丘先生自訂年譜》又載：

> 二十一年（1682）壬戌，十八歲。四兄殿試二甲九名進士。十
> 兄治依園，創詩社，與金侃、潘鏐、黃份、金賁、蔡元冀、曹基號
> 依園七子。公自此稍知聲律。〔註116〕

在組建詩社之後，唱和活動便以詩社成員爲中心頻繁開展，比如「二十七年五月四日，與八兄、十兄集金侃、徐昂發、惠周惕、張大受、俞瑒、鮑開泛舟閶門。是歲，始同十兄舉詩酒會，延俞瑒於家，錢澄之、曾燦、杜濬、費密、吳綺、周斯盛、朱載震、韓洽、楊照、金侃、潘鏐、惠周惕、徐昂發、張大受往還唱和」〔註117〕，「二十九年（1690）庚午，三月同十兄邀錢澄之、周子潔、朱望子集依園」，「三十二年（1693）癸酉，一月十七日，十兄自秦中歸，金上震、金侃、潘鏐集草堂。九月，箕治闇丘小圃，與汪份、汪鈞、徐昂發、張大受、吳士玉、顧三典、虞琳結昆弟，號闇丘八子」，《年譜》中諸如此類的記載不勝枚舉，如此密集的結社活動在清代是前所未有的。顧氏詩文社不僅有較爲固定的唱和群體，且有較爲固定的吟誦場所，其兄顧嗣協曾構建依園，嗣立又建秀野園，其命名爲「秀野草堂」雖爲讀書之所，實亦爲詩文酒社之地，當然，顧氏所建名爲書室實爲社集館舍者遠非如此。《年譜》中即曾記載：「二十六年（公元1687）丁卯，二十三歲，八月，江寧鄉試落榜，卜築書室，作十年讀書計。十月，寒廳、梧語軒、味蔗軒、宜靜居、飽經齋、晚翠閣、佳日小亭成。」〔註118〕顧嗣立、顧嗣協兄弟實爲詩文社的組織者，圍繞二兄弟形成的結社群體，包括「闇丘八子」、「依園七子」。鄧之誠《清詩紀事初編》卷三「顧嗣協」條記載：「顧嗣協，號依園，長洲人，風雅好事，年方弱冠，即舉詩社，有依園七子之刻。七子者，金侃、潘鏐、黃份、金賁、蔡元冀、曹基及嗣協也。後與弟嗣立，數爲文酒之會，與酬唱最密者，錢澄

〔註115〕張立敏《顧嗣立〈闇丘先生自訂年譜〉考略》，北京：中國社會科學出版社
　　　　2012年，第374頁。
〔註116〕張立敏《顧嗣立〈闇丘先生自訂年譜〉考略》，北京：中國社會科學出版社
　　　　2012年，第375頁。
〔註117〕張立敏《顧嗣立〈闇丘先生自訂年譜〉考略》，北京：中國社會科學出版社
　　　　2012年，第375頁。
〔註118〕張立敏《顧嗣立〈闇丘先生自訂年譜〉考略》，北京：中國社會科學出版社
　　　　2012年，第375頁。

之、曾燦、杜濬、費密、吳綺、周斯盛、朱載震、韓洽、楊照、金侃、潘耒、惠州惕、徐昂發、張大受」〔註119〕從兩則文獻資料的印證可知，嗣協、嗣立兄弟之結社乃以詩文社爲主，較爲典型地體現出康熙年間結社性質的轉變。乾隆朝的蘇州文人結社也以詩文酒社爲主，這裡亦舉袁枚與其同宗兄弟蘇州結社的情況說明。在《袁枚年譜新編》「乾隆四十六年辛丑（公元 1781）」條記載〔註120〕，時年六十六歲的袁枚「三月十五日在蘇州，時借寓杜開周家，又與楓橋袁廷檮、袁廷檮兄弟過從」，據袁枚自言，廷檮與廷檮乃其同宗的兩位兄弟，袁枚《詩集》其六云「吾宗有賢者，卜宅古楓橋。愛詠小園賦，時將大阮招。書香同萬卷，酒量讓三蕉。且學堂前燕，年年宿一宵。」《詩話》卷七第八則又云：「蘇州楓橋西沿塘，有余本家漁洲居士，乃前明六俊之後，愛客能詩。家有漁隱園，水木明瑟，余爲作記，鍥石壁間。每過姑蘇，必泊舟塘下，與其叔春鋤、弟又愷爲剪燭之談」。可見袁枚曾多次借寓杜開周家，並與同宗兄弟於姑蘇楓橋論詩飲宴，結詩酒之社。而以蘇州袁廷檮、袁廷檮兄弟爲中心同樣也形成了詩酒社群，江藩在《國朝漢學師承記》卷四記載：「遇春秋佳日，招雲間汪布衣墨莊、胡上舍元謹，同邑鈕布衣非石、顧秀才千里、戈上舍小蓮爲文酒之會，袁大令枚、王蘭泉先生往來吳下，皆主其家」〔註121〕在吳中，以袁枚及其宗族兄弟與杜開周等、錢大昕等文人形成的詩文酒社唱和群體，是乾隆年間蘇州地區文人結社的典型。補充一點，錢大昕同樣主張去古禮，破舊陳，其云「準之古禮，固有可去之義，亦何必束縛之，禁錮之，置之必死之地以爲快乎！」對人之本性欲求的肯定，對破除荒謬言論的堅決抨擊與袁枚是一致的，與戴東原「聖人之道，使天下無不達之情，求遂其欲而天下治。酷吏以及法殺人，後儒以理殺人，浸浸乎合法而論理，死矣，更無可救矣！」〔註122〕的大聲疾呼一脈相承。

第三，出現一人結多社的現象，並且社團之間出現相互交叉、合併與演化。比如上文所提及「闔丘八子」、「依園七子」社中的吳縣文人惠周惕，與其子士奇、孫惠棟在家族中又形成小的社群，世稱「吳門三惠」，稱「蘇州學派」；而在經學與詩學的淵源與師承關係上，惠周惕分別學於長洲文人汪琬與

〔註119〕鄧之誠《清詩紀事初編》卷三，上海：上海古籍出版社 2013 年，第 329 頁。
〔註120〕鄭幸《袁枚年譜新編》上海：上海古籍出版社 2011 年，第 439 頁。
〔註121〕（清）江藩著；鍾哲整理《國朝漢學師承記》北京：中華書局 1983 年，第 53～55 頁。
〔註122〕（清）戴震《戴東原集》，上海：商務印書館 1933 年，第 32 頁。

康熙朝詩壇領袖王士禛。〔註123〕這都足見蘇州府文人複雜交叉的社群關係。
這亦對蘇州一地後期的學術與詩學的確立了基本模式，並對閨秀結社形成一
定影響，甚至某種程度上具有啟發的作用。再如太倉人陳瑚，（據其《確庵文
稿》記載）曾於順治三年（公元1646）結「蓮社」，隨後，在順治初又舉「佳
日社」，其自述結社的緣由「變革以後，杜門卻掃，著書自娛」。此外，據《宣
統太倉州志》卷二十八《雜記下》記載，陳瑚還於康熙十年（公元1672），舉
「婁東十老會」，而根據《確庵文稿・湄浦吟社記》所記，在康熙三年（公元
1664），太倉還有湄浦吟社，前後達九年之久，參與者達四十餘人。若湄浦吟
社與太倉人陳瑚有關，那麼他一人所參與的結社，至少有四個，此四社之間
即存在著交叉，並且都顯現出參與者眾多，結社持續時間較長的清初遺民社
特徵。除了太倉人陳瑚外，清朝蘇州地區另有幾個比較特出的交叉結社的領
銜文士，分別是杜登春、沈德潛、黃丕烈、徐乾學。這裡先補充說明的是，
杜登春較為特殊，杜家尚有結社淵源，據清代紹興文士李慈銘所著《越縵堂
讀書記》記載：

> 登春字九高，號讓水，華亭人，其祖萬曆丙辰進士，始與同郡
> 為雲花五子文會。父麟徵，字仁趾，崇禎辛未進士，官職方主事，
> 於天啟中魏奄誅東林時，首倡燕臺十子之盟，旋與夏彝仲等六人，
> 立幾社，而張天如周介生等立復社，兩社同時興盛，遂以黨禍綿結
> 四五十年，自天啟至於國朝康熙，歷兩姓四朝，屢釀事變而始歇絕，
> 登春於崇禎癸未，已與夏存古等舉西南酒朋會，為幾社後起，入國
> 朝始補諸生。〔註124〕

杜登春祖父、父親都曾在明朝萬曆、崇禎年間組織結社，登春亦在崇禎癸未
年舉西南酒朋會，為幾社延續。幾社的創立，「幾者，絕學有再興之幾而得知
幾其神之義也。」在興復古學的宗旨上與復社十分近似。郭紹虞先生在《明
代的文人集團》一文中指出二社區別在於「假使說復社是政治性的，則幾社
是文藝性的；假使說復社是文藝性的，則幾社又可說是學術性的。」〔註125〕
又復社「盡合海內名流」，而幾社則只限於六人。另外，幾社成立之初對朝政

〔註123〕鄧之誠《清詩紀事初編》卷三，上海：上海古籍出版社2013年，第349頁。
〔註124〕（清）李慈銘著，由雲龍輯《越縵堂讀書記》上海：上海書店出版社2000
　　　　年，第422～423頁。
〔註125〕郭紹虞《明代的文人集團》，北京：社會科學文獻出版社2010年，第90頁。

不加干預，以研討時文舉業，求取功名爲務，於古文、時文及詩歌創作都有所創獲，可以說是較爲純粹的文社。但後期幾社文人一變而「慨然以天下爲務，好言王伯大略」〔註126〕，追求事功慨論時事，揭露社會矛盾，文風也變而爲悲壯雄渾。就杜登春在清代蘇州地區參與的結社而言，就包括順治六年（公元 1649），杜氏與蘇州原滄浪會成員所創立的滄浪合局〔註127〕、順治七年（公元 1650），杜氏參與成立的原社（從同聲社中分離出來）等，另外，非蘇州地區的結社，杜登春參與的還有順治十一年（公元 1654）前後，其與杜恒春、杜正春三兄弟成立於松江的眞社、〔註128〕康熙十一年（公元 1672），與董俞等成立於松江的春藻堂社。單從結社的形態多變上，即可以看出蘇州地區結社活動的交叉性與互涉性特徵。當然，具有此類典型性代表的，還不止陳瑚與杜登春，乾隆朝詩壇領袖蘇州文士沈德潛更是結社頻繁，且其所結社團之間關聯密切。比如沈氏《年譜》就記載，康熙三十七（公元 1698）年，沈德潛應吳縣文士張景崧之邀與之結文社，但沒有具體的社名，由此且命名爲張景崧結社：「三十七年戊寅，年二十六。館於家，多從學者。四月，應張岳未景崧家詩文會，岳未偕予請學詩於橫山葉先生」〔註129〕。橫山葉先生，即指清初吳江詩論家葉燮，因其晚年曾定居江蘇吳江橫山，因此世稱其「橫山先生」，爲吳江葉紹袁與沈宜修之子，康熙九年（公元 1670）進士，爲沈德潛之師，但從這段文獻材料可知，從師於葉燮並非沈德潛的獨立初衷，個中原因實際是吳縣張景崧邀請沈氏結文社期間，張景崧的主動安排，「岳未偕予請詩於橫山葉先生」反映了當時結社時張氏所作的努力。又，在康熙三十八年至乾隆二十四年間，沈德潛分別參與了「送春會」前後兩期的結社活動，且前後相差六十年時間。前期活動時間是在康熙三十八年（公元 1699），爲蔣樹存倡導，清初蘇州畫僧上睿正好於康熙三十八年己卯（公元 1699）爲蔣樹存作《繡谷送春圖》〔註130〕，此圖名稱中的「送春」即蔣樹存所倡之「送春會」。另外，據記載，上睿還曾於雍正二年（公元 1724）作《溪山密雪圖》贈

〔註126〕（明）夏允彝《序陳李唱和集》，上海：上海古籍出版社 2010 年，第 164 頁。

〔註127〕順治六年冬，滄浪合局因爲內部矛盾和紛爭，只存在了半年左右，就分裂爲慎交社、同聲社。

〔註128〕（清）杜登春《社事始末》北京：中華書局 1991 年，第 18～30 頁。

〔註129〕《沈德潛年譜》，胡幼峰著《沈德潛詩論探研》學海出版社 1986 年，第 254 頁。

〔註130〕茅子良《藝林類稿》上海：上海書畫出版社 2009 年，第 292 頁。

與蔣樹存，繡谷、溪山，皆爲結社之所。梁章鉅《浪跡叢談》記載：

> 園中亭榭無多，而位置有法，相傳爲王石谷所修，康熙三十八
> 年己卯，尤西堂、朱竹垞、張匠門、惠天牧、徐徵齋、蔣仙根、諸
> 名流，曾於此作送春會，時沈歸愚尚書年才二十七，居末座。乾隆
> 二十四年，又有作後己卯送春會，者，則以尚書爲首座矣。〔註131〕

可見主要成員有沈德潛、蔣樹存、尤侗等人，只是沈德潛參與前期送春會時
尚居「末座」，而後在乾隆二十四年（公元 1759），蔣業鼎（蔣樹存之孫）所
倡之後期送春會上，沈氏已經位居「首座」，個中的變化是極顯著的，此次的
主要參與者有沈德潛、蔣業鼎等。兩次結社相差了六十餘年，也足見沈氏參
與結社時間持續之久以及蔣樹存、蔣業鼎一門結社風雅的家族傳承，更可見
蘇州一地以家族爲中心的結社組織之盛。康熙四十六年（公元 1707），沈德潛
與徐夔等又在蘇州創立了城南詩社，這次的參與者除了沈氏外，還有徐夔、
張錫祚、張景崧、張進、顧紹敏等。此外，據沈氏《年譜》及《歸愚詩鈔》
卷三《詩社諸友漸次淪沒不勝盛衰聚散之感作歌一章柬舊同好》詩記載，在
康熙六十一年（公元 1722），沈德潛還舉「北郭詩社」，成員亦有十數人，沈
德潛爲詩事的倡導者。乾隆十二年（公元 1747）沈德潛歸鄉，於先師葉燮的
二棄草堂舉九老會，成員有薛雪、沈岩、周之奇等人。乾隆三十年（公元 1765），
沈氏於家鄉又舉九老會，高宗此年南巡至蘇州時，對沈氏安撫有加。〔註132〕
等等。沈德潛所參與的結社活動一直貫穿康熙、乾隆兩朝，結社名目之多、
結社成員之廣、社團之間聯繫之密切、得到皇帝撫慰之深都是前所未有的。
沈氏爲江蘇長洲人，在乾隆四年其六十七歲時考中進士，並最終成爲乾隆朝
的文壇領袖。沈氏所參與與倡導的結社活動，也因此具有了極典型的意義，
它不僅代表著乾隆朝文人「結社」含義的演化，在一定程度上成爲了當朝政
治話語延伸的載體；更從形態上展示了結社活動彼此之間千絲萬縷的聯繫與
地域文化的互動關係，也不可或缺地在詩文唱和的層面上推動了文人雅集的
進一步發展。

　　第四，結社目的錯綜複雜。明清時期蘇州地區的文士結社已是歷史延續
的結果，並且在形式等各個方面已較爲成熟，但在清代文士所結詩文社的目

〔註131〕（清）梁章鉅撰；陳鐵民點校《浪跡叢談 續談 三談》北京：中華書局 1981
　　　　年，第 221 頁。
〔註132〕胡幼峰《沈德潛詩論探研》學海出版社 1986 年。

的卻不盡相同，這也與清代文壇門派林立不無關係。王士禛、沈德潛、翁方綱，都曾分別招收弟子，並建立自己的流派，以王士禛爲中心形成「神韻派」，以沈德潛爲中心形成了「格調派」，而以翁方綱爲中心又形成了「肌理派」等等。出於服務政治文化的不同立場與需要，文壇分立門戶的現象時有存在。但不論肌理也好，神韻也罷，亦或是格調一路，所走的無非是傳統詩教的路數，所招收的也無非都是男弟子。與此同時，錢塘文士袁枚異軍突起，以反傳統的觀念，在李贄、公安三袁之後繼起提倡「性靈」之論，並公然與沈德潛、翁方綱一流背道而馳，招收女弟子，在衝破壁壘，倡言性靈的同時也在很大程度上鼓勵和推動了女性詩學的發展與女性結社活動的展開。

四、文士駁斥與獎掖並舉：觀念論爭抑或自身訴求

1. 論爭：文士對婦教觀的駁與立

隨著明代中葉王陽明心學的崛起，其所謂「吾心之良知即所謂天理」、「日用間何莫非天理流行，但此心常存不放，則義理自熟」等論調的出現，肯定了人作爲實踐主體的能動性，其後學泰州學派，則將陽明心學進行世俗性的發揮，進一步使得人的自然本性得到認可，打破天理對世俗的禁錮，王艮提出「愚夫愚婦皆知所以爲學」；李贄直接否定「存天理，滅人欲」的教條，並言「穿衣吃飯即是人倫物理」、「如好貨，如好色」。在這一思想的基礎上，李贄等進步文人又對男尊女卑、女子貞潔觀等問題提出質疑，並持男女平等的觀點，在《初潭集》序《夫婦篇總論》中李贄曰：

> 夫婦，人之始也。有夫婦然後有父子，有父子然後有兄弟。夫婦正，然後萬事萬物無不出於正矣。夫婦之爲物始也如此。極而言之，天地，一夫婦也，是故有天地然後有萬物。然則天下萬物皆生於兩，不生於一明矣。惟是陰陽二氣，男女二命耳，初無所謂一與理也，而何太極之有！夫性命之正，正於太和；太和之合，合於乾坤，乾爲婦，坤爲婦。故性命各正，自無有不正者。〔註133〕

李贄反對理學以「理」、「氣」爲世界本源，不僅從根本上推翻了天理說，更是肯定了「天地，一夫婦也」，夫婦，乃天地之始，共同創造世界，「天下萬物皆生於兩，不生於一」的思想，實質上是對男女平等的提倡，從而否定「男

〔註133〕（明）李贄《初潭集》北京：中華書局 1974 年，第 5 頁。

尊女卑」的舊有秩序。李贄亦曾招收女弟子，爲她們的才學極力辯護，雖然
這一行爲也遭到當時人的責難，但其在反女教上的開拓之功是顯著的。據《神
宗實錄》卷三六九記載，閏月乙卯，任禮科給事中的張問達就曾尙書奏請彈
劾李贄，批駁李贄這一授徒行爲是：「尤可恨者，寄居麻城，肆行不簡，與
無良輩遊於庵院，挾妓女，白晝同浴。勾引士人妻女入庵講法，至有攜衾枕
而宿庵觀者，一境如狂。又作《觀音問》一書，所謂觀音者皆士人妻女也」
〔註134〕。張問達以禮教傳統批駁李贄的授學行爲，言辭激烈。而像張問達一
樣持傳統女教觀念的人在明代較爲典型的還有呂坤，在《閨範》中呂坤指出：

> 然女子貞淫，卻不在此。果教以正道，令知道理，如《孝經》、
> 《列女傳》、《女訓》、《女誡》之類，不可不熟讀講明，使他心上開
> 朗，亦閨教之不可少也。〔註135〕

張氏竟還饒有興趣地編撰了通俗易懂的女教專書《閨範》。在明代，像張問達
一樣持傳統女教思想的人不在少數。而實際上，從明中葉開始，這類圍繞是
否延續女教觀念的論爭一直不斷。清代更甚，一些以傳統儒家倫理與程朱理
學爲依據，具有濃厚保守思想色彩的的學者公開批評清代「婦學」的失眞，
比如生活於清代中葉儒家婦德盛行時代的清代學者章學誠，就曾在其《婦學》
〔註136〕篇中控訴說，不少輕佻小人以造勢標榜並炫耀名聲，是世之流弊。古
代的婦學，是先學禮後言詩，而現在的婦學恰恰相反，只作詩而不達禮甚至
敗壞禮俗。章學誠將矛頭直接指向了以清代學者袁枚爲代表的，招收女弟子
並與其詩文唱和者的言行。章氏曾在《丁巳剳記》中近乎憤慨地怒斥了這一
所謂的文學交往方式：「近有無恥妄人，以風流自命，蠱惑士女，大抵以優伶
雜劇所演之才子佳人惑人。大江以南，名門大家閨秀，多爲所誘。徵詩刻稿，
標榜聲名，無復男女之嫌，殆忘其身之雌矣。此等閨娃，婦學不修，豈有眞
才可取？而爲邪人之播弄，浸成風俗，人心世道，大可憂也。」〔註137〕雖然
此般言論看似激烈，但我們更應該看到相對於此前任何一個時代，清朝女性
作家所處的文學環境都更爲寬鬆，女性不僅在家庭內具有讀書、受教育甚或
進行文學交流創作或刊行出版的自由與可能，更是在家庭之外，其文學創作

〔註134〕張建業《李贄評傳》，福州：福建人民出版社1992年，第233頁。
〔註135〕彭華《儒家女性觀研究》，北京：中國社會科學出版社2010年，第297頁。
〔註136〕（清）章學誠《文史通義・婦學》，上海：上海古籍出版社2008年，第177
　　　　頁。
〔註137〕陳東原《中國婦女生活史》，上海：上海書店出版社1984年，第269頁。

活動都得到許多著名文士的讚美與支持，比如毛奇齡、錢謙益、沈德潛、張惠言、俞樾、阮元等。桐城派領袖姚鼐更是明確堅定地聲援閨秀爲詩：「儒者或言文章吟詠非女子所宜，余以爲不然。使其言不當於義，不明於理，苟爲炫耀廷欺，雖男子爲之，可乎？不可也。明於理，當於義矣，不能以辭爲之，一人之善也。能以辭爲之，天下之善也。言而爲天下善，於男子宜也，於女子亦宜也。」〔註138〕姚鼐這裡說得很明白，文辭只是作爲「義」與「理」的載體，如果不能很好地體現「義理」的內質，那麼僅僅用以炫耀的文辭，男子亦不可爲；若能「明理，當義」，加以文辭飾之，則「天下之善」，男子可爲，女子亦可爲。這當然不是毫無條件地支持女性的創作，而是基於「義理」的前提。與此同時，揚州學派代表人物阮元，也曾編著《兩浙輶軒錄》與《淮海英靈集》專門搜集江浙婦女的創作，其支持的態度是顯而易見的。常州文士陸繼輅還曾從詩的本質是抒情言志、出於「憂愁幽思不得已而託之於此」的立場出發，在其《崇百藥齋三集》中駁斥了「婦人不易爲詩」之謬論：

> 吾聞諸儒家者曰，婦人不宜爲詩。斯言也，亦幾家喻而戶曉矣。顧嘗有辨之者，至上引《葛覃》、《卷耳》以爲之證。夫《葛覃》、《卷耳》之果出於自爲之與否，未可知也。則婦人之宜爲詩與否，亦終無有定論也。抑吾又聞，詩三百篇皆賢人君子憂愁幽思不得已而託焉者也。夫人至於憂愁幽思不得已而託之於此，宜皆聖人之所深諒而不禁者，於丈夫、婦人奚擇焉？〔註139〕

在這裡，陸繼輅引《詩經》爲據，將「發憂愁幽思」作爲寫詩的根本要素，推理出其聖人皆可發憂愁幽思，丈夫與婦人亦可爲之的道理，是很有說服力的。除此而外，清初對女性創作給予支持的著名學者還有王士祿、陳維崧、吳偉業、王士禛、王文治、杭士駿、郭麐、陳文述等等，比如郭麐就曾在其《樗園銷夏綠》中對閨秀文學創作給予充分肯定：「劉景叔（祁）云：『賢人君子得志可以養天下，不得志天下當共養之。』其言甚大。詩人閨秀亦天地同所當珍重愛惜之物，其有坎坷，亦宜相共存之，無所於讓。」〔註140〕清代文士對閨秀文學創作的肯定及社會活動的支持，是促成閨秀文學結社的重要外部條件。

〔註138〕（清）姚鼐《鄭太孺人六十壽序》，載《惜抱軒文集》卷八，四部叢刊本。
〔註139〕《清代詩文集彙編·崇百藥齋文集》卷一四，上海：上海古籍出版社 2010年，第 178 頁。
〔註140〕（清）郭麐《樗園銷夏錄》（下），清嘉慶刊靈芬館全集本。

2. 獎掖：自身訴求抑或推波助瀾

在清代，女性的傳統職能被發展到極致，比如社會對貞潔觀念的極度重視，「女子無才便是德」仍社會的主要思想等等，都嚴重限制了女性走出閨閣的自覺與行動。學者陶秋英在所著《中國婦女與文學》中就曾簡明扼要地梳理中國古代女性貞潔觀逐步深化的過程，指出：「女子貞操的學術是立於漢代的儒家，但事實上，漢代的社會並不曾受其大賜，唐代對於貞潔觀念仍然很淡薄，宋代由理學的發達進至於禮教的大進步，由禮教的大進步而進至於女子貞潔的被極端重視，明代成為貞潔最重視最發達的時代，到了清代，什麼都到了極致，貞潔成了女子的天責。」〔註141〕陶秋英指出當時婦女貞潔觀念至高無上的現實，因此，才會有一些以傳統儒家倫理與程朱理學為依據，具有濃厚保守思想色彩的的學者公開批評清代「婦學」〔註142〕的失真，比如生活於清代中葉儒家婦德盛行時代的清代學者章學誠，就曾在其《婦學》〔註143〕篇中控訴說，不少輕佻小人以造勢標榜並炫耀名聲，是世之流弊。古代的婦學，是先學禮後言詩，而現在的婦學恰恰相反，只作詩而不達禮甚至敗壞禮俗。但與此同時我們更應該看到相對於此前任何一個時代，清朝女性作家所處的文學環境都更為寬鬆，女性不僅在家庭內具有讀書、受教育甚或進行文學交流創作或刊行出版的自由與可能，更是在家庭之外，其文學創作活動都得到許多著名文士的讚美與支持，比如袁枚、陳文述、任兆麟、郭麟、毛奇齡、錢謙益、沈德潛、張惠言、俞樾、阮元等。更有文士直接提出對「女子無才為德」的深刻質疑，清人雷瑨、雷瑊在其所輯《閨秀詩話》卷九中作了這樣的公開評述，代表了一類持支持態度文人的立場與視角：「俗以女子無才為德，然則有才者豈盡無德耶？苟有才而善用其才，則畫荻教書，熊丸課讀，人稱重之；若有才而誤用其才，則簾間密筍，月下琴心，人非笑之。蓋女子

〔註141〕陶秋英《中國婦女與文學》，北京：北新書局1993年，第9頁。
〔註142〕所謂「婦學」，在古代專指對婦女的教育，《周禮・天官・九嬪》曰：「九嬪掌婦學之法，以教九御：婦德、婦言、婦容、婦功。」這就是說，早在遠古社會，國家即專設了職掌婦女教育的機構與官員，教育內容是婦女的德、言、容、功四個方面。章學誠也論述了古代婦學的主要內容，指出：「婦學之目，德、言、容、功。鄭注『言為辭令』，自非嫻於經禮，習於文章，不足為學，乃知誦《詩》習《禮》，古之婦學，略亞丈夫。」「蓋四德之中，非禮不能為容，非詩不能為言。」
〔註143〕（清）章學誠《文史通義・婦學》，上海：上海古籍出版社2008年，第177頁。

在賢與不賢，不在才不才也。」〔註144〕雷氏此處的質疑「然則有才者豈盡無德矣」的質疑很有意味，「才」與「德」本不應被上升爲根本對立的矛盾，在今天看來似乎都沒有評頭論足的必要，然在清人看來，「大凡女人之德，自以性情柔和爲第一義，容貌端莊爲第二義」〔註145〕，因此讀詩書，讓女性思想意識得以提升，眼界視野得以拓展，交遊活動逐漸發端，並在其作品中表現出向「林下清風」甚至重豪傑之爲、脫盡脂粉氣的品格非閨秀才媛所應爲。因此，如此論爭實際上已是針對明清以來，女性已漸展其才的不可迴避的事實而發。士人所看重的閨秀的品格，是色、才、德、情的結合。正如淮山棣華園主人所輯《閨秀詩評》引石生所云：「長於才者必有情，深於情者必有德，似才轉不可少矣。」〔註146〕

桐城派領袖姚鼐更是明確堅定地聲援閨秀爲詩：「儒者或言文章吟詠非女子所宜，余以爲不然。使其言不當於義，不明於理，苟爲炫耀廷欺，雖男子爲之，可乎？不可也。明於理，當於義矣，不能以辭爲之，一人之善也。能以辭爲之，天下之善也。言而爲天下善，於男子宜也，於女子亦宜也。」〔註147〕姚鼐這裡說得很明白，文辭只是作爲「義」與「理」的載體，如果不能很好地體現「義理」的內質，那麼僅僅用以炫耀的文辭，男子亦不可爲；若能「明理，當義」，加以文辭飾之，則「天下之善」，男子可爲，女子亦可爲。這當然不是毫無條件地支持女性的創作，而是基於「義理」的前提。與此同時，揚州學派代表人物阮元，也曾編著《兩浙輶軒錄》與《淮海英靈集》專門搜集江浙婦女的創作，其支持的態度是顯而易見的。

常州文士陸繼輅還曾從詩的本質是抒情言志、出於「憂愁幽思不得已而託之於此」的立場出發，在其《崇百藥齋三集》中駁斥了「婦人不易爲詩」之謬論：

吾聞諸儒家者曰，婦人不宜爲詩。斯言也，亦幾家喻而戶曉矣。顧嘗有辨之者，至上引《葛覃》、《卷耳》以爲之證。夫《葛覃》、《卷

〔註144〕（清）雷瑨、雷瑊《閨秀詩話》卷九，南京：鳳凰出版社 2010 年，第 1127 頁。

〔註145〕（清）錢泳撰，孟斐校點《履園叢話》（下），上海：上海古籍出版社 2012 年，第 427 頁。

〔註146〕（清）淮山棣華園主人《閨秀詩評》，南京：鳳凰出版社 2010 年，第 2306 頁。

〔註147〕（清）姚鼐《鄭太孺人六十壽序》，載《惜抱軒文集》卷八，四部叢刊本。

耳》之果出於自爲之與否，未可知也。則婦人之宜爲詩與否，亦終
無有定論也。抑吾又聞，詩三百篇皆賢人君子憂愁幽思不得已而託
焉者也。夫人至於憂愁幽思不得已而託之於此，宜皆聖人之所深諒
而不禁者，於丈夫、婦人奚擇焉？〔註148〕

在這裡，陸繼輅引《詩經》爲據，將「發憂愁幽思」作爲寫詩的根本要素，
推理出其聖人皆可發憂愁幽思，丈夫與婦人亦可爲之的道理，是很有說服力
的。除此而外，清初對女性創作給予支持的著名學者還有王士祿、陳維崧、
吳偉業、王士禎、王文治、杭士駿、郭麐、陳文述等等，比如郭麐就曾在其
《樗園銷夏綠》中對閨秀文學創作給予充分肯定：「劉景叔（祁）云：「賢人
君子得志可以養天下，不得志天下當共養之。」其言甚大。詩人歸秀亦天地
同所當珍重愛惜之物，其有坎坷，亦宜相共存之，無所於讓。」〔註149〕文士
對閨秀創作支持方式也是多種多樣的。學者郭蓁曾對此作了總結，將之歸納
爲六種方式〔註150〕：

一是爲女詩人詩集作序和題詞，充分肯定女性寫作的合理性。錢謙益、沈
德潛、俞樾等人的集中均有不少此類作品。這裡以常州文士陸繼輅爲例作一說
明，陸繼輅之妻錢惠尊（字詵宜）、次女采勝（字君素）、三女兌貞皆擅書能詩。
〔註151〕陸繼輅曾刪存三人之詩，定其題爲《五眞閣吟稿》，並附刻於自己所作
《崇百藥齋三集》之末，爲之序明確表達其「婦女爲詩觀」，支持女性文學創作。
二是爲女詩人刊刻作品，比如拜經樓主人吳騫在徐燦六世重孫處得到詩集稿本
後將其刊刻，當時藏書家競相收藏；三是招收女弟子，指導其詩歌創作，參與
其中比較著名額文士有袁枚、錢謙益、陳文述、杭世駿、毛奇齡、沈大成、蕭
蛻公、陳秋坪、郭麟、任兆麟、梁章鉅、王士禎、畢沅、胡履春等，不勝枚舉。
以新安人胡履春爲例。《崑山胡氏書目》著錄了《麥浪園女弟子詩》六卷，有道

〔註148〕《清代詩文集彙編‧崇百藥齋文集》卷一四，上海：上海古籍出版社 2010
　　　　年，第 305 頁。
〔註149〕（清）郭麐《樗園銷夏錄》（下），清嘉慶刊靈芬館全集本。
〔註150〕郭蓁《論清代女詩人生成的文化環境》，《山東社會科學》2008 年第八期，第
　　　　61～64 頁。
〔註151〕《國朝閨秀正始集》曰：「詵宜工書。董士錫《表甥女陸氏壙銘》曰：」（君
　　　　素）能讀父詩二千首皆熟，亦能詩及書畫。所遺詩五十餘首，畫古士女圖十
　　　　數幀，書千文一通皆工。「（《齊物論齋文集》卷三）陸繼輅《快雪時晴室記》
　　　　載：「兌貞好作書，十四五歲時，小楷學歐陽詢，徑寸者學裴休。既盡得其法，
　　　　年來益放筆作徑八九寸者，尤有遠韻可玩。」（《崇百藥齋三集》卷一一）。

光二十五年乙巳（公元 1845）樹人堂刊本。詩集前有新安人胡履春所作序。方
知胡履春乃應同宗族文士胡和軒之邀，設館「麥浪園」課徒女弟子，此《麥浪
園女弟子詩》即收錄六位女弟子之作，此六名閨秀分別是：汪秀娟、江蕊珠、
徐佩芸、余貞翠、戴芳芝、夏彩霞等六人。後四人徐佩芸、余貞翠、戴芳芝、
夏彩霞，係胡和軒妻、妾及二甥女，其一門風雅甚矣。閨秀不僅得胡和軒親自
課授，並受其師胡履春之教，據胡履春序記載：

> 和軒先生，吾宗風雅士也，天性極敦，一堂怡怡，恒以奉親爲
> 樂。定省偶暇，即率諸姬把卷於燦紅穠綠中。興之所到，發爲嘯歌，
> 旋則棄卻。蓋其虛懷若谷，虞有未工爾。壬寅春，延予主其講席。
> 進謁時，詢諸女所學，六經外凡唐、宋大家詩完誦各數百首，悉先
> 生花晨月夕，酒半茶餘所親授者。兼之諸女天子頗慧，南車持指，
> 脫口成章。越歲分情芝郡筠仙爲女傳。先生思壽棗梨，用誌一時雅
> 集，仍殷殷訂正於予。予謂詩以道性情，故《三百篇》不乏閨闈之
> 作。今諸女詩雖未臻其極，然風入篁而成韻，蕉得雨而送音，天假
> 之鳴，靡弗善者，奚妨錄之。俾存其眞。〔註152〕

清代江蘇地區閨秀在家庭內已經受到良好的教育，與此同時文士的收徒授學
與對其才學的重視，正是推動閨秀參與文學創作與結社的原因與重要前提。
四是在詩話類著作中存錄女詩人的生平和作品，使女詩人賴之以傳，比如《隨
園詩話》、《閩川閨秀詩話》、《靜志居詩話》、《閨秀詩話》等等；五是將閨秀
作品集結出版，在社會聲名層面上肯定了女性文學實踐的合理性。比如錢謙
益《列朝詩集》、沈德潛《清詩別裁集》等都具有代表性。當然，還有專門爲
女性編撰的詩歌總集，比如胡孝思《本朝名媛詩鈔》、蔡壽祺《國朝閨閣詩鈔》、
許夔臣《國朝閨秀香咳集》等，保存了大量女性詩歌文本；六是文士將其與
女詩人唱和酬答的作品加以整理後收入自己的文集，隨其集子得以傳播，提
高女詩人的知名度。這裡可以舉一個非常著名的例子，陽湖孫星衍妻王采薇
年二十四而卒，孫星衍則刻其集入《平津館叢書》，並委洪亮吉、孔廣森、葉
歡國托個爲之作序，且自撰《行狀》請袁枚爲之撰《墓誌銘》。這些舉措，在
客觀上擴大了女性詩作的影響，爲其揚名後世起到了重要作用。孫星衍在王
氏生前就常在友人面前誇耀她的詩才，頗以爲榮。楊倫有詩題曰《君（指孫

〔註152〕　（清）胡履春《麥浪園女弟子詩》六卷，南京：鳳凰出版社 2010 年，第 2577
　　　　　～2578 頁。

星衍）嘗自誇室人知詩，予索觀而不一示，復疊前韻戲呈》〔註153〕，足見孫
星衍以其妻能詩而自豪。此後，學者畢沅也將王采薇的詩作收入其《吳會英
才集》之中，說明當時文士對閨秀之作的重視及爲其揚名的考慮。除此集中
常見方式外，文士對閨秀的支持方式，還包括爲閨秀作墓誌銘、組織各種雅
集等。以墓誌銘爲例，清代學者袁枚曾招蘇州閨秀金逸（陳竹士妻）爲女弟
子，金逸去世後，袁枚親自爲其作墓誌銘，頌其才之高，品之潔。袁枚還曾
爲孫薇妻子王采薇等撰寫墓誌銘。閨秀之人藉此得以名世，閨秀之詩爲更多
文士所知，閨秀之才學也因此而得到蓋棺定論的認可。

　　以上部份，我們分析了清代文士對閨秀創作及結社活動支持的現狀及主
要方式。而清代文士對閨秀文學給予積極支持的原因。主要有兩方面因素，
一則是歷史心理積澱。明代以來市鎮繁榮，蘇州地區世家林立，知識女性涌
現，同時伴隨著新的人文思潮的興起，女性結社問學已逐步突破舊有的圈圈
而獲得新的視野，以李贄爲代表的新思想者首先招收女弟子，對清代進步文
士的影響是極深刻的。李贄在其《焚書・豫約》中記錄了其破例接收女弟子
梅澹然的情形：

> 梅澹然是出世丈夫，雖是女身，然男子未易及之，今既學道，
> 有端的知見，我無憂矣。彼以師禮默默事我，我縱不受半個徒弟於
> 世間，亦難以不答其請。故凡答彼請教之書，彼以師稱我，我亦以
> 淡然師答其稱，終不欲犯此不爲人之師之戒也。嗚呼！不相見而相
> 師也。不獨師而彼此皆以師稱，亦異矣！〔註154〕

這段材料對明末拜師的一般情形作了說明，招收女弟子並非李贄刻意而爲
之，那麼梅澹然又如何認識李贄並求教於李贄的呢？原來，梅澹然乃浙江道
御史梅國楨的長女，梅國楨，麻城人，萬曆十一年進士，官至大同巡撫、兵
部右侍郎總督宣大山西軍務，梅國楨不僅與公安三袁的好友〔註155〕，並且與
李贄多有往來。梅氏家族爲麻城的名門望族，僅梅國楨一房同胞親兄弟六人
中，長兄梅國楨與二弟同榜登進士第，三弟爲舉人，另外三個年幼的兄弟皆
爲生員（秀才）。因此，梅澹然也較早地接觸到李贄的異端思想，並因爲對佛

〔註153〕《清代詩文集彙編・九柏山房詩》卷三，上海：上海古籍出版 2010 年，第
　　　　726 頁。
〔註154〕（明）李贄《焚書》北京：中華書局 1974 年，第 489 頁。
〔註155〕在袁宏道《袁中郎全集》中與梅國楨多有書信來往。比如萬曆二十七年（1599）
　　　　袁宏道有《答梅客生》書信，此處梅客生，即梅國楨。

法的興趣而常與李贄書信往來探討佛學問題。在書信中，澹然尊稱李贄爲
「師」，而李贄亦「難以不答其請」，一來一往，「不獨師而彼此皆以師稱」、「不
相見而相師也」，在李贄看來，文士也好閨秀也罷，在才學與才識上是沒有什
麼差別的，以性別而論才學之有無才是眞正的短見。而李贄本人也並未以尊
師的身份高居於上，其以「相師」的態度與女弟子書信往來，也足見其對女
子才學的欽重。其後，李贄在芝佛院塑佛像，淡然便落髮爲佛弟子，並表示
願做觀音大士，李贄便寫了一首《題繡佛精舍》的詩對淡然示以欽贊。隨後
一群學道的女子在淡然的引導下，也向李贄請教佛法，便招來眾人的非議，
指其爲「宣淫敗俗」。於是，在《焚書》卷二《答以女人學道爲見短書》一文
中，李贄對這「謬論」予以駁斥，爲女子亦可爲詩作辯護：

> 昨聞大教，謂婦人見短，不堪學道。誠然哉！誠然哉！余竊謂
> 欲論見之長短者當如此，不可止以婦人之見爲見短也。故謂人有男
> 女則可，謂見有男女豈可乎？謂見有長短則可，謂男子之見盡長，
> 女人之見盡短，又豈可乎？設使女人其身而男子其見，樂聞正論而
> 知俗語之不足聽，樂學出世而知浮世之不足戀，則恐當世男子視之，
> 皆當羞愧流汗，不敢出聲矣。此蓋孔聖人所以周流天下，欲庶幾一
> 遇而不可得者，今反視之爲短見之人，不亦冤乎！冤不冤與此人何
> 與，但恐傍觀者醜耳。〔註156〕

李贄認爲，性別有男女之分，但見識不應有男女之別，更不能因性別而判定
見識的長與短。爲此，李贄數舉歷史上才女的史實論證了男女在才智上沒有
本質性的差異：「自今觀之：邑姜以一婦人而足九人之數，不妨其與周、召、
太公之流並列爲十亂；文母以一聖女而正〈二南〉之風，不嫌其與散宜生、
太顛之輩並稱爲四友。彼區區者特世間法，一時太平之業耳，猶然不敢以男
女分別，短長異視」〔註157〕、「夫薛濤蜀產也。一文才如濤者，猶能使人傾千
里慕之，況持黃面老子之道以行遊斯世，苟得出世之人，有不心服者乎？未
之有也。」〔註158〕除《答以女人學道爲見短書》一書外，在李贄《焚書》中
還有《答自信》、《答明因》、《與澄然》等諸多回覆女弟子的書札。在《焚書·
雜說》中，李贄曾這樣讚揚他的女弟子善因：「我聞其才力見識大不尋常，而

〔註156〕（明）李贄《焚書》北京：中華書局 1974 年，第 164 頁。
〔註157〕（明）李贄《焚書》北京：中華書局 1974 年，第 170 頁。
〔註158〕（明）李贄《焚書》北京：中華書局 1974 年，第 170 頁。

善因固自視若無有也」〔註159〕，「故我尤眞心敬重之」〔註160〕。李贄既認爲男女才華無異，那麼，什麼樣的才華才算是「眞能文者」呢？《焚書・雜說》曰：

> 且夫世之眞能文者，比其初皆非有意於爲文也。其胸中有如許無狀可怪之事，其喉間有如許欲吐麗不敢吐之物，其口頭又時時有許多欲語而莫可所以告語之處，蓄極積久，勢不能遏。一旦見景生情，觸目興歎；奪他人之酒杯，澆自己之壘塊；訴心中之不平，感數奇於千載。既已噴玉唾珠，昭回雲漢，爲章於天矣，遂亦自負，發狂大叫，流涕慟哭，不能自止。寧使見者聞者切齒咬牙，欲殺欲割，而終不忍藏於名山，投之水火。〔註161〕

不著意爲文而胸中有文者，不著意記言而口中有辭者，觸景生情，借酒澆意，訴心中不平，此即是佳者。同時，「遂亦自負，發狂大叫，流涕慟哭，不能自止」，如此尺度才算是眞正性情中人，才學自現之人。在中國古代，士大夫普遍受到傳統儒家思想影響，溫柔敦厚、中正平和是其基本的爲人與爲文的標準，引經據典，追本溯源是其文化傳承的基本職責。由此，李贄此處所言都不符合傳統士人的要求，而恰恰是較少受經史之學的女性，交遊甚少，情意單純，往往抒寫情意簡單眞率而熱烈。李贄的這一「眞能文者」的標準，與明代三袁、清代袁枚的「性靈」說已經十分接近。李贄對女子才學的認同與招收女弟子的行爲對清代文士招收女弟子的風氣之影響是明顯的。清代文士對閨秀文學活動的支持，除了出於歷史心理積澱的潛在因素外，與文士自身的志趣、價值評判標準、詩學立場等等都有著密切的聯繫。這裡，我們從如下三個方面進行考察。

　　第一，「有教無類」，在學識上有力支持閨秀的文化構建。在清代以袁枚爲首的名士基於「有教無類」的思想對女子文學活動的支持。在教育思想上，袁枚的「有教無類」觀念，主要是指男女接受教育的平等，這一觀念在極大程度上對女子參與文學活動提供了積極的鼓勵，也爲其文學活動的開展給予有力的學力保障。在汪穀爲袁枚所編《隨園女弟子詩》所作序言中，汪穀對袁枚招收女弟子的眞實態度及當時女弟子拜袁枚爲師的情狀作了說明：

〔註159〕　（明）李贄《焚書》北京：中華書局1974年，第269頁。
〔註160〕　（明）李贄《焚書》北京：中華書局1974年，第269頁。
〔註161〕　（明）李贄《焚書》北京：中華書局1974年，第269～270頁。

　　兌為少女，而聖人繫之以朋友講習；離為中女，而聖人繫之文
明以麗乎正。《葛覃》、《卷耳》，首冠《三百篇》，女子之能詩宜也。
聖朝文教昌明，坤貞協吉，名門大家，皆沐「二南」之化。隨園先
生，風雅所宗，年登大耋，行將重宴瓊林矣。四方女士，聞其名者，
皆欽為漢之伏生、夏侯勝一流。故所到處，皆斂衽扱地，以弟子禮
見。先生有教無類，就其所呈篇什，都為拔尤選勝而存之。久乃裒
然成集，攜郭蘇州，交穀付梓。〔註162〕

乾隆朝文教昌明，名門閨秀秉「二南」之化通禮樂詩書，女弟子從名師碩儒
問學之風日盛，其中尤以錢塘袁枚收學授士為宗，在其耄耋之年竟「重宴瓊
林」〔註163〕，得恩寵於當朝。此期四方閨秀將他與口授《尚書》的伏生、經
學家夏侯勝相提並論，袁枚所到之處，四方歸結皆以弟子之禮相見。袁枚則
持「有教無類」的觀念，對閨秀投贈之作拔優選精，彙集成篇並託蘇州友人
汪穀將之付梓，一時間傳為佳話。袁枚對女性為學的積極提攜，並非僅體現
在大家閨秀的身份上，汪穀在此序言中記載了一則事例，其有碧珠、意珠二
人，為侍者，「年幼初學操觚」〔註164〕，本「不敢與女公子及諸夫人並列」，
然而袁枚卻言：「當年齊桓、晉文合諸侯時，同盟者豈皆魯、衛大邦，竟無邾、
莒附庸，執玉帛來與會者邪？子何所見之狹也！」〔註165〕袁氏將自己招收女
弟子之為與春秋五霸之齊桓公、晉文公招賢納才相較而論是值得注意的，一
方面，袁氏女弟子中多數人出身世家，「女公子與諸夫人」佔了多數，另一方
面，像碧珠、意珠一樣身為侍女，袁氏也好不避諱，「有教無類」的思想在其
所接受女弟子之眾，階層之廣上盡顯。在嘉慶元年丙辰（公元1796）刊本《隨
園女弟子詩》六卷中就收入了二十八位女弟子的作品，分別是卷一，席佩蘭；

〔註162〕（清）袁枚《隨園女弟子詩》六卷，汪穀序，南京：鳳凰出版社2010年，第
　　　　2576～2577頁。
〔註163〕清科舉制度中，進士及第滿六十週年，再逢是科會試，經奏准得重赴瓊林
　　　　宴，稱「重宴瓊林」。例如，乙丑科進士，六十年後又逢乙丑科會試，可以
　　　　與新科進士同赴慶典。潘世恩於乾隆五十八年（公元1793）狀元及第，咸
　　　　豐三年（1853），其孫潘祖蔭以一甲三名（探花）及第，祖孫同赴宴會，傳
　　　　為佳話。
〔註164〕（清）胡履春《麥浪園女弟子詩》六卷，南京：鳳凰出版社2010年，第2577
　　　　頁。
〔註165〕（清）胡履春《麥浪園女弟子詩》六卷，南京：鳳凰出版社2010年，第2577
　　　　頁。

卷二，金纖纖；卷三，駱綺蘭、廖雲錦、孫雲鶴；卷四，陳長生、嚴蕊珠、
錢琳、王玉如、陳淑蘭、王碧珠、朱意珠、鮑之蕙；卷五，王倚、畢智珠、
盧元素、戴蘭英、屈秉筠、許德馨；卷六，吳瓊仙、袁淑芳、王蕙卿、鮑尊
古。在《隨園軼事》「閨中三大知己」一文中，學者蔣敦復稱「先生女弟子三
十餘人」〔註166〕然而袁隨園的女弟子數量遠遠不止於此，據學者王英志考察，
隨園弟子有姓名或作品集可查的至少在五十人〔註167〕，多爲江蘇、浙江一帶
的閨秀才人，並且這群女子身份差別較大，既有世家閨秀也有寒門女子。袁
枚的這一義舉實在是爲女子的社會活動開闢了新路，也爲清代文士的新女性
觀開啓新的一頁。

　　第二，「傳之難矣」，對閨秀作品的散佚抱以遺憾，並積極搜集付梓。「有
教無類」自然爲閨秀的文學活動與交遊提供了智識支撐，而文人對閨秀突破
封建壁壘，尋找自己精神世界的努力所給予的體認，對閨秀文集詩集的散佚
表示惋惜，也是促使文士給予女性創作及文學活動支持的一個重要原因。即
以袁枚爲例，在其《祭妹文》、《女弟素文傳》中對妹妹袁素文受到封建婦教
的毒害對惡夫忠誠不二並最終抑鬱而死深感心痛，也對正統女教的殘酷與腐
朽予以嚴厲地駁斥與抗議。王文濡在《續古文觀止》中，對袁枚的《祭妹文》
有如許評價：「昌黎《祭十二郎文》、歐陽《瀧岡阡表》，皆古今有數文字，得
此乃鼎足而三。」〔註168〕素文之死對袁枚的影響是極深的，袁枚哀歎「嗚呼！
使汝不識詩書，或未必艱貞若是。」將素文妹的死因與其「識詩書」相聯繫，
認爲其艱貞若是乃因爲封建婦教對其思想的毒害「詩書」主要指三從四德婦
教之書。《穀梁傳·隱公元年》中就記載：「婦人在家制於父，既嫁制於夫，
夫死從長子。」〔註169〕《禮記·郊特牲》又載：「婦人，幼從父兄，嫁從夫，
夫死從子」〔註170〕，此即爲「三從」。而在《周禮·天官·九嬪》中九嬪就職
掌教導「婦德、婦言、婦容、婦功」〔註171〕，漢代班昭更是在《女誡》中對

〔註166〕（清）袁枚著，王英志主編《袁枚全集》第8集，南京：江蘇古籍出版社1993
　　　　年，第658頁。
〔註167〕（清）王蘊章《燃脂餘韻》卷二，南京：江蘇古籍出版社2002年，第697
　　　　頁。
〔註168〕王文濡評選《清文評注讀本》第1冊，上海：上海文明書1934年。
〔註169〕（晉）寧注；〔唐〕楊士勳疏，黃侃經文句讀《春秋穀梁傳注疏》上海古籍
　　　　出版社1990年，第3頁。
〔註170〕（漢）鄭玄《禮記正義》上，上海：上海古籍出版社2008年，第1023頁。
〔註171〕（漢）鄭玄著；〔唐〕賈公彥疏，黃侃經文句讀《周禮注疏》上海：上海古

此四德作了系統的發揮，使女性受到更大的束縛。在此等思想籠罩下，女性要獲得相對的解放是極難的。袁枚因妹妹素文的死對此深有感觸，其後招納女弟子或許正是與傳統婦教思想的積極較量。像袁枚這樣對女性才學認同、對女性命運體認、對女性著作散佚表示惋惜的清代文士不在少數。黃傳驥在爲黃秩模編輯《國朝閨秀詩柳絮集》五十卷作序言時曾言：

> 惟閨閣之才，傳者雖不少，而埋沒如珍異，朽腐同草木者，正不知其幾許焉也。此曷故與？蓋女子不以才見，且所遇多殊，或不能專心圖籍，鎮日推敲，此閨秀專集之所以難成也。成帙矣，而刻之未便，傳之無人，日久飄零，置爲廢紙已耳。家人及子孫，且不知，遑論異地哉？遑論異地之能盡採哉？此閨秀合集所尤難成與難傳也。〔註172〕

黃傳驥說出了閨秀創作艱難、傳播艱難的事實。黃秩模編輯《國朝閨秀詩柳絮集》五十卷巨著在清人所輯閨秀詩中已是難能可貴，他們對閨秀創作散佚都表示了惋惜，因而投入大量精力不惜編輯此書，可以說，是出於同情加理解的立場，同時，此中也不乏文士對閨秀詩獨特靈秀之氣的欽佩之意。比如康熙間吳郡大來堂刊本有學者劉雲份所輯《唐宮閨詩》，劉氏在編撰自序中便對閨秀的「精微之思」示以欽賞，並對其「淪沒於書蟲竹蠹間」予以深深的惋惜：「近因輯中晚唐人詩，遍閱諸集，念此簾幕中人，蘭靜蕙弱，何能搦數寸之管，與文章之士競長鬥工；彼其微思別致，託物寄情，婉約可風，精神凝注，亦與白首沉吟者，輝耀後世，可謂卓絕矣。忍視諸選家去此遺彼，令其珠明花艷，顧淪沒書蟲竹蠹間乎？」〔註173〕劉雲份編撰《唐宮閨詩》的目的很清楚，是要定婦人之規，從而使其安順守身，進而使「儒者經疏，正史亦因此有取焉」，使婦教女規成爲儒者辨正邪知士風的標準。因此，劉雲份認爲閨中女子，雖然「蘭靜蕙弱」，但憑藉其「微思別致，託物寄情，婉約可風，精神凝注」的創作特質，亦可以「與文章之士競長鬥工，與白首沉吟者，輝耀後世」，因此，劉氏對閨秀之作「淪沒於書蟲竹蠹間」抱以深深的惋惜，因而編撰此集以傳之，用意是十分清楚的，與此同時，劉氏好不隱諱地指出，

籍出版社 1990 年，第 11 頁。

〔註172〕（清）黃秩模編：付瓊校補《國朝閨秀詩柳絮集校補》北京：人民文學出版社 2011 年，第 2568～2569 頁。

〔註173〕（清）劉雲份《唐宮閨詩》，南京：鳳凰出版社 2010 年，第 2552 頁。

編撰的依據是「以其人別之，非論其詩之工拙也」。「以人存詩」，是清代部份表面持支持態度的文士，根本的編撰要求，此例可見一斑。

　　第三，「移風易俗」，將刊刻傳播閨秀作品作爲復興婦教的渠道與方式，同時，也作爲改變風俗的工具。而在清代，文士以「移風易俗」，復婦教之興爲由，也大力提倡編輯、傳播閨秀佳作，實際上也在另一個層面提升了女性創作的地位與價值，對促成其文學交遊是有積極意義的。比如王鵬運在爲徐乃昌所編輯的《小檀欒室彙刻百家閨秀詞》所作序言中曰：

> 蓋生長閨闈，内言不出，無登臨遊觀唱酬嘯詠之樂，以發抒其才藻，故所作無多，其傳亦不能遠，更無人爲爲輯而錄之。亦如春華時鳥，暫娛觀聽已耳，不重可惜乎？今之盱衡時局者，每以風俗頹散，歸咎於婦教之不修，嗟呼！特患無人提倡而表章之耳。倚聲之學，於文章爲第一藝，得積餘爲之捃摭收拾，尚複習其盛如此。更能推而廣之，則《葛覃》、《卷耳》之風，何難見於今日？〔註174〕

王鵬運與黃秩模對待閨秀創作的態度相似，看到了作爲女性，生存環境的特殊性與作品傳播的艱難。但王鵬運與黃秩模不同的是，他進一步指出，當時人指責風俗敗壞與婦教不興有關，其根本癥結並非在女性身上，而在於沒有文士爲之提倡，以使以《詩經》爲代表所闡發的婦教思想得到發揚，其好友徐乃昌只不過在搜集閨秀詞與刊刻閨秀詞上作了些許努力，尚能「復其盛如此」，倘若文士們對閨秀詩歌等創作也持此態度並積極予以揄揚甚至付梓，則《詩經》中《葛覃》、《卷耳》之婦教思想則可再興。《葛覃》是《詩經·周南》中的名篇，是讚美新婚女子的其恭謹和勤勞。《詩序》說：「《葛覃》，后妃之本也。后妃在父母家，則志在於女功之事，躬儉節用，服浣濯之衣，尊敬師傅。則可以歸安父母，化天下以婦道也」。《卷耳》亦是《詩經·周南》中的名篇，是一首抒寫懷人情感的古詩，《毛序》：「《卷耳》，后妃之志也。又當輔佐君子求賢審官，知臣下之勤勞，內有進賢之志，而無險詖私謁之心。朝夕思念，至於憂勤也。」這兩首詩，如若從經學的闡釋立場，與其說是張揚后妃之德，不如說是君臣之義。在王鵬運看來，《詩經》既承載如此風教之義，而其中多女子之作，因此只要清代文士能「提倡而表章之」，則「《葛覃》、《卷

〔註174〕（清）徐乃昌《小檀欒室彙刻百家閨秀詩》，南京：鳳凰出版社 2010 年，第 2545～2546 頁。

耳》之風」，可現於今日。以《詩經》多女子之作爲緣由，以溫柔敦厚爲女性
詩歌的本質來作爲揄揚女子創作及文學交遊活動的憑藉，並藉此作爲移風易
俗的途徑，往往是清代傳統文人對待女性文學活動及作品的基本立場，更是
以乾隆朝長洲著名文人沈德潛「格調派」爲代表的文士們借女子之作以發揮
詩教之用的基本方式。更有甚者，公然將閨秀結社、袁枚性靈詩說也統統納
入其「溫柔敦厚傳統詩教」的範疇。比如清輝樓主在爲《清代閨秀詩鈔》八
卷作序時曾言：

> 詩所以道性情，固盡人而有者也。世多云女子不宜爲詩，即偶
> 有吟詠，亦不當示人以流傳之。噫！何所見之淺也。昔夫子訂《詩》，
> 《周南》十有一篇，婦女所作居其七，《召南》十有四篇，婦女所作
> 居其九；溫柔敦厚之教，必自宮闈始矣。使拘於「內言不出於閫」
> 之說，則早刪而去之，何爲載之篇章，被之管絃，以昭示來茲也哉？
> 至有清一代，閨閣之中，名媛傑出，如蕉園七子、吳中十子、隨園
> 女弟子等，至今尤膾炙人口，不有好事者爲之表彰，譬如落花飛絮，
> 隨風飄沒，可勝惜乎？〔註175〕

清輝樓主一開始以《詩經》中《周南》十一篇婦女之作居其七的分量說明，
聖人孔子在刪訂三百篇時，尚且保留了大量女性的作品，可見女性之作在闡
明「溫柔敦厚」詩教中的積極價值與意義。並藉此駁斥了「內言不出於閫」
爲陋言，顯然，其傳統詩教的立場是極其明確的，不僅如此，清輝樓主還將
袁枚隨園女弟子以及吳中十子、蕉園詩社等清代著名的女性結社也納入了詩
教的範疇，認爲，若不及時給予彰顯，恐隨風飄落，甚爲可惜。上述三個方
面的因由代表了清代大多數支持閨秀文學活動之人的立場，不論是爲政教服
務，還是出於易代之後感同身受的性別換位思考，亦或是在教育理念上對女
性應受到平等的認同，清代的一群具有特異思想的文士，畢竟將閨秀的文學
創作與交遊活動推到了歷史的前沿，使它成爲了可能，並在清代社會文化的
發展上具有了里程碑式的符號意義，不能不說一種契機。《毛序》：「《卷耳》，
后妃之志也。又當輔佐君子求賢審官，知臣下之勤勞，內有進賢之志，而無
險詖私謁之心。朝夕思念，至於憂勤也。」

　　第四，「唯取性靈」。以女性的標準、立場論詩，並以性靈爲依託，作爲
支持女性創作及文學交遊的依據。比如淮山棣華園主人輯《閨秀詩歌評》，並

〔註175〕清暉樓主人續輯《清代閨秀詩鈔》，南京：鳳凰出版社2010年，第2572頁。

自序其收錄宗旨：

> 近人言詩，往往尚風格而不取性靈，甚至閨女子詩亦持此論，
> 尤爲迂闊。深閨弱質，大率性靈多，學力少，焉得以風格律之？故
> 予所錄諸作，取其溫柔嫋娜，不失女子之態者居多。〔註176〕

女性溫柔婀娜的特質加上身處深閨之中，又往往少受學力的影響而作詩多以
性情爲主，對此棣華園主人指出，對女性詩歌創作由於交遊面較窄而帶來的
一系列特質，是「不失爲女子之態者」，是閨中女子獨特的創作姿態與交遊模
式，作爲男性文士，品評女性之作，當然應該站在她們的立場，而持與論文
士詩不同的標準。在與友人石生探討爲何要以「性靈」作爲評選閨秀詩標準
時，友人石生這樣回答令棣華園主人倍感認同：「人生貴以心相與耳，文字者
人之心也。雖古今異世，隔絕萬里，得其文字，則心與俱來。」〔註177〕石生
所言即是，這一部份文士所看重的，一則是閨秀之心靈的純淨與性情之眞率，
而另一部份，則是將自己人生情志的寄託與閨秀命運心思兩相對照，人生貴
在相知心，寄託也。難怪石生要言：「女子自言其性情大都豐韻天然，自在流
出，天地間亦少此種筆墨不得。石生好之，亦此意也。」〔註178〕淮山棣華園
主人的這一論調也著實代表了清代一部份文士對閨秀文學活動表示支持的出
發點。這一思想也受到袁枚等「性靈說」的影響，也是極明顯的。

　　第五，「擬代之作」。清代文士對閨秀處境的理解既表現爲憐香惜玉的心
態，又是其同病相憐的命運在心理上的眞實投影。因而與其說是代閨秀立
言，不如說是借她們酒杯澆自己塊壘。淮山棣華園主人在所輯《閨秀詩評》
自序中即言：「夫男女贈答、棄婦不得於夫，上至妾媵（古代諸侯女兒出嫁
時由妹、侄女以及男女僕人隨同稱媵。也指隨嫁的人或者物品）、夫人宮闈
之什，不廢於《三百篇》。古人宮怨、閨情、春詞諸作。皆身爲丈夫不惜設
身處地探女子心事而代爲言之。其間清風亮節，表人耳目間者，且可藉女子
之美色貞操自爲寫照。」〔註179〕可以說女詩人在清代的大量涌現與結社活

〔註176〕（清）淮山棣華園主人輯《閨秀詩評》，南京：鳳凰出版社 2010 年，第 2270
　　　　頁。

〔註177〕（清）淮山棣華園主人輯《閨秀詩評》，南京：鳳凰出版社 2010 年，第 2281
　　　　頁。

〔註178〕（清）淮山棣華園主人輯《閨秀詩評》，南京：鳳凰出版社 2010 年，第 2286
　　　　頁。

〔註179〕（清）淮山棣華園主人輯《閨秀詩評》，南京：鳳凰出版社 2010 年，第 2270
　　　　頁。

動的活躍不是偶然，既有清廷政策的因素，也有社會女性觀念的影響，當然，世家大族的教育與支持以及著名文士的聲援與幫助都是極爲重要的外動力。這一切無不共同作用於女性詩歌創作思想的改變，使其逐漸擺脫「內言不出於閫」的陳規俗制，在詩歌領域尋求自身的聲音，表達屬於獨立內心世界的話語。

五、地方風習與史域標誌：以結社生態存在的蘇州

清代常州文人趙翼在《廿二史箚記》中對江南州府的富庶與社集活動盛況之間的關係，作了如此描述：「世運昇平，物力豐裕，故文人學士得以跌蕩於詞場酒海間，亦一時盛事也。」〔註180〕趙翼指出明清以來江南地區社集頻繁的重要原因是由於經濟的發達與繁榮，尤以吳中爲勝，這一論斷是符合明清時期蘇州地區實際的。蘇州，「古名會稽、吳郡、平江，元爲平江路，屬江浙行省。吳元年，改爲蘇州府，直隸部」〔註181〕。這是顧炎武《肇域志》中的記載。嘉靖、萬曆間江蘇太倉文人王世貞《弇州山人續稿》卷二十八《送吳令湄陽傅君入觀序》中就曾對蘇州的天下「雄郡」狀況作了這樣的描述：「今天下之稱繁雄郡者，毋若吾郡；而其稱繁雄邑者，亦莫若吳邑。吳國東南大都會，亡論財賦之所出，與百技淫巧之所湊集，馹儈讘張之所倚窟」〔註182〕，各種商業都在蘇州彙集，賦稅也多由此而出，蘇州富甲天下的地位是可想而知的。而蘇州地域優勢，實際是自明正統、天順間開始顯現出來。據明代蘇州文人王錡（字元瑉，號葦庵，別號夢蘇道人。長洲人）《寓圃雜記》卷五記載，蘇州當時已「迥若異境」〔註183〕。王錡一生經歷了宣德、正統、景泰、天順、成華、弘治六朝，在《寓圃雜記》中，他詳細記載了自己所目睹的蘇州在明朝各個階段的變化。正統、天順年間「咸謂稍復其舊，然尤未盛也」；成化年間「余恒三四年一入，則見其迥若異境」；弘治年間更是繁華：

> 愈益繁盛，閭檐輻輳，萬瓦鬡鱗，城隅豪股，亭館布列，略無

〔註180〕（清）趙翼《廿二史箚記》，卷三十四，南京：鳳凰出版社2008年，第526頁。

〔註181〕（清）顧炎武《肇域志》第1冊，上海：上海古籍出版社2004年，第26頁。

〔註182〕張顯清《明代後期社會轉型研究》北京：中國社會科學出版社2008年，第213頁。

〔註183〕（清）王錡《寓圃雜記》卷五，北京：中華書局1985年，第42頁。

　　　　隙地，輿馬張苫，壺觴罍盒，交馳於通衢永巷中，光彩耀目。遊山
　　　　之舫，載妓之舟，魚貫於綠波朱閣之間，絲竹謳舞，與市聲相雜。
　　　　至於人材輩出，尤為冠絕。此固氣運使然，實由朝廷休養生息之恩
　　　　也，人生見此，亦可幸哉。〔註184〕

其繁盛不僅體現在城市的華采、陳設的珍奇，更是人才濟濟。喧囂鼎沸的遊
宴酬唱將蘇州的一場文化盛宴盡情彰顯。當時傳教士利瑪竇來到蘇州見此勝
景，也禁不住將之與歐洲城市作一對比，驚歎於所見聞的奇景，驚訝於蘇州
當時的文明：「它是這個地區最重要的城市之一，以它的繁華富饒，以它的人
口眾多和以使一個城市變得壯麗所需的一切事物而聞名。這裡的人們在陸地
上和水上來來往往，像威尼斯人那樣，但是這裡的水是淡水，清澈透明，不
像威尼斯的水那樣又鹹又澀。」〔註185〕文化的發展與經濟的發達相得益彰，
清末目錄學家、藏書家江蘇無錫文人孫毓修所輯《消夏閒記摘抄》記載蘇州：
「商賈雲集，宴會無時，戲館數十處，每日演劇，養活小民，不下數萬人。」
〔註186〕宴會的頻繁給文人雅集提供了有利條件。而明代以來蘇州地域經濟文
化的繁盛現況正昭示著其文化思想的中心價值，學者張顯清在其《明代後期
社會轉型研究》一書中引用日本學者宮崎市定的評論，對明清時期蘇州府文
化的重要地位予以了說明：

　　　　日本學者宮崎市定認為，「世界上任何國家都有代表一國風氣和
　　　　文化等那樣的城市。明清時代的中國，我想蘇州可以說是其代表」，
　　　　研究明清時代的歷史，應該「把焦點聚到蘇州」，「把蘇州排除在外，
　　　　就難以說明明清時代的歷史」，這種看法是很有見地的。〔註187〕

蘇州的地域中心價值在明清時期已盡然顯現出來，尤其在清代，其文化的核
心不容忽視。我們看有清一代各省共有狀元一百一十四名，其中江蘇又居其
首，有狀元四十九名，而僅蘇州一府就佔了二十六人〔註188〕。科舉考試作為
選拔人才的方式，清承明制，狀元的選拔和錄用如此集中，不能不反映出地

〔註184〕（清）王錡《寓圃雜記》卷五，北京：中華書局1985年，第43頁。
〔註185〕利瑪竇，金尼閣著《利瑪竇中國札記》第四卷第四章，北京：中華書局2010
　　　　年，第336頁。
〔註186〕（清）孫毓修《消夏閒記摘抄》中，上海：上午印書館1917年，第8頁。
〔註187〕張顯清《明代後期社會轉型研究》北京：中國社會科學出版社2008年，第
　　　　216頁。
〔註188〕張傑《清代科舉家族》北京：社會科學文獻出版社2003年，第175頁。

域文化的集中優勢。作爲結社範疇界定的「蘇州」，其內涵與外延要複雜得多，除了地域上、經濟上、制藝上的特殊性外，還包含僑居蘇州又不斷活動於此地與他地的文士與閨秀。以下須作進一步闡釋的問題包括以下三個方面，一是爲什麼要選擇蘇州府作爲閨秀結社問題的研究地域；二是清代乾嘉時期的蘇州府包括了哪些具體的地區，這是結社問題得以展開的客觀條件；三是結社文化研究的對象，除了地理概念上的「蘇州」外，還應該涵蓋哪些區域的文化互補與交叉。以下我們將逐一考察。

第一，選擇蘇州府作爲閨秀結社問題研究地域的原因，主要基於五方面的考慮，一是清代蘇州特殊的地緣文化（水鄉風情、雅園勝地、歲時文化、商品經濟）；二是世家大族簪纓之所的孕育與科舉文化的滋長；三是幕府流向的集中；四是明清蘇州文人結社傳統深刻影響；五是蘇州地區豐富的藏書。以上五個方面的地緣文化優勢都直接或間接決定了蘇州在清代文化發展中不可替代的重要地位，也爲閨秀結社活動提供了豐富飽滿的滋長基礎。

1. 地緣文化

汪辟疆在《近代詩派與地域》一文中曾經指出「江左派」在近代人文史上的重要地域意義，「江左初指三吳，繼乃及於浙皖」〔註189〕。此外，梁啓超先生在《近代學風之地理分佈》之七指出「大江下游南北岸及夾浙水之東西，實近代文人之淵藪，無論何派之學術藝術，殆皆以茲域爲光焰發射之中樞焉。」〔註190〕而蘇州作爲江左文化中心板塊的重要構成部份，其地域的獨特性也正體現在其作爲人文淵藪的價值上。蘇州因爲獨特的水鄉環境而爲閨秀結社增添了幾分放舟湖上的清逸；又因發達的商品經濟與世家的支撐爲閨秀的詩文結社奠定了相對充裕的物質基礎，我們在研究蘇州地區閨秀結社活動時，首先必須觀照的是其結社的場所與時間。從場所來講，往往是雅園清舍抑或歷史名勝，而從時間上講，又時常以節令爲佳。比如我們在考察隨園詩社活動情形時就發現，袁枚多次在社集前都有「觀燈」的舉措，甚至有一次因觀燈而錯過與女弟子的詩會相約。節令，就成爲蘇州閨秀結社中不可忽視的社約元素。同時，歲時文化在作爲地域歷史載體、民族認同與凝聚力紐帶方面的

〔註189〕張一兵，周憲主編，張亞權編撰《汪辟疆詩學論集》上，南京：南京大學出版社 2011 年，第 27 頁。
〔註190〕梁啓超著；陳其泰等編《梁啓超論著選粹》廣州：廣東人民出版社 1996 年，第 1 頁。

重要價值也便彰顯出來，也爲社集活動提供了極好的條件與交遊的憑藉。比如就上述袁枚觀燈之事而言，就涉及一項民俗活動「燈節」，首先考察清人顧祿所撰《清嘉錄》卷一「燈市」條，方知其爲「臘後春前，吳趨坊、申衙裏、皐橋、中市一帶」，以觀花燈爲主的遊弋活動，且「其奇巧則有琉璃球、萬眼羅、走馬燈、梅裏燈、夾紗燈、畫舫、龍舟，品目殊難枚舉，至十八日始歇，謂之燈市」〔註191〕，琳琅滿目的觀燈活動已爲詩文社集提供了觀賞的佳處，「燈節」的酒宴唱和、眾人往來更是結社的佳期：

> 是夜，俗又呼爲燈節，比戶燃雙巨蠟於中堂，或安排筵席，互相宴賞，神祠會館，鼓樂以酬，華燈萬盞，謂之燈宴。遊人以看燈爲名，逐隊往來，或雜還於茶壚酒肆之間。達旦不絕，橋梁植木桅，置竹架如塔形，逐層張燈其上。沿河神廟，亦植竿引索懸燈，雲造橋燈，皆以禳祓。〔註192〕

燈節這天人們夜裏出遊「互相宴賞，神祠會館，鼓樂以酬，華燈萬盞」的壯遊場面甚是喜樂，而「遊人以看燈爲名，逐隊往來，或雜還於茶壚酒肆之間。達旦不絕」的交遊盛況更是爲唱和酬宴、結社聯吟提供了極佳的機會。在題下《崑新合志》云：「上元各鄉社廟，設橋燈塔燈。」皆可見活動的熱鬧情形。另則，我們看閨秀結社活動多涉及「鄧尉」看梅的細節，那麼爲何一定要去此處看梅呢？考察《清嘉錄》卷二，二月「元墓看梅花」一條即知，「元墓」即「鄧尉」，距蘇州城七十里，因後晉青州刺史郁泰元葬於此，故稱元墓，知爲歷史遺跡。又因「山人以圃爲業，尤多樹梅」而梅林空絕當時，平添一份隱逸的超然氣息，山石環繞梅林綿延數十里，又得文人墨客題壁賦詩，遂成爲蘇州遊覽的佳處。文中記載了文士樂此不疲相邀入林的景象：「暖風入林，元墓梅花吐蕊，迤邐至香雪海，紅英綠萼，相間萬重。郡人艤舟虎山橋畔，褥被遨遊，夜以繼日」〔註193〕，而文人李福在其《元墓探梅歌》中更是將踏雪尋友、臨風酌酒的雅致與石壁寒霜、千株梅花的傲放盡收筆下，絲毫不減騎驢入劍門的遠遊銷魂，其詩云：「雪花如掌重雲障，一絲春向寒中釀。春信微茫何處尋，昨宵吹到梅梢上。太湖之濱小鄧林，千株空作橫斜狀」，「酌酒臨風各有情，小別經年道無恙。此花與我宿緣多，冰雪滿衿

〔註191〕（清）顧祿《清嘉錄》，南京：江蘇古籍出版社1999年，第30頁。
〔註192〕（清）顧祿《清嘉錄》，南京：江蘇古籍出版社1999年，第40頁。
〔註193〕（清）顧祿《清嘉錄》，南京：江蘇古籍出版社1999年，第42頁。

抱微尙。相逢差慰一春心，空山不負騎驢訪」〔註194〕，一番詩人的心境竟
然顯現。乾隆《吳縣志》更是描寫了詩人遊賞於此的豁然心境：「梅花以驚
蟄爲候，最盛者以元墓、銅坑爲極。馬家山、費家河頭、蟠螭山、石壁、彈
山、石樓、皆遊賞處也。而鄧尉山前，香花橋上，坐而玩之，日暖風來，梅
花萬樹，眞香國也」〔註195〕沈朝初《憶江南》更寫「蘇州號，鼓棹去探梅。
公子清歌山頂度，佳人油壁樹間來，元墓正花開」〔註196〕以鄧尉梅海爲結
社場所實在雅致之極。不僅賦予了詩人以古樸的靈感，更是孕育了作者無盡
的靈趣。在清代蘇州的歲時文化中，我們時常看見閨秀的身影，她們盛裝打
扮以參加各種公開的節令活動，獲得相對廣闊的生活空間，試看清人袁景瀾
所撰《吳郡歲華紀麗》中的記載，如卷一正月「行春」條記載：「吳中自昔
繁盛，俗尙奢靡，競節物，好邀遊，行樂及時，終歲殆無虛日。巨室垂簾門
外，婦女華妝坐觀。」〔註197〕吳中人士自昔「競節物，好邀遊」的習俗，「及
時行樂」的人生取向，無疑爲遊宴唱和提供了必要的文化背景。清代地理學
家，吳縣人劉獻廷在其《廣陽雜記》中指出：「東吳猶重世家」〔註198〕，作
爲地域標誌的蘇州，又有著特殊的地緣文化與景觀，明代長洲名士文徵明就
曾這樣描述他所見到的蘇州：「吾吳爲東南望郡，而山川之秀，亦惟東南之
望，其渾淪磅礴之氣，鍾而爲人，形而爲文章，爲事業，而發之爲物產，蓋
舉天下莫與之京。故天下之言人倫、物產、文章、政業者，必首吾吳；而言
山川之秀，必亦以吳爲勝。」〔註199〕山川之秀與文化之盛共同塑造就了蘇
州特殊的景觀。

2. 世家與科制

世家與科制在明清兩朝政治經濟與地緣文化的發展中，起著根基性與
支配性的作用。明末理學的殿軍，蕺山學派的開創者劉宗周則從儒家思想
傳承的角度闡釋了世家的意義，其言：「先王之教，雖不復行於後世，而世

〔註194〕（清）顧祿《清嘉錄》，南京：江蘇古籍出版社1999年，第43頁。
〔註195〕（清）顧祿《清嘉錄》，南京：江蘇古籍出版社1999年，第43頁。
〔註196〕（清）顧祿《清嘉錄》，南京：江蘇古籍出版社1999年，第44頁。
〔註197〕（清）袁景瀾撰；甘蘭經，吳琴校點《吳郡歲華紀麗》南京：江蘇古籍出版
　　　　社1998年，第53頁。
〔註198〕（清）劉獻廷《廣陽雜記》，北京：中華書局1985年，第43頁。
〔註199〕（明）文徵明著；周道振輯校《文徵明集》上海：上海古籍出版社1987年，
　　　　第1263～1264頁。

族大家之中，苟有行古之道者，不難法先王之意，以經紀其氏族，使人不失業，暇修其詩書禮樂，傳之長久，亦一家之三代也」〔註200〕，劉宗周之意雖然側重於儒家思想在世家中的傳承及其價值，但畢竟從一個側面反映出明清兩代文化下降過程中，世家望族在整合與傳承家國文化中的重要地位，以一宗一族而爲一國一家之縮影，成爲家國文化的關鍵要素。那麼世家系統與家國系統在文化與政治層面上又是如何關聯的呢？對此，桐城人戴名世這樣闡發：「昔者先王之制禮，以爲人治之大莫大於親親，於是爲之上治祖禰，下治子孫，旁治昆弟，又懼其久而相離而至於相傷也，於是立爲大宗小宗之法，別之以尊卑，使諸侯世國，大夫世家，氏族之傳不亂」〔註201〕，認爲唯有如此，「雖其歷世之遠而族黨之義卒不等於途人者，有宗法以維之也。」〔註202〕戴名世以理想的儒家觀念去闡釋宗族制度的合理性雖不免絕對，但在易代之際作爲維繫禮樂宗親的紐帶，世家宗族及其制度的存在實在不可或缺，作爲區域性的實體，世家望族對於時代的文化思潮甚至政治走向都可以起到至關重要的影響。正如學者陳寅恪所論：「東漢以後的學術文化，其重心不在政治中心的首都，而分散於各地名都大邑，是以地方大族盛門乃爲學術文化之所寄託」〔註203〕而在明清兩代，南北方人民的家族觀念實存在一定的差異，具體而論，南方濃於北方，章學誠在其《文史通義》中曾就此問題進行過論述：「今大江以南，人文稱盛，習尚或近浮華，私門譜牒，往往附會名賢，侈陳德業，其失則誣。大河以北，風俗簡樸，其人率多椎魯無文，譜牒之學，闕焉不備，其失則陋」〔註204〕。學者呂思勉亦有：「聚居之風，古代北方盛於南，近世南盛於北」〔註205〕的論斷。在幾次重要的南遷過程中，南方於元明以後逐步形成文化重鎮，隨著文化重心的南

〔註200〕吳光主《劉宗周全集》第 4 冊，文編下，杭州：浙江古籍出版社 2007 年，第421 頁。

〔註201〕（清）戴名世著；夏信頤標點；朱太忙校閱《戴南山集》卷四《戴氏宗譜序》，大達圖書供應社 1935 年，第 1 頁。

〔註202〕同（清）戴名世著；夏信頤標點；朱太忙校閱《戴南山集》卷四《戴氏宗譜序》，大達圖書供應社 1935 年，第 1 頁。

〔註203〕陳寅恪《金明館叢稿初編》，上海：上海古籍出版社 1980 年，第 329 頁。

〔註204〕（清）章學誠著；倉修良編《文史通義新編》上海：上海古籍出版社 1993年，第 806 頁。

〔註205〕呂思勉《中國制度史》，第八章《宗族》，上海：上海古籍出版社，1985 年，第 395 頁。

移，世家望族也逐步集中於江南地區，成爲蔚爲壯觀的文化盛宴。再則，蘇州府在清朝爲科甲取士的主要輸出地之一，據學者沈道初統計，清代江蘇地區狀元共有 49 人，而僅蘇州一府就占 26 人之多，比例之高，是十分驚人的〔註 206〕。這自然得益於蘇州世家文化的孕育與取士策略的某種傾斜，但應該看到，蘇州當地士人對「文昌帝君」的崇奉，對文運功名的取向，已形成濃鬱的氛圍。在清人袁景瀾所撰《吳郡歲華紀麗》卷二中即有吳中「文昌會」的風俗記載：「二月初三日，爲文昌帝君誕日，郡僚刑牲致祭，用太牢，各邑俱有專祠，士大夫酬答尤虔，眾庶亦紛集殿庭，焚香敬禮，名文昌會」〔註 207〕，定期舉行的文昌會場面如此龐大、人們祭祀如此虔誠都可見吳人對司祿的重視。吳地人才的突出優勢，早在明代就已經引起人們的關注，明人徐有貞在其《蘇郡儒學興修記》中就曾對蘇州的人文優勢贊譽道：「吾蘇也，郡甲天下之郡，學甲天下之學，人才甲天下之人才」〔註 208〕，明人歸有光亦總結道：「吳爲人文淵藪，文字之盛，甲於天下，其人恥爲他業，自髫齡以上皆能誦習，舉子應司之試，居庠校中有白首不自己者，江以南其俗盡然。」〔註 209〕中國現代史地學和民俗學的開創者顧頡剛先生也曾以「蘇州地主家庭訓練子弟適應科舉制度之才能，其技術性在全國爲最高」〔註 210〕來評價蘇州在明清時期科製取士大環境中不可小覷的地位，據顧頡剛先生考察，在明清的一榜「三鼎甲」中，僅蘇州就占兩鼎的例子也不少，就清代而言，就順治十六年、康熙十二年、康熙十五年、康熙五十一年、康熙五十四年、嘉慶十六年等都曾出現過此連中兩鼎的現象，這亦正是崇文重道、文風鼎盛的表現。

3. 幕府與幕客

據尙小明《清代士人遊幕表》中的量化分析可知清代許多著名的學者不約而同地流向江、浙地區，特別是流向此兩省的大幕府，據數據顯示，除嘉

〔註 206〕沈道初《吳地狀元》南京：南京大學出版社 1997 年，第 232～2234 頁。

〔註 207〕（清）袁景瀾撰；甘蘭經，吳琴校點《吳郡歲華紀麗》卷二，南京：江蘇古籍出版社 1998 年，第 63 頁。

〔註 208〕李嘉球《蘇州狀元》上海：上海社會科學院出版社 2003 年，第 9 頁。

〔註 209〕（明）歸有光著，周本淳校點《震川先生集》卷九，上海：上海古籍出版社 1981 年，第 191 頁。

〔註 210〕顧頡剛著；王煦華輯《蘇州史志筆記》八，南京：江蘇古籍出版社 1987 年，第 148 頁。

慶前中期士人遊幕主要地區一度爲浙江外，從順治至宣統年間，遊幕主要地域均在江蘇，而一些大幕也多在江蘇，比如徐乾學、張伯行、盧見曾、曾燠端方等幕府均在江蘇〔註211〕。這也使江浙地區成爲清代文化學術的重要承載者。幕府文化的特殊發展，在一定程度上爲結社的延伸與傳播鋪展有利條件，另一方面也進一步促成蘇州府學術文化思想的聚合。

4. 地域性結社傳統

明清蘇州地區文人結社活動的深入開展對閨秀結社產生的影響也是不容忽視的。《康熙吳江縣志續編》〔註212〕、《乾隆震澤縣志》〔註213〕、《乾隆長洲縣志》〔註214〕、《乾隆蘇州府志》〔註215〕、《光緒昆新兩縣續修合志》〔註216〕、《宣統太倉州志》〔註217〕、《江蘇詩徵》、《列朝詩集小傳》〔註218〕、《海虞詩苑》〔註219〕、杜登春《社事始末》〔註220〕、《民國吳縣志》〔註221〕、《沈德潛年譜》等重要文獻，考察明代蘇州地區的文人結社，包括高啓等人在蘇州所舉北郭詩社、常熟錢潤結社、吳縣徐有貞結社、崑山斯文社、常熟邵檜九老社、太倉馬慶結社、崑山朋壽會、常熟李傑結社、崑山邑社、崑山歸正世結社、崑山南社、吳縣王廷陵結社、常熟怡老詩社、常熟虞山十二傑社、常熟沈應元怡老會、常熟魁文會、常熟孫七政結社、崑山知社、常熟拂水文社、吳江祝恒結社、常熟拂水山房社、崑山歸子慕結社、常熟歸謨結社、常熟徐元結社、吳江葉紹袁之父葉重弟結社、崑山歸庵社、崑山雪堂社、崑

〔註211〕尚小明《清代士人遊幕表》之「清代重要幕府存在時段及活動地域表」，北京：中華書局 2005 年，第 28 頁。

〔註212〕《康熙吳江縣志續編》，《中國地方志集成》南京：鳳凰出版社 2008 年。

〔註213〕《乾隆震澤縣志 震澤縣志續》，《中國地方志集成》南京：鳳凰出版社 2008 年。

〔註214〕（清）李光祚修；顧詒祿纂《乾隆長洲縣志》南京：江蘇古籍出版社 1991 年。

〔註215〕《蘇州府志》臺灣：成文出版社 1983 年。

〔註216〕（清）金吳瀾、李福沂修，朱成熙纂《光緒昆新兩縣續修合志》南京：江蘇古籍出版社 1991 年。

〔註217〕（清）王祖畬《宣統太倉州鎮洋縣志》南京：江蘇古籍出版社 1991 年。

〔註218〕（清）錢謙益《列朝詩集小傳》上海：上海古籍出版社 1959 年。

〔註219〕（清）王應奎，瞿紹基著《海虞詩苑海虞詩苑續編》上海：上海古籍出版社 2013 年。

〔註220〕（清）杜登春《社事始末》北京：中華書局 1991 年。

〔註221〕《民國吳縣志 民國續吳縣志稿》，《中國地方志集成》，南京：鳳凰出版社 2008 年。

山遺清堂社、常熟應社、太倉陳瑚文社、崑山匡社、太倉復社、太倉水村讀書會、太倉淮云詩社、常熟臨社、吳江葉氏聚族會文之蔚社等等；而清代蘇州地區文人結社亦十分頻繁，比如蘇州滄浪會、太倉蓮社、崑山佳日社、蘇州滄浪合局、常熟時雍結社、吳江驚隱詩社、蘇州吳偉業所舉十郡大社、錢謙益等於常熟所舉假我堂文宴、太倉十子社、崑山徐履忱結社、吳江顧有孝結社、常熟成社、常熟許徹結社、常熟孫本芝結社、吳江沈自鋌結社、蘇州耆年會、長洲韓馨結社、吳縣張大受結社、太倉湄浦吟社、太倉婁東十老會、長洲依園七子社、吳江葉燮結社、崑山徐乾學遂園耆年會、吳縣張景崧結社、常熟送春會、蘇州城南詩社、蘇州北郭詩社（稱十友）、吳縣金鋌結社、吳江狷社、崑山歸莊結社、崑山耆英社、常熟王譽昌結社、常熟吟梅會、太倉唐孫華結社、吳江歲寒吟社、吳縣許名侖結社、吳江僧大持結社、太倉小山詞社、常熟海虞詩課、吳江二棄草堂九老會、長洲吳泰來結社、蘇州沈德潛九老會、吳江朱方轂結社、吳江春江吟課、吳縣王廷魁結社、吳江竹溪詩社、常熟七老吟社、常熟吳大烈結社、長洲雅言堂詩社、常熟周棨結社、吳江歲寒會、吳江沈斯盛結社、吳江城南詩社、吳江夗湖詩歌社、吳江蔣寶齡紅梨社、吳江趙汝礪結社、崑山邵燮結社、太倉毛上炱結社、太倉毛序結社、太倉汪學金結社、蘇州尊經文會、常熟同岑會、吳縣吳門七子社、吳江吟紅詩社等等。而在乾嘉以後，蘇州地區的文人結社仍然如火如荼地進行，例如長洲黃丕烈五同年會、蘇州問梅詩社、長洲百宋一廛吟社、蘇州狀元會、蘇州滄浪七子會、蘇州梅社、崑山棠巢吟社、崑山和聲文社、太倉吳中順結社、吳江靈璧文社、吳江率真會、吳江彭城詩社、崑山唐張煜結社、常熟虞山吟社等等。從上述門類眾多、充斥明清兩朝的蘇州地區文人結社現象分析，其具有一些明顯的特徵。首先，清代蘇州地區文人結社在社名上往往有所延續；其次，組織結社或參與結社的文士又與蘇州閨秀有一定的聯繫，如沈德潛、葉紹袁、陳瑚、杜登春等；第三，蘇州地區結社存在家族延續性，比如吳江葉氏，葉紹袁之父葉重弟結社，葉紹袁之子葉燮又組織結社，而葉紹袁本身就曾聚集本族人士結社（蔚社）；第四，康熙以後結社性質多由遺民社向詩文社轉變；第五，組織結社的文士之間存在師徒關係，比如吳江葉燮在其二棄草堂結社，而後其弟子沈德潛也曾組織文士於其師葉燮二棄草堂展開結社活動；第六，以乾隆朝文壇領袖沈德潛為中心所組織的結社活動名目眾多，且持續時間較長，與他社之間亦存在交叉現象；第七，藏書家的結社活動更多地帶有文

獻保存的價值，其結社活動實際上往往圍繞藏書活動展開，比如長洲黃丕烈所組織的百宋一廛吟社，即是在道光四年，黃氏因爲得到唐代女作家魚玄機的宋刻本詩文集而興奮不已，於是組織結此吟社。由於其吟誦的對象恰爲女性詩人，又從側面反映出清代文人對閨秀的某種認同。不論如何，明清兩代在蘇州地區頻繁而廣泛持久的文人結社活動，的確使蘇州一地形成了結社的某種文化傳統，在結社的方式、結社名目、成員組織等方面都直接影響著此地區的閨秀文化活動，並爲其詩文活動的社會化開展提供了某種可以借鑒的範式。

5. 刻書業發達

最後略論蘇州府刻書業發展與地域性藏書在進一步促成世家文化發展中的重要作用。我們先來看兩條文獻資料。一是明人胡應麟在其《少室山房筆叢》中記錄吳中與金陵地區至明代已顯現出的出版中心地位，其云：「吳會、金陵，各擅文獻，刻本至多，巨賑類書，成薈萃焉。」〔註222〕如吳縣葉氏與席氏、長洲毛氏都是世代傳承的刻書世家，席氏的「掃葉山房」更是海內聞名。二是《蘇州文史資料》第二輯中詳實記載了蘇州地區藏書的繁富與普及：「吳中文風，素稱極盛，俊士薈萃於茲，鴻儒碩彥，代不乏人。以故吳下舊家，每多經史子集四部書之儲藏，雖寒儉之家，亦往往有數拾百冊；至於富裕之家，更是連檔充棟，琳琅滿目。故大江以南，藏書之富，首推蘇州。溯自元明以迄清季末葉，藏書之家，指不勝屈。擁有數千百卷之圖籍者，多不勝舉。居民中藏有一二十箱線裝書的，並不爲奇」〔註223〕顯然，從以上資料來看，蘇州伴隨刻書業的發展，藏書也逐漸成爲一種風習，不僅富足人家有此習俗，就連普通人家之書亦連檔充棟，琳琅滿目。由此又產生了明清兩代蘇州名譽天下的藏書大家，比如常熟毛晉的「汲古閣」、「綠君亭」、「目耕樓」（毛晉藏書後多歸崑山徐乾學「傳是樓」）、錢謙益的「絳雲樓」、錢曾的「述古堂」以瞿紹基的「鐵琴銅劍樓」；長洲藏書家黃丕烈的「士禮居」、顧元慶的「大石山房」等，除此而外，較大的藏書樓還有群碧樓藏書、銅井山房藏書、許廎藏書、奢摩他室藏書、靈鶼閣藏書、奇觚廎藏書、箋經室藏書、寫禮廎藏書等等〔註224〕。良好的閱讀條件與閱讀風尚加上世家教育的薰陶使得

〔註222〕（明）胡應麟《少室山房筆叢》卷四，上海：上海書店出版社 2009 年，第42 頁。
〔註223〕《蘇州文史資料·蘇州的藏書家》1990 年，第 139 頁。
〔註224〕《蘇州文史資料·蘇州的藏書家》1990 年，第 139～142 頁。

蘇州地區不僅文士事業獲得極大發展，且閨秀才識也相應增長，因此，似吳縣閨秀吳芭「良以撰翰成習，雕華自妍，由濡染而精，非溺苦而得」而「性耽文史，嗜吟詠。平日處閨中，手一編，寒暑不輟」嗜書如命，不輟閱讀的才媛，在清代乾嘉時候的蘇州不勝枚舉，而日漸增長的才學與良好的地方習俗，加上文人結社活動廣泛而深入的啟發與影響，直爲蘇州閨秀組織與參與結社活動奠定了較爲堅實的基礎，也鋪展了一幅和煦的歷史圖景。

第二，蘇州府的行政區域在明清兩代也經過一定的發展沿革，在明代建立前夕，朱元璋手下的大家徐達攻克平江（蘇州）城，由此改平江路爲蘇州府，而當時的吳縣和長洲不包括在蘇州府內，而至清初撤銷原蘇州府，又在長洲縣中劃出元和縣，將元和、長洲以及原來的吳縣在蘇州城內合城而治，形成一個新的蘇州府地域概念〔註225〕，據清代崑山人顧炎武所撰《肇域志》（成書於康熙元年）記載，「蘇州府」包含了吳縣、長洲縣、崑山縣、常熟縣、吳江縣、嘉定縣、太倉州、崇明縣〔註226〕。而長洲縣還包含了元和，常熟縣包含了昭文，崑山縣包含新陽，吳江縣包含震澤，尤以崑山、常熟、吳縣、太倉爲人文尤盛者。《肇域志》「蘇州府崑山縣」條記載：

> 城周一十二里二百七十八步二千三百八十七丈，嘉靖十七年築。吳松江，在縣南九里，初治河至唯亭，得古閘，用柏合抱以爲楗，蓋古築比今深數尺，設閘以限潮勢。新洋江，在東南六里，南承吳松江，北入至和塘，以達於海。澱三湖，在縣東南八十里，北岸屬崑山，南屬華亭。陽城湖，在縣西北三十五里，東屬崑山，西屬長洲。巴城湖，在縣西北二十五里。其餘支派皆通運河。〔註227〕

崑山之景與山色相應成趣，至和塘、小虞浦、夏駕浦、千墩浦構成崑山流動的風景。吳縣等地同樣如此，山水湖畔的靈動正是蘇州一地天光一色的獨特景觀。吳縣之長蕩湖、汾湖、龐山湖、太湖、鷺脰湖、熾溪〔註228〕等似嵌在蘇州的明珠。然而，在研究蘇州文化時，不能簡單地將地域與人文對應等同，那麼這就涉及到文學與文化意義上的大蘇州概念，正如潘光旦先生在《近代蘇州的人才》一文中所指出蘇州的文化生成與周邊地域環境的密切關聯：「太

〔註225〕吳恩培《吳文化概論》南京：東南大學出版社2006年，第62頁。
〔註226〕（清）顧炎武《肇域志》第一冊，上海：上海古籍出版社2004年，第26頁。
〔註227〕（清）顧炎武《肇域志》第一冊，上海：上海古籍出版社2004年，第30頁。
〔註228〕（清）顧炎武《肇域志》第一冊，上海：上海古籍出版社2004年，第30頁。

湖的四周，長江以南，錢塘江以北，即以前蘇、松、常、太、杭、嘉六府一
直隸州之地，原是一個自然區域，如今把蘇州府劃開，更把長、元、吳三縣
單提出來，本是一種權宜之計，除了『行文方便』的理由外，是說不出別的
理由的」〔註229〕。行政區域上的劃分併不能阻斷文化的淵源，因而本書所討
論的蘇州概念實以江蘇一省為文化背景。

　　最後，考察施淑儀《清代閨閣詩人徵略》、黃秩模《國朝閨秀詩柳絮集》、
胡文楷《歷代婦女著作考》等重要文獻，我們發現，清代江蘇女性作家，大
多數或出身於文化世族，簪纓之家，或為名士官宦之妻，並且自幼接受良好
的家庭教育，與兄弟姊妹一起於私塾受學的情形十分常見，這種現象，一方
面，是源於文化世家本身對於詩禮文化的重視，家族之中唱和聯吟、賦詩作
畫，沉浸於濃鬱的文化氛圍中，成為世家詩書之禮的延伸；而另一方面，世
家之間的聯姻，也需要培養審美趣味較高的名媛才女，以配才子高士。因此，
江蘇地區的閨秀不乏才人，並且在她們出嫁之後，也多能與夫婿及閨中姐妹
唱和論學，發揮著文化紐帶的作用。家庭，為閨秀成才與成名奠定了基礎，
並且建立了最初的結社網絡關係。清末民初廣東南海閨秀冼玉清（被稱為「嶺
南第一才女」，港澳知名工商業家冼藻揚之女，終身不曾婚嫁）在《廣東女子
藝文考》後序中對女子成名的三個條件進行了概述。乾嘉時期蘇州女性結社
主要參與人員，多為蘇州地區世家女性，其結社網絡的形成及範圍主要有以
下幾種類型：一是家族內部以血緣為主的閨秀結社；二是同地區閨秀結社；
三是跨地區，即蘇州閨秀參與外地社團；四是閨秀與文人結社。

〔註229〕潘光旦《近代蘇州的人才》，北京：光明日報出版社1999年，第244～245
　　　　頁。

第二章　乾嘉時期蘇州閨秀族內唱和的方式與過程——以宗族、姻親爲中心範疇

　　家族，在古代稱之爲「氏族」，柳芳《氏族論》云：「《春秋》言天子建德，因生以賜姓，胙之土命之氏；諸侯以字爲氏，以謚爲族。」下及三代，官有世功，則有官族，邑亦如之。」〔註1〕清代更以世家泛指其在文化、政治地位中的世代相延。在地方，人們亦稱之爲名族、鼎族、甲族、望族等。學者程章燦在其《世族與六朝文學中》指出，在清人的定位裏，「世家」，乃是「世其官、世其學、世其科」〔註2〕含義的總和，在學術思潮、文化選擇、審美趣味等方面對一個地域、國家或是時代產生不可替代的主導性影響。與此同時，在明清易代的主題下以及清儒特殊家的國情結中，世家、宗族的意義與地位更加凸顯，這也是本章研究的必要前提。本章所言之「族」既指家族，亦泛指家庭，本章亦將分述涵蓋血緣關係的本族閨秀結社以及非血緣關係的家庭型結社。「家族」二字始見於《管子・小匡》篇，其曰：「公修公族，家修家族，使相連以事，相及以祿，則民相親矣。放舊罪，修舊宗，立無後，則民殖矣。」〔註3〕這段文字出現在桓公與管子的對話中，此處家族的含義，乃爲一家一族之泛稱。那麼家族與宗族有無區別呢？學者李卿在其《秦漢魏晉南北朝時期家族、宗族關係研究》一文中指出：「『宗族』與『家族』是內涵相

〔註1〕（清）徐乾學《古文淵鑒》，光緒癸卯春正蜚英分局石印本，1903年。
〔註2〕程章燦《世族與六朝文學》，黑龍江教育出版社1998年，第52頁。
〔註3〕李元燕，李文娟譯注《管子》，廣州：廣州出版社2001年，第139頁。

近，外延不同的兩個概念，『宗族』是個大概念，既可涵蓋五世以內的同一始祖父系血緣群體，也可以涵蓋五世以外的同一始祖父系血緣群體。『家族』是個小概念，它只能涵蓋五世以內同一始祖的父系血緣群體」〔註4〕二者雖然有別，但現在學者多將其互用，比如徐揚杰《宋明家族制度史論》就曾言家族亦稱宗族〔註5〕。可見家族概念已可包含同一始祖的數代父系血緣群體，同時，家族概念廣狹二義的存在，又將其內涵指向了血緣和婚姻的兩途。在《明清之際汾湖葉氏文學世家研究》一文〔註6〕中，學著蔡靜平指出，狹義的家族是以血緣關係爲基礎形成的社會群體，而廣義的家族概念則是以血緣和婚姻爲紐帶共同形成的社會關係的總和。而血緣與婚姻，正是我們研究清代蘇州閨秀結社的兩個基本元素。清代蘇州府世家大族林立，出於文化承繼中紐帶作用的考慮與世家聯姻的需求，閨秀在世族中的價值與地位顯得甚爲重要，世家之間聯姻已經成爲清代江浙地區文化傳承的一種非常重要的方式，在這個過程中，類聚的選擇讓世家文化得以積纍，並「從淡薄變做醇厚，從駁雜變做純一」〔註7〕當然，這種聚合雖然並不一定指向世家文化的必然昌盛，但在此演化過程中，作爲文化中樞的世家閨秀卻恰恰起到了不可忽視的作用：傳承、傳遞、融彙等，閨秀結社與蘇州世家之間相得益彰，彼此襯托，爲女性文學結社打上濃墨重彩的底色，蘇州地區文化世家眾多，是女性結社得以存在並不斷向新的方向發展的重要因緣。根據《清代硃卷集成》、《歷史婦女著作考》、《清代科舉人物家傳資料彙編》、《蘇州府志》等歷史文獻及學者徐雁平編著《清代文學世家姻親譜系》等資料記載，清代江蘇蘇州一府，世家大族林立，如江蘇常熟的歸氏、宗氏、嚴氏、龐氏、楊氏、屈氏；江蘇昭文的席氏、孫氏；江蘇吳縣的潘氏、吳氏；江蘇長洲的顧氏、彭氏、袁氏、沈氏、葉氏、計氏；江蘇崑山的徐氏、張氏等等都是顯赫的世家典型。世家之間的聯姻現象極其突出，且不僅僅局限於一地。聯姻，爲家族型與家庭型閨秀結社提供了相對有利的文化條件。研究發現，乾嘉時期蘇州地區的閨秀結社即多出現於這些世家大族之中，文化聯姻正是爲閨秀結社帶來交錯型文學網絡的直接原因。如江蘇常熟的吳贊娶常州張琦之女張襗英，張琦，乃常州

〔註4〕李卿《秦漢魏晉南北朝時期家族、宗族關係研究》，上海，上海人民出版社2005年，第27頁。
〔註5〕徐揚杰《宋明家族制度史論》北京：中華書局1995年，第8頁。
〔註6〕蔡靜平《明清之際汾湖葉氏文學世家研究》嶽麓書社2008年，第1頁。
〔註7〕潘光旦《明清兩代嘉興的望族》，上海：上海書店出版社1991年，第12頁。

詞派張惠言之弟；常熟楊沂孫娶趙翼曾孫女，而楊崇伊之子楊朝慶娶李鴻章孫女；常熟屈洪基之女屈秉筠適常熟趙同鈺之子趙子梁；昭文席啓寓之子席永恂娶太倉吳偉業之女，而席永恂玄孫女席佩蘭適昭文孫原湘；吳縣潘氏潘誠貴之子潘志裘娶馮桂芬孫女；吳縣楊無咎之子楊繩武娶顧長洲嗣立之女；吳縣張大受曾孫女張允滋適吳江任兆麟；長洲文徵明之子娶崑山張應文之女張佩茝；長洲顧嗣立娶錢塘徐旭齡之女；顧嗣雍之女適崑山徐乾學之子徐駿；長洲王芑孫之子王嘉祿娶長洲黃丕烈女；吳江沈奎七世孫沈永楨娶吳江葉小紈、沈奎九世孫沉重熙娶吳縣金聖歎女金法筵、沈奎七世孫女沈憲英適吳江葉紹袁之子葉世傛；吳江計嘉穀娶長洲沈德潛之女沈清涵；崑山張應文女張佩茝適長洲文徵明孫文從簡、張孟容娶崑山歸有光孫女歸青、張南田娶太倉吳偉業女吳慶雲；崑山顧炎武妹適崑山徐乾學等等〔註8〕。如此錯綜複雜的聯姻，實在不能不打上蘇州府文化世家厚重的烙印，而世家閨秀在文化交遊過程中所扮演的角色也絕不僅僅是吟幾首詩，作幾幅畫那樣淺薄與簡單，顯然，作爲世家之間交流、整合的使者，閨秀身上所擔負的責任是重大的，作爲文化的延續與傳承，她們所稟賦的才學也是極深刻而受人矚目的。

　　清代地方志中即詳實地記載了閨秀在家學傳承與傳遞中的重要性，地方府志的記載，正是地方文化之間競爭與比較的方式之一。據光緒《重修嘉善縣志》序中，編撰者曾言及以才媛入志的原因：「吾亦婦職相傳約略近古，間有溢而著詞采者，前志未載，茲遵府志例，增列於貞烈節孝之後。天性所憂，詎得遺而不彰歟？」〔註9〕由「遵府志例」可知，以才媛入府志已是慣例，只是「前志未載」因而增列其間。其所重者乃在才媛「天性所憂」矣。由此可見地方文化對於女性才學的重視與納入史籍的做法在某種意義上具有文化保存與地域相較的意義。美國學者高彥頤在其《閨塾師：明末清初江南的才女文化》一文中指出女性結社的興起與地方主義的存在密切相關，「頌揚的頻繁似乎標誌的是一種有意識的競爭」〔註10〕而文人在方志中對才女如數家珍似的筆錄，更清楚地彰顯出對女性文化的整體觀照與才媛文學不可或缺的當代

〔註8〕徐雁平《清代文學世家姻親譜系》，南京：鳳凰出版社2010年，第96～141頁。

〔註9〕江峰青修，顧福仁纂光緒《重修嘉善縣志》，《中國地方志集成・浙江府縣志輯19》，上海書店出版社2000年，第821頁。

〔註10〕〔美〕高彥頤著，李志生譯《閨塾師：明末清初江南的才女文化》，江蘇人民出版社2006年，第245頁。

價值。晚明文人顧若群在爲其姊顧若璞《臥月軒稿》所作序言中寫道：「近世女士故多文焉，他不具論。吾杭數十年以來，子藝田先生女玉燕氏，則有《玉樹樓遺草》；長孺虞先生女淨芳氏，則有《鏡園遺詠》；而存者，爲張瓊如氏之書，爲梁孟昭氏之畫，爲張姒音氏之詩。若文皆閨閣秀麗，垂豔流芳，宜馬先生謂：錢塘山水蜿蜒磅礡之氣，非縉紳學士所能獨擅。」〔註 11〕而作爲地方文化對女性才學的重視更集中的體現正是家族對女學的堪重以及名門望族以才媛作爲文化資本的訴求。嘉善縣志記載了一位文士向眾友介紹其女兒的才學時自得的情狀：「沈素芳，工畫花草，嫻琴事，妹小芳亦工巧。吳江郭麟嘗偕潘眉至其家，父雪樵留小飲，出現兩女畫冊，並命素芳於內隔座，作數弄。」〔註 12〕這位父親因兩女的才學而倍感榮耀的自得是溢於言表。而名士郭麟對其二女才學的器重與欣賞自也可以想見。吳地在這樣的家學氛圍下，出現了「女子多讀書識字，女紅餘暇，不乏篇章。近則到處皆然，故閨秀之盛，度越千古」〔註 13〕的女學盛況。

美國學者曼素恩評論曰：「她們的存在能大大加強家族的地位。實際上無論婚前婚後，才女們都構成了『家學』的一部份，這種家學訴諸於她們祖先的名望，是她們父母博學的突出展示。」〔註 14〕一方面是家學的傳承，而另一方面更是名門望族的文化累增，正是這些基本元素構成了地方文化對才媛之學的欽賞甚至是競爭。無怪有的女性文獻資料在其父籍與夫籍兩個地方志中出現。清代女性結社活動與社團的普遍存在，與世家大族較有力的文化支撐密不可分，而蘇州才媛的心性書寫與身份重構也正恰如其分地體現在這性別視野下的家族文化整合過程中。那麼，清代閨秀結社的直接原型與族內結社方式又是怎樣的呢？在明末清初的社會轉型期，蘇州婦學的發展與此期桐城、錢塘婦學一道形成明末清初社會文化與女性文學演進的獨特風景，也爲清代乾嘉時期蘇州婦學的繁盛定下基調。據近代著名史學家梁乙眞先生《清代婦女文學史》第一編第一章「遺民文學」條記載：

〔註 11〕 （清）顧若璞《臥月軒稿》卷二，丁丙編《武林往哲遺著》第五十八冊，錢塘丁氏嘉惠堂（1898～1900）刻本。

〔註 12〕 江峰青修，顧福仁纂光緒《重修嘉善縣志》，《中國地方志集成·浙江府縣志輯 19》，上海書店出版社 2000 年，第 823 頁。

〔註 13〕 丁紹儀《聽秋聲館詞話》，卷十九「清閨秀詞」，民國 23 年。

〔註 14〕 〔美〕曼素恩著，定宜莊，顏宜藏譯《綴珍錄：十八世紀及其前後的中國婦女》，江蘇人民出版社 2006 年，第 262 頁。

> 　　明之季世，婦女文學之秀出者，當推吳江葉氏，桐城方氏，午
> 夢堂一門聯吟，而方氏娣姒，亦無不能文詩，其子弟亦多積學有令
> 名者。故桐城之方，吳江之葉，自後嘗爲望族，不僅爲有明一代婦
> 女文學之後勁也。明社既屋，故家大族，流風餘韻，漸就漸減；而
> 會稽之商，當塗卞之，錢塘之顧，則又餘音嫋嫋，上以縮葉方之墜
> 緒，下以開有清二百餘年婦女文學之先聲，不慕重歟。〔註15〕

梁乙眞此處指明，明朝末年婦女文學尤盛者，應首推吳江葉氏與桐城方氏，
作爲兩大望族，它們一方面是明代婦女文學的有力發展，而另一方面，其婦
學又開啓了會稽商氏、當塗卞氏等，並餘音未絕地將文風延續並影響至有清
二百餘年，其在世家文學中承上啓下的地位有目共睹。與此同時，文中所提
及「明社既屋，故家大族，流風餘韻，漸就漸減」，一個「故」字又清晰指出
了明季結社與世家大族的密切關聯，甚至婦女文學與結社之間千絲萬縷的聯
繫，這或者亦正因「其子弟多積學有令名」的社會角色與文化身份對家族文
學、文化的扶持與需求。文獻中另有一則信息亦值得重視，吳江葉氏與桐城
方氏的族內聯吟雖同等重要，但成員的組成方式卻有所區分，一則以「一門
聯吟」爲主，而一則卻以「娣姒」爲尚，所謂「娣姒」，《爾雅・釋親》有言：
「女子同出，謂先生爲姒，後生爲娣。」〔註16〕郭璞注爲：「同出，謂俱嫁事
一夫」，乃古代同夫諸姜室之互稱，年長爲姒，年幼爲娣。桐城方氏的族內聯
吟，則以家庭爲主，且以伉儷唱和爲依託而區別於葉氏之血緣關係，方氏與
葉氏族內結社模式對清代中葉閨秀結社的影響是深遠的。在本章「族內結社」
部份，我們即以家庭型與家族型爲劃分，對乾嘉時期蘇州閨秀結社作進一步
考察。

　　最後補充一點，自明代後期起，一些才女仿傚江浙地區的文士相約而建
立女性詩社，建立交流思想和切磋技藝的平臺，推動了女性文學的發展，這
一現象是研究閨秀結社動因與文學自覺表徵的重要依據，無論從女性文學史
的發展還是女性參與社會化的進程來講，這一研究的意義都極爲重要。本部
份將著重分析蘇州地區女性詩社的縱向發展軌跡、各階段呈現的不同特點：
起社的緣由、社員形成、結社雅集的形式、社友之間的交往、創作的主要題

〔註15〕梁乙眞《清代婦女文學史》，北京：中華書局 1932 年，第 1 頁。
〔註16〕（晉）郭璞注，〔宋〕邢疏編：黃侃句讀《爾雅注疏》卷上，上海：上海古
　　　　籍出版社 1990 年，第 62 頁。

材等，探索清代蘇州才媛詩社興盛的人文因素、詩社的存在模式、才媛結社的深層心理、建構的文學價值等。

第一節　閨秀族內唱和的主要類型及其特徵

一、以血緣關係爲紐帶：才學淵源　世代相承

　　清代乾嘉時期江蘇地區以血緣關係爲紐帶的家族結社較爲常見，在袁枚《隨園詩話》中即有大量記載。例如卷十三言及乾隆十年進士錢維城（文敏），即在所居「綠雲書屋」與其女、婿、弟等戚里五人常爲唱和，文獻記載「公女浣青，有詩才，與婿崔君龍見、弟維喬、戚里莊君炘、管君世銘五人唱和。有《鳴秋合籟集》兩卷」，如此一般，實爲家庭結社。而在清代蘇州地區以血緣關係爲基礎的家族文學結社就更爲常見，早在明末清初以吳江、嘉善交界處的汾湖葉氏最爲突出。葉氏一門風雅，其文學創作最爲特出者，爲葉紹袁、沈宜修夫婦及其眾多子女，因葉紹袁曾將其亡故妻女的遺著結集爲《午夢堂集》刊刻行世而被世人譽爲「葉氏午夢堂一門」。而在葉氏一門中，妻子沈宜修所扮演的角色至爲重要。在沈自徵爲其姊沈宜修《鸝吹集》所作序言〔註17〕中，詳細記載了宜修自幼所接受的教育，「幼無師承，從女輩問字，得一知十，遍通書史。將笄，遂手不釋卷。」及其在嫁葉紹袁之後，於家庭之中所起到相夫教子、孝敬姑舅的作用，「姑馮太夫人年高，姊矜嚴事之。每下氣柔聲，猶恐逆姑心。」即使在葉紹袁「累屈秋闈，偃蹇諸生間，家殊瓠落」之時，仍能「從牛衣中互相勉勵，未嘗作姁面羞郎之詞也。」而在葉紹袁「登南宮」之後，雖「受鸞誥稱命婦」之後，又能「處之淡然，略不生喜」。在平凡的生活中竟能「肆力於縹湘，或作頌春椒，或儷銘秋菊，中閨唱和，業日以富」，筆耕不輟且能唱和勵進。在沈自徵看來，宜修爲人「天資高朗，眞有林下風氣」，卻又因其「賦性多愁」而恒生「搖落之感」，這亦與宜修「洞明禪理，不能自解免」有關。從沈自徵所作序可見，以葉氏一門爲例的家族結社具有以下兩方面特徵，一是唱和的主要群體具備血緣關係，比如沈宜修及其子女。據錢謙益《列朝詩集》之《閨集·香奩中》記載，沈宜修共生有三女，長曰紈紈，次曰蕙綢，幼曰小鸞。但實際上沈氏子

〔註17〕（明末清初）葉紹袁編，冀勤輯校《午夢堂集》，中華書局 1998 年，第 17～
　　　　18 頁

女之眾遠非如此，錢謙益或出於其「蘭心蕙質，皆天人也」的考慮而只目其三女爲佳。沈宜修子女應有十三人〔註18〕，蔣寅曾有《葉變行年考略》記載：「母沈宜修，萬曆三十三年歸葉氏，育有五女八男」〔註19〕，這條文獻記載與冀勤校勘《午夢堂集》時所言吻合，冀氏言：「葉紹袁與沈宜修於萬曆三十三年成婚，生有五女八男，俱有文采。」〔註20〕但實際上沈宜修應只生有四女，據其從姊沈大榮爲宜修遺集《鸝吹》集所作序記載：「其女甥四人，惟季襁褓，孟曰昭齊，仲曰蕙綱，叔曰瓊章，皆美慧英才，幽閒貞淑。居恒庚和篇章，閨範頓成學圃；精心禪悅，庭闈頓似蓮邦，然秘而不乏也」〔註21〕。如此吟詠和章，其意融融，真如極樂蓮邦。二是而家族之中女性才學往往彼此影響與滲透，比如宜修之「遍通書史」即曾「問字女輩」；三是家族結社往往有詩文集遺世。葉氏一門正是得益於葉紹袁的整合，其詩文《午夢堂集》得以付梓鳴世；四是家族成員的支持是閨秀族內結社不可或缺的因素，比如沈氏丈夫葉紹袁，沈氏弟兄沈自徵、沈自炳以及從姊沈大榮等。在《午夢堂集》中，葉氏曾這樣描述家中聯吟的靜美生活：「小庭無多，芳卉繁列，風月映戶，琴書在床，一詠一觴，致足樂也」〔註22〕唱和聯吟切磋詩藝，實則也是精神交流心靈互通的方式。除此之外，蘇州閨秀家族結社及其文學創作另有一十分隱晦的特徵，即其寄託性，即閨秀的社集活動並非單純出於對文學的愛好抑或因景生情的簡單抒寫，而是有著較爲豐富神隱的意涵。一方面，閨秀家族結社活動，作爲其父兄、丈夫、令子等男性精神世界的延伸，是「託喻於深閨」心理需求的側面體現；而另一方面，結社賦詩的意涵本身也包含著對榮枯升沉、滄海桑田的幻滅與人生如寄、虛無縹緲凄涼的深沉感歎。仍以「葉氏午夢堂」爲例，葉紹袁在爲其妻沈宜修《鸝吹集》所作序言中，對以沈氏爲主的家庭聯吟及自己的切身感受作了這樣的評述：

余讀豳之詩云：「我徂東山，慆慆不歸，我來自東，零雨其濛。
鸛鳴於垤，婦歎於室」，蓋征夫行役於外，彼其室家忡忡慇慇之情，
攬時而歎息，撫景而咨嗟，物色之動，心亦搖焉者歟。是以古來騷
人才士，每託喻於深閨，或摹抒於賢媛，雁泣胡沙，螢飛長信。陌

〔註18〕　（清）錢謙益《列朝詩集》上海：上海三聯書店1989年，第638頁。
〔註19〕　蔣寅《清代文學論稿》南京：鳳凰出版社2009年，第210頁。
〔註20〕　（明末清初）葉紹袁編，冀勤輯校《午夢堂集》，中華書局1998年，第23頁。
〔註21〕　（明末清初）葉紹袁編，冀勤輯校《午夢堂集》，中華書局1998年，第17頁。
〔註22〕　〔明末清初〕葉紹袁編，冀勤輯校《午夢堂集》，中華書局1998年，第874頁。

頭楊柳，悔夫婿之封侯，隴上秋砧，夢金微之夜月。靡不色非神結，
思黯情傷。劉勰所云：「情以物遷，辭以情發，一葉且或迎意，蟲聲
有足引心」者矣。〔註23〕

《詩經・豳風・東山》是一首著名的行役詩，反映久戌之人歸來時悲喜交加的
心境，明清易代之際的士人亦難免感同身受。葉紹袁也正是經歷國難家禍之後
痛定思痛方才抒寫出這一番難以言狀的心境。與此同時，他亦藉此指出，正是
因爲征夫的行役，方才有其家室的憂心，因而她們的撫時歎息，撫景咨嗟，都
是心靈的震顫與情感牽依的眞實反映，古來騷人才士多將其遊子思鄉、仕途渺
茫、孤獨漂泊、人生虛無等生命體驗「託喻」於深閨，「摹抒」於賢媛，可以說
是一種精神心靈的寄託，更是一種情感的轉移。「一葉且迎意，蟲聲足引心」是
多麼淋漓盡致的自然體驗，又是多麼痛徹靈魂自省，「遊子無歸，天涯同夢，歎
春寒於香夕，悵月落於參橫」〔註24〕，不論閨中女子還是塞外征夫，皆可因「看
花寂寞，而動霏霏雨雪之思；顧影流連，而寫喓喓草蟲之恨」〔註25〕。而作爲
葉氏一門聯吟的《午夢堂集》的命題本身，就正鮮明地體現著這一雙向體認、
彼此寄託的依存關係與潛在用意。在《午夢堂集》中即有不少以「午」、「夢」
爲題的詩篇，比如《夜夢亡女瓊章》、《重午悼女》、《夢驚感懷》、《夢》、《夢起》
等，葉小紈所撰詩集即名《鴛鴦夢》，在小鸞《浣溪沙・小窗即事》中這樣寫道：
「竹徑烟迷薜荔墻，好風搖曳弄垂楊，無情啼鳥向人忙。一曲瑤琴消午夢，半
爐沈水爇春香，倚欄無語又斜陽」〔註26〕。而葉紹袁「午夢堂」的冠名是於妻
女離世之後，實有感懷寄意之旨。明末清初的士人多因故國之悲、壯志難酬而
感慨人生如夢，金聖歎在評點《水滸傳》第十三回時就曾以數「夢」以傾述平
生感悟：「大地夢國，古今夢影，榮辱夢事，眾生夢魂，豈惟一部書一百八人而
已，盡大千世界無不同在一局」〔註27〕既在同局，又況一家庭之中，哪能不生
同感？葉紹袁在崇禎八年連續遭遇家人離世的悲痛，以「午夢」之名寄託對妻

〔註23〕〔明末清初〕葉紹袁編，冀勤輯校《午夢堂集》，中華書局 1998 年，第 26～
27 頁。
〔註24〕〔明末清初〕葉紹袁編，冀勤輯校《午夢堂集》，中華書局 1998 年，第 26～
27 頁。
〔註25〕〔明末清初〕葉紹袁編，冀勤輯校《午夢堂集》，中華書局 1998 年，第 26～
27 頁。
〔註26〕蔡靜平《明清之際汾湖葉氏文學世家研究》嶽麓書社 2008 年，第 51 頁。
〔註27〕朱一玄，劉毓忱《水滸傳資料彙編》，天津：百花文藝出版社 1981 年，第 275
頁。

子兒女的哀痛自在情理之中，尤其是對亡女小鸞的祭悼。一個「夢」字貫穿著
葉氏的家庭溫情，更維繫著其族內的精神皈依與人生思索。「葉氏午夢堂一門」
在以血緣關係爲紐帶的閨秀結社活動中具有十分典型的意義，而以上四方面特
徵也正是清初以來蘇州地區世家閨秀聯吟的基本特質，並以地域承載、世家沿
襲的方式繼續深入地影響清代中期的文化結社活動，葉紹袁、沈宜修之子葉燮
在康熙九年考中進士，並著有體系完整的詩論著作《原詩》，其詩學觀念深刻影
響到其弟子薛雪、沈德潛等，沈德潛，正爲繼王士禎之後，清乾隆朝的文壇領
袖，以沈氏爲中心的結社活動又將如火如荼地開展，下文將有述及。

　　在以血緣關係爲紐帶的家族結社中，閨秀的結社活動往往建立在一族之
中，比如母女、父女、姊妹、兄妹等等。因而其文學交遊活動也相對頻繁與
直接，社所一般也以世家大院亭臺樓榭爲主。在清初的蘇州世家中，這樣的
例子較多。據鄧之誠《清詩紀事初編》上卷三「許虬」條記載：「許虬，字竹
隱，崑山籍，長洲人。順治十五年進士。詩學六代三唐，才情颿舉，惜少持
擇。虬弟復字不遠。妹定需字碩園。子心宸字紫臣。猶子廷鎔字子遜，女心
榛字山有。又字阿秦。心碧字阿蕈。心檀字阿蘇。心澧字阿芬。並工詩，一
門聯吟。吳中此風。起於明季，盛於康熙，自後漸衰矣。」〔註28〕長洲人許
虬一門之中較爲固定的聯吟對象就包括了他的弟妹及兒子、女兒數人，尤以
其女爲多，皆工詩，由此形成一個家族唱和群。不僅如此，不獨江浙一帶，
即在閩、粵一帶家族閨秀結社也十分普遍。在淮山棣華園主人所輯錄的《閨
秀詩評》中，就曾記載友人石生「以閩粵風土人物、山川形勢與夫海舶山傜
之利害，作書數言以寄」，其中風雅之盛以興化陳生輅卿家爲最，閨秀之間賦
詩吟誦不僅是善友的姿態，有時也演變成一場多人參與的「文戰」：

> 輅卿妻沈氏，字月秋，姊曰：「瑤英詩俱語暢，有風神」。瑤英
> 每歸寧與月秋分韻授簡，唱答甚多。母李氏亦諳篇章，凡有諷詠就
> 商榷焉；或請同作，則笑曰：「老矣。陳言腐語即成數句，誰復愛之
> 聽，汝輩小兒女嘲風弄月，大是佳事。幾曾見白髮嫗施脂粉耶？」
> 一時傳爲趣語。會輅卿與瑤英所適周生同應秋試，瑤英望周生登科，
> 月秋乃誇，輅卿必中，戲賭作中秋詩取決勝，疊韻至數十首。瑤英
> 詠其事云：「文場勝負決難平，賭與題詩卜婿名。瞞卻阿娘同質正，
> 說誰詩好是誰贏」。月秋云：「分明詩句是儂贏，小婢娘前露此情。

〔註28〕鄧之誠《清詩紀事初編》上卷三，上海：上海古籍出版社2013年，第324頁。

怪得見詩含笑説，大家都好不須評」。瑤英表妹李柔卿者，聞瑤英與
月秋事，贈以句：「聞道詩壇興正長，兩家旗鼓足相當。如何文戰男
兒事，也累閨人考一場。」口角生香，不減瑤英風調。此事傳播姻
婭間，女子能詩者各有投贈，遂成佳話。〔註29〕

輅卿家閨秀眾多，其妻子沈氏（月秋）即是一位詩家，文中記載，月秋之妹曾
對其姊瑤英詩之風神具備表示過欣賞之意，瑤英也時常與月秋分韻賦詩，唱答
甚多。不僅如此，月秋母親李氏也諳熟篇章，李氏曾自嘲曰，自己年已老矣，
作詩乃兒女輩嘲諷弄月之事，自己一老嫗若再施脂粉恐爲人笑，此語竟成一趣
談。而這段贅述卻正可見輅卿家女性兩代人參與文學創作的熱情與詩才。不僅
如此，賦詩聯吟，相互酬唱不僅僅是日常閑暇無聊之中的閒話，棣華園主人言：
「詩可以興，雖閨閣中言，有令人油然生感者」〔註30〕。它也時常成爲閨秀門
對家中大事進行評議的方式，雖「口角生香」，但畢竟有一番「文戰」，頗見家
族社集之趣。月秋丈夫輅卿與瑤英丈夫周生同應秋試時，兩人就各爲其夫辯護，
並「戲賭作中秋詩取決勝」。作詩竟然成爲一種賭注，更像一次家庭遊戲。此事
一出，同族閨秀便坐不住了，紛紛作詩以贈，參與了這次大討論，比如月秋姊
雲秋就作詩贈云：「詩壇決戰走風雲，娘子兵原迥出群。借我未來觀壁上，也操
桴鼓督諸君。」此後，雲秋與柔卿等人常至輅卿家「疊爲主賓，壁箋分詠」。陳
母去世後，輅卿便成爲一門閨秀吟誦的倡導者，爲時人所羨。

淮山棣華園主人《閨秀詩評》中的這段記載，是清代世家閨秀一門風雅
聯吟酬唱的縮影。不僅興化如此，蘇州地區由於特殊的人文涵養，不僅世家
大族林立，且閨秀參與結社活動在明代已有淵源，蘇州閨秀較高的文化素養，
使其能與詩友、畫友等聚集一處切磋技藝縱論古今。另如王蘊章《燃脂餘韻》
卷四記載，蘇州崑山孫子香女兄弟三人的唱和：「崑山孫子香女兄弟三人，皆
擅風雅。長曰雲仙，最工五律。《詠雁字》有『藍憑天作紙，白借羽作書』之
句。次曰藍仙，適武林汪氏。其姑爲雨園宮詹德配虛白老人，巾幗才子也。
有《不櫛吟》行世。藍仙從之作詩，詩境益進。三曰鶴仙，作詩作畫，較兩
姊尤勝。」〔註31〕崑山孫子香三姊妹雲仙、藍仙、鶴仙皆賦才學且能詩會畫，

〔註29〕（清）淮山棣華園主人輯《閨秀詩評》，南京：鳳凰出版社 2010 年，第 2270
頁。

〔註30〕（清）淮山棣華園主人輯《閨秀詩評》，南京：鳳凰出版社 2010 年，第 2281
頁。

〔註31〕（清）王蘊章《燃脂餘韻》卷三，南京：鳳凰出版社 2010 年，第 737 頁。

首先在一個家族內部形成較好的詩文唱和網絡，加上三姊妹與妯娌、姑舅、兄長等又分別構成延伸的酬唱群體，比如藍仙適武林汪氏，其姑亦巾幗才子，有詩文集傳世，藍仙隨其學詩，形成新的詩友關係；另外，文獻中有《爲花洲三哥畫梨花墨海棠，繫以長句》等篇章，爲題畫詩，其云：「春容旖旎春風豔，滿眼芳菲顏色舊。桃花含笑泛紅雲。柳葉凝煙壓金線」，可知三姊妹與這位三哥亦有詩文往來。雖然家族之中的賦詩聯吟關係較爲簡單，內容也多爲日常生活中的所見所聞所感，但畢竟成爲家族文化延續的一個必要形式與途徑，也爲日後的文化聯姻作了充分的準備。這裡不得不一提的是清代乾隆年間進士、湖廣總督、著名學者太倉人畢沅家族中的才媛及其發揮的作用。根據清人雷瑨、雷瑊《閨秀詩話》卷五中的記載，畢沅母親對其政績的關注極其密切，要求極爲嚴苛，且在其從政年間不斷督促勉勵，成爲畢沅有力的精神支柱。我們先考察畢太夫人的行狀：

> 畢太夫人名藻，字於湘，青浦人。印江令張笠亭先生之女，歸太倉畢禮。偶詠《梅》云：「出身首荷東呈賜，點額親添帝女裝。」未幾，秋帆尚書果殿試第一，吉人之詞，竟成詩讖，事亦奇矣。太夫人雖在閨閣，而通達政體。尚書出撫陝西，太夫人作詩箴之曰：「讀書裕經綸，學古法政治。功業與文章，斯道非有二。汝宦久秦中，泝屑封疆寄。」〔註32〕

畢沅母親「通達政體」在清代是十分典型的，一方面，其「詩讖」竟然言中畢沅殿試第一，而另一方面，其對畢沅的教育實是十分嚴謹而愼重的，講究「功業與文章」，走「學而優則仕」之途，是畢母對其子的期待。在雷瑨兄弟的文獻記錄中，我們的確也看到，在畢沅任職之所，畢母竟然「路訪察政聲」，在「聞長安父老，俱稱尚書之賢」時，方才「大喜」，且「抵署又賦詩」對畢沅治政有爲表示了欣慰與贊許。畢母此舉也得到了朝廷的表彰，「太夫人受封極品，考終官署。」且「高宗南巡江浙，尚書居幽里門，謁於行在，具陳母氏賢行，上賜『經訓克家』四字。」〔註33〕畢母的作爲令人敬佩，在教育子女上以克訓持誠爲要求，在立身行事上，又以謹嚴端莊示人，得高宗稱許自

〔註32〕（清）雷瑨、雷瑊《閨秀詩話》卷五，南京：鳳凰出版社 2010 年，第 1027頁。

〔註33〕（清）雷瑨、雷瑊《閨秀詩話》卷五，南京：鳳凰出版社 2010 年，第 1028頁。

在情理之中。但畢沅母親絕不僅是一位嚴母，而是一位德藝雙馨的閨媛，據《閨秀詩話》記載，其有《培遠堂詩集》行世。「集中美不勝收，五古如《靈巖山館夜坐》；五律如《正月十二夜》；七律如《小園》；七絕如《探海》；五排如《雁字》；六言絕句如《夏日作》，皆有清微淡遠之音。」〔註34〕不僅如此，畢太夫人之母亦巾幗詩才。太夫人顧恭人名英，字若憲，一字蘭谷，長洲人。也有詩集《挹翠閣集》傳世。且顧恭人與武林林以寧、顧姒齊名。關於畢沅母親與祖母的詩學才能，及對家族文化的影響，除王蘊章《燃脂餘韻》中有所記載外，清人陳芸《小黛軒論詩詩》卷上亦有所記，其文曰：「顧英，字若憲，號蘭若，長洲人。歸印江知縣張之頊。著《挹翠閣詩鈔》。女張藻，字於湘，即畢秋帆尚書之母。幼承母教，著《培遠堂集》。女汾，字晉初，號素溪；孫女慧，字智珠，號蓮汀：皆能詩。」〔註35〕而後，畢沅之妻，長洲閨秀周月尊亦酷嗜文墨，與尚書琴瑟和鳴。畢沅側室，江蘇長洲閨秀張絢霄亦有詩集《綠雲樓詩編》行世。清人黃秩模在編輯《國朝閨秀詩柳絮集》時，在卷二二中對其有詳細記載：「張絢霄，字霞城，一字望湖，江蘇長洲人。兵部尚書湖廣總督鎮洋畢沅室，鄂珠母，著有《綠雲樓詩稿》。」〔註36〕《柳絮集》記載了張絢霄詩作二十六首，其中《題愛蘭集》一詩「紅窗瀟灑賦閒居，竹翠花香互起予。一冊新詩傳海內，也應得號女相如。」〔註37〕這女相如正是丹徒閨秀王愛蘭。值得注意的是，王愛蘭雖未明確加入清溪吟社，但其與吳中十子交遊甚密，據清人法式善《梧門詩話》記載「十女士與丹徒王愛蘭瓊，號碧雲，詩簡唱和最密，以所著《愛蘭集》附刻於吟社集後」〔註38〕《愛蘭集》竟附錄於《十子詩鈔》之後得以刊行，足見其交遊之深。而畢沅側室張絢霄是否通過王愛蘭而與吳中十子間接建立起詩友關係，不得而知，但至少說明其詩學風格與精神與愛蘭、十子的相通。一家之中四代閨秀與詩結緣，

〔註34〕（清）雷瑨、雷瑊《閨秀詩話》卷五，南京：鳳凰出版社 2010 年，第 1028～1029 頁。

〔註35〕（清）陳芸《小黛軒論詩詩》卷上，上海：上海古籍出版社 2010 年，第 286 頁。

〔註36〕（清）黃秩模編輯，付瓊校補《國朝閨秀詩柳絮集校補》卷二二，人民文學出版社 2011 年，第 983 頁。

〔註37〕（清）黃秩模編輯，付瓊校補《國朝閨秀詩柳絮集校補》卷二二，人民文學出版社 2011 年，第 983 頁。

〔註38〕（清）法式善著；許徵整理《梧門詩話》，烏魯木齊：新疆大學出版社 2006 年，第 201 頁。

盛名詩壇，從畢沅祖母、母親、妻子、側室再到畢沅之女。不僅意味著家族詩學的延續、蘇州閨秀良好的詩學底蘊，更意味著，才媛鳴詩更加重大的意義或許還在子嗣之育、家族之興責任的賦予與承載。這也正是清代蘇州地區家族之中閨秀才學逐漸受到重視的原因之一。需要補充的一點是，我們在研究家族型閨秀詩社活動中注意到一個現象，所謂的家族結社也都是相對而言的，蘇州世家之中的閨秀往往又交叉地參與到社交型結社之中，或結交女性詩友彼此唱和，或拜文士師爲學，畢沅的女兒智珠，即「爲隨園弟子，著《遠香閣吟草》。」〔註39〕畢沅另有一側室「張絢霄，字霞城，吳縣人，爲袁子才先生女弟子。」〔註40〕再如上文所提及畢沅側室張絢霄亦是如此，《綠雲樓詩稿》中《偕沈月舫夫人遊惠山》、《將歸吳門留別佩香夫人》、《題轉運曾賓谷先生三朵花園即次自題元韻》、《和靈嚴主人惜春詞即次原韻》、《秋夜寄靈嚴主人》、《題孔淑凝安人學靜軒遺詩》、《題婉紃三姑母綠槐書屋詩稿》〔註41〕等等，有意思是，側室張絢霄的詩文交遊較之畢氏其它女性更爲廣泛，除了與畢沅（有《靈嚴山人詩集》）琴瑟唱和之外，與「比屋聯吟社」中張氏婉紃三姑母亦有詩文往來。這三則文獻材料一方面可以看到隨園詩社在文化上對蘇州地區家族的輻射性影響與滲透，而另一方面則說明家族型結社的相對性與文化交融的複雜性。陳芸亦有詩評論畢氏家族才媛：「培遠堂承挹翠傳，素溪細膩智珠鮮。我思田氏茹荼集，卻有鴻文示子編。」〔註42〕

二、以婚姻締結爲中心：伉儷唱和　託喻深閨

　　家族型閨秀結社類型之二，即以婚姻、血緣關係爲紐帶形成新的詩社群體，它往往以家庭裏的文士爲中心，且具有伉儷酬唱、亦師亦友的特徵。王蘊章《燃脂餘韻》卷三亦記載了一位攜妻女隱居震澤的明季諸生伉儷唱和的情形：

〔註39〕　（清）陳芸《小黛軒論詩詩》卷上，上海：上海古籍出版社2010年，第289頁。

〔註40〕　（清）陳芸《小黛軒論詩詩》卷上，上海：上海古籍出版社2010年，第293頁。

〔註41〕　（清）黃秩模編輯，付瓊校補《國朝閨秀詩柳絮集校補》卷二二，人民文學出版社2011年，第983～987頁。

〔註42〕　（清）陳芸《小黛軒論詩詩》卷上，上海：上海古籍出版社2010年，第299頁。

嘉善父丹生，明季諸生，遭亂棄去，以詩名江、浙間。自號桐廬山人，其偶雨鬟道人，子訥、女默，擅風雅。家庭之內，更唱疊和，以詩爲業，與午夢堂後先相映矣。雨鬟道人姓陸，字觀蓮，號少君。山人初居吳之專諸塔石，後隱震澤之西村。草屋蕭蕭，煙火時絕，惟與道人唱和。比舍聞歡笑聲，則道人詩成，山人擊節而歌，林鳥栖宿皆驚起。子訥、女默，道人恆授書焉。〔註43〕

這位明季諸生父丹生因避亂攜室偶雨道人及子訥、女默居吳之專諸塔石，之後又隱居震澤西村，震澤屬於吳江縣。一家四口避亂山中，以詩爲業更唱疊和，雖清貧卻樂在其中，常常是妻子偶雨道人作詩，丈夫桐廬山人擊節而歌，相諧甚歡。道人亦承擔子女教育。而後，「爲避水患，隱嘉善蔣湖之西園，亦三年。康熙丁未，山人將攜家入九峰，道人忽病而逝；又三日，女默亦逝」〔註44〕。這段經歷雖然讓人陷入極度感傷，爲諸生父丹生家庭的遭遇與變故而痛心疾首，然而，其夫婦之間伉儷情深融洽的詩樂生活、兩代人之間彼此唱和的雅致、家庭之中雖苦而尤樂的精神世界與始終不移的眞摯情感都爲其漂泊不定、楊花浮萍般的生活增添了幾分生機，亦令人動容。其女默在自跋詩卷中對自己的經歷與感悟作了這樣的評述：「默三歲飄零，從二親於外郡；十年夢想，思一返於故園。蔣湖以避水而來，舊廬若望洋而止。老母倚北堂而興歎，中夜挾寶瑟而長吟。非無慰藉之詞，實多於邑之調。日父日兄，守採藥之赤松，日暮可遇；爲母爲女，盼傳書之青鳥，閨閣非遙。爰奉命於慈闈，篇分甲乙；冀流輝於彤管，字辨宮商。庶幾染翰而成，不須石墨；含毫以待，有取香茅。」〔註45〕女默對這段飄零的生活倍感心酸，但也正是因爲有了父母兄妹的互爲關憐，酬唱聯吟，才又使生活得到一絲應有的慰藉。從《燃脂餘韻》記載的文獻看，其《和母〈寶劍篇〉贈兄》之作是極多的。

在家族型閨秀結社的形態裏，夫婦伉儷唱和，是社集的中心因素與必要條件，由此輻射到家庭的其它成員。在蘇州，即便是以夫婦唱和爲中心的聯吟也有較爲固定的社所，往往選擇佳景勝地而非閨閣亭榭，其唱和內容往往也呼應夫婦生活的境遇而非隨意的淺斟低唱。比如袁枚《隨園詩話》卷五就記載了隱居者程鍾與其妻子一門風雅的境況：「主人程鍾，字在山，隱士也。

〔註43〕　（清）王蘊章《燃脂餘韻》卷三，南京：鳳凰出版社 2010 年，第 721 頁。
〔註44〕　（清）王蘊章《燃脂餘韻》卷三，南京：鳳凰出版社 2010 年，第 721 頁。
〔註45〕　（清）王蘊章《燃脂餘韻》卷三，南京：鳳凰出版社 2010 年，第 722 頁。

妻號生香居士，夫婦能詩。有絕句云：『高樓鎭日無人到，只有山妻問字來』可想見一門風雅」。所謂「問字」多指向人請教或從人受學，程鍾夫婦的唱和應還包含著亦師亦友的關係，這更說明其超越簡單的閨中和詩而在更大程度上具有了社集的關係。且程鍾還曾約袁枚「勸續前遊」，顯然，所謂隱居，實際上仍保持著較密切的詩文結社關係，更將家庭結社推到了社會的層面。而再看其聯吟的場所，乃在蘇州的逸園，這是一個怎樣的勝地，袁枚記載：「離城七十里，在西磧山下，面臨太湖，古梅百株，環繞左右，溪流潺潺，渡以石橋，登騰嘯臺，望縹緲諸峰，有天際眞人想。」〔註46〕清代蘇州地區以夫婦爲中心的伉儷唱和往往可以超出家庭的範疇而具有社會型社集的意義。而以婚姻爲基礎建立起來的社集群體，又遠遠超出了伉儷關係的簡單意義，有時，在婚姻中參與唱和的女性，往往是兩代士人立命意識恰當延續的連接點。例如鄧之誠在其《清詩紀事初編》卷三「金人瑞」〔註47〕條記載：「金人瑞，吳縣人，諸生。順治十八年哭廟之獄，死者十八人，人瑞與焉。被禍時當爲五十五歲。」金聖歎爲「哭廟案」的核心人物之一，也是受到嚴懲者之一。在其身後，其婿吳江人沈六書與友人劉獻廷將其詩文結集爲《沉吟樓詩選》，其凡涉禁忌者，人瑞作詩時似已刪去，而《塞北》一首卻於詩集中保存下來，其雖「爲江陰城守而作，然亦指江南士女不識亡國恨耳」〔註48〕的意圖顯然爲六書、獻廷所接受。此詩選「弁首有雍正五年李重華序」，作序之人李重華亦爲吳江人，且與沈六書之子唱和甚密。沈六書即金人瑞季女金法筵丈夫，據《清詩紀事初編》記載金法筵：「七歲能詩，適沈後遂以名軒。有《惜春軒稿》。人瑞手箚謂深入金墅太湖之濱三小女草屋中。理唐人七律六百餘章。付諸剞劂」〔註49〕，值得注意的是，法筵夫婦有詩傳世，見於沈氏家集中。那麼，金法筵之能詩及與沈六書之和詩，就不免打上特殊時代的印記。而劉廷獻也正因與沈六書的關係而得以與金氏一門過從而「深知人瑞」。此條文獻指出，金沈伉儷唱和的表象下所隱含的是兩代士人的家國情結與立命意識。

　　這樣的例子，在乾嘉時期蘇州地區也極爲普遍。比如吳縣文士程在山，

〔註46〕（清）袁枚著：顧學頡校點《隨園詩話》卷五，北京：人民文學出版社1982年，第154～155頁。
〔註47〕鄧之誠《清詩紀事初編》卷三，上海：上海古籍出版社2013年，第336頁。
〔註48〕鄧之誠《清詩紀事初編》卷三，上海：上海古籍出版社2013年，第337頁。
〔註49〕鄧之誠《清詩紀事初編》卷三，上海：上海古籍出版社2013年，第336頁。

偕其室人顧信芳，隱居逸園，彼此酬唱，相得益彰。據雷瑨、雷瑊《閨秀詩話》載：「園在西跡山下，面臨太湖，中建騰嘯臺，正望縹緲諸峰。有古梅百株環繞左右。湘英有《雪窗對梅灼酒壽外》」〔註50〕。吳縣閨秀顧蕙，「監生湘筠女，同邑貢生毛慶善繼室。有《釀花庵小草》。其居曰『紅豆書樓』，為伉儷聯吟讀書處。繪圖徵詩，題者皆以神仙眷屬目之。(《墨林今話》)」〔註51〕吳江閨秀徐應嫚，「字珊若，有《須曼華館小稿》。家在分湖之濱，曰『月當樓』，乃其伉儷聯吟處。翯亭嘗繪圖徵詩，吳越名流題者殆滿。(《墨林今話》)」吳縣閨秀夏鞠初，「有《栖香閣稿》，夫婦相敬如賓，唱和無虛日。(《蘇州府志》)」〔註52〕

三、唱和的方式與特徵：女性中心　聯吟社群

1. 家族型閨秀唱和的方式：分韻賦詩、社集聯吟

　　家族型閨秀結社的特徵比較明顯，第一，組織者往往為族中年長之人；第二，參與者常為族中閨秀；第三，結社方式往往為聯吟賦詩；第四，結社地點以家鄉山水名勝最為常見；第五，家族型閨秀結社因為不受時間與空間較大的限制，因而社集也相對自由寬裕。清代，由於江浙地區文化世家現象突出，尤其江蘇蘇州世家大族文化地位凸顯，加上社會文化對女性的關注，因而閨秀素養有所提升，其在家族中所發揮的承上啟下紐帶作用也十分重要，一個家族之中，閨秀之間也常切磋才藝，賦詩聯吟，既作為文化品格的象徵也起到了自娛的作用。我們仍先以沈善寶為例，試看家族結社的場景：

> 　　吾鄉西湖佳處，全在真山真水，所以四時風景及陰晴朝暮，姿態不同，月色更為清絕。煙波浩渺，一望無際。偶見數星漁火，出沒蘆汀菱漱而已。蓋限於城闌，無人作秉燭遊也。先慈在時，每年六七月之望，必招姊妹攜兒女泛舟遊玩，觴詠達旦。家兄等亦邀一二至親之善音樂者，別駕一舟，相離里許。萬籟皆寂，竹肉競發，歌聲笛聲，得山水之助，愈覺空靈縹緲。維時月明如畫，荷氣襲人，

〔註50〕　（清）雷瑨、雷瑊輯《閨秀詩話》，南京：鳳凰出版社2010年，第1191～1192頁。

〔註51〕　（清）施淑儀《清代閨閣詩人徵略》卷八，北京：中國書店1990年，第8頁。

〔註52〕　（清）施淑儀《清代閨閣詩人徵略》卷十，北京：中國書店1990年，第10頁。

> 清風徐來，水天一色，想廣寒宮闕《霓裳羽衣曲》不是過也，令人
> 有飄飄出塵之致。〔註53〕

沈氏先慈在時，每年六七月之望便聚集族中才媛，加上一二至親一道出遊，
泛舟眞山眞水之間，別有一番愜意。更爲傳奇的是，此次竟然選擇「數星漁
火，烟波浩渺，一望無際」的月中西湖秉燭而遊，隨行者亦有家兄及一二至
親，但皆具才藝者。於是，一家數人便在這「萬籟皆寂，月明如畫，荷氣襲
人，清風徐來，水天一色」的自然勝景之中，「竹肉競發，歌聲笛聲」「觸詠
達旦」好不瀟灑。

2. 家族型閨秀唱和的特徵

第一，以世家的繁盛作爲女性結社存在的根本前提。據《乾隆吳江縣志》
「名宦」條，沈氏家族共收錄沈漢、沈璟、沈琦、沈瓚等六人〔註54〕。而實
際上，根據沈氏族譜的記載，自明代中期正統至隆慶之間的一百三十多年間，
沈氏已經經歷了從沈簧到沈位五代人的基業開創。比如第三代人沈漢在近不
惑之年考中進士，時正德十一年（公元1516），繼而沈漢孫沈位又於嘉靖四十
三年（公元1564）應天鄉試高中頭名，隆慶二年（公元1568）又考中進士，
沈氏家族通過科舉取士逐漸成爲世家望族，步入仕途對沈氏而言是至關重要
的一步。《明季北略》曾言：「常見青衿子，朝不謀夕，一叨鄉薦便無窮舉人，
及登甲科，遂鐘鳴鼎食，肥馬輕裘，非數百萬即數十萬，彼且身無賦，產無
徭，田無糧，物無稅」〔註55〕。讀書人通過科舉考試可以獲得如此特權，並
使門庭殷實，自然孜孜以求。而對於以儒家道德理想作爲人生目標的沈氏而
言，更是如此，沈氏家族子弟曾有名爲永仁、永義、永禮、永智、永信者即
可見一斑。科舉入仕成爲沈氏躋身世家大族的必要與主要途徑。吳仁安在《明
清江南望族與社會經濟文化》一文中指出：「在中國封建社會裏，只有當官才
能迅速提高政治地位和積聚大量財富，因此族人出仕從政既是望族得以形成
的重要條件，又是望族經久不衰的前提」〔註56〕。應該看到在這個過程中，

〔註53〕　（清）沈善寶《名媛詩話》卷七，南京：鳳凰出版2010年，第472～473頁。
〔註54〕　《乾隆吳江縣志》卷二十七「名宦」，《中國地方志集成》，南京：鳳凰出版社
　　　　2008年，第89頁。
〔註55〕　計六奇《明季北略》卷一二《陳啓新疏三大病根》，商務印書館1936年，第
　　　　147頁。
〔註56〕　吳仁安《明清江南望族與社會經濟文化》，上海：上海人民出版社2001年，
　　　　第40頁。

儒家根深蒂固的修齊治平思想、科舉制度的引導、社會特權與利益的利誘等等，都是讀書人視科舉爲生命的重要原因。學者王亞南先生曾就此評論：

> 中國人傳統地把做官看得重要，我們有理由說是儒家的倫理學術教了我們一套修齊治平的大道理，我們還有理由說是實行科舉制而鼓勵沃恩「以干學祿」，熱衷於仕途，但更基本的理由，卻是長期的官僚政治給予了做官的人，準備做官的人，乃至從官場退出的人，以種種社會經濟實利，或種種雖無明文規定，但卻十分實在的特權，那些實利或特權，從消極意義上說是保護財產，從積極意義上說是增大財產。〔註57〕

吳江沈氏先後中進士者有九人，分別是正德十六年沈漢、隆慶二年沈位、萬曆二年沈璟、萬曆十四年沈瓚、萬曆二十三年沈琦和沈珫、萬曆三十二年沈珣、順治十二年沈自南、嘉慶六年沈欽霖。沈氏一門進士之盛在當地已傳爲佳話，更由於在萬曆年間其同一輩之中竟有五人先後中進士而被時人譽爲「沈氏五鳳」。在仕宦上取得功名的沈氏家族在文教領域的成就也是突出的，這爲家族結社奠定了良好的文化基礎。據《吳江沈氏家譜》「凡例」記載：「舊譜於族人之有文行宦跡及婦人貞孝者，俱於家傳之外別爲立傳。而事可垂戒者，亦並書之，欲使後人知所勸懲也」〔註58〕，沈氏家族也多以從事文化活動爲主，僅據《吳江沈氏詩集》所記，就收錄沈氏九十一位文士及閨秀的詩歌作品〔註59〕，一門之中的唱和記錄了沈氏匡君濟民、孝悌仁廉或激於時事之詩，沈彤在《吳江沈氏詩集錄》序言中言：

> 凡子孫於祖宗無遠近，皆當有以知其性情。蓋性情固見諸行事，而尤顯於詩歌，固祖宗之詩皆祖宗性情之所存，然必會萃其篇什乃可以並考而有得。惟我列祖，有處而立孝悌仁廉禮讓之行者，有出而匡君濟民者，有不得志而激於時事者，有淡焉以圖書自娛者，有寄託於空玄花鳥棋酒音律之中者，更有徒倚閨房傷離而痛死者。性情之殊，無不於其詩見之。〔註60〕

〔註57〕王亞南《中國官僚政治研究》，中國社會科學出版1987年，第112頁。
〔註58〕（明）沈自晉著；張樹英點校《沈自晉集・吳江沈氏家譜》北京：中華書局2004年，第269頁。
〔註59〕沈津《書叢老蠹魚》，北京：中華書局2011年，第163頁。
〔註60〕（明）沈自晉著；張樹英點校《沈自晉集》，北京：中華書局2004年，第271頁。

從沈彤自序的這段文字中可以看到，沈氏一門聯吟絕非盡是隨意的消遣，家族詩文對祖宗精神情結的述求與繼承成爲了沈氏的家族傳統，而在沈氏一門之中，匡君濟民、仁簾禮讓、激於時事、圖書自娛、棋酒音律、閨房傷離成爲吟詠的主題，也就是說《吳江沈氏詩集錄》所收錄的沈氏九十一位文士及閨秀的詩歌作品，它們有著共同的精神內涵與血濃於水的文化淵源。這也是世家望族文化給閨秀詩文結社奠定的重要基礎與展開的必要前提。而像吳江沈氏家族這樣在世家文化淵源上根深蒂固且家族文化氛圍濃鬱，具有較高文化素質的世家還有周、袁、葉、朱、潘、徐、吳等。近代學人薛鳳昌在其《吳江文獻保存會書目序》中曾這樣對吳江的世家文化根基與文化氛圍作出概述：

> 吾吳江地鍾具區之秀，大雅之才，前後相望，振藻揚芬，已非一日，粵自季鷹秋風，希馮芳樹，天隨笠澤，成書師厚，流風所扇，下逮明清，人文尤富，周、袁、沈、葉、朱、徐、吳、潘，風雅相繼，著書滿家，份份乎蓋極一時之盛，且也亦大家之出，同時必有多數知名之士追隨其間，相與賞奇析疑，更唱疊和，而隔世之後，其風流餘韻，又足使後來之彥聞風興起，沾其膏馥，而雅道於以弗替。用是詞人才子，名溢於縹囊，飛文染翰，卷盈乎緗帙，斯故我鄉里之光也。〔註61〕

在吳江，沈氏家族文化的殷實也只不過是清代江南世家文化的迭代更替、前後相望極盛一時的縮影，正是由於文化的接續與傳承，名士的追隨與彼此的唱和更是將吳地文化推向了繁盛的巔峰。而從小生長於此間的閨秀，又怎麼不耳濡目染、感同身受地與同族文士一樣沐浴在家族藝文的光芒中快速地成長，聚居的吳地院落式生存模式又怎能不爲其唱和社集提供上佳的雅集環境，這些都成爲吳地閨秀結社的充分而必要的條件。以上兩個方面說明，沈氏深厚的家學淵源，是沈氏女性作家群得以形成的主要原因。

　　第二，以血緣或姻親關係作爲一門閨秀酬唱聯吟的基礎。比如沈氏一門閨秀結社的顯著特徵即是參與者多爲一家之中母女、姊妹等等具有較近的親屬關係。關於沈氏一門閨秀結詩社的盛況，近人費慶善、薛鳳昌所輯《松陵女子詩徵》柳棄疾所作序言中就予以十分詳盡的記述：

> 自水西沈氏出，高門弈葉，聲施爛然，宛君、少君躦其業，珠

〔註61〕 江慶柏《明清蘇南望族文化研究》南京：南京師範大學出版社 1999 年，第 322 頁。

盤玉敦，道在脂奩粉盞間，人第知《鸝吹》一集推到並世，不知上
慰道人《適適草》亦生龍活虎才也，厥後一傳而爲玉霞、繡香、惠
思、端容、宮音，再傳而爲素嘉、參荇、纖阿、蕙貞，三傳而爲詠
梅，四世相承，弗墜厥緒，而一時執箕掃來歸者，無爲、玉照、蕙
綢、法筵，又皆旗鼓相當。號稱大敵。雖流傳百年以後，遷徙百里
之外，而吳門翡翠尚湖環碧猶灌溉其餘瀝，任心齋有言，豈扶輿秀
淑之氣有特鍾與，抑其濡染家學有由也，豈不信哉？〔註62〕

吳江著名文士柳棄疾在序言中一一指陳沈氏家族之中閨秀參與文學活動者
姓氏，並梳理了四代人之間的文學傳承關係。沈氏家族從沈奎六世到九世的
四代人中間總共涌現了二十八位傑出的閨秀作家，其中，第六世總共有九位
閨秀詩人，分別是沈宜修、沈倩君、沈媛、沈大榮、李玉照、顧孺人、沉靜
專、沈智瑤、張倩倩；第七世總共十二爲閨秀作家，分別是葉紈紈、葉小紈、
葉小鸞、葉小繁、沈淑女、沈蕙端、沈華鬘、沈憲英、沈關關、沉靜筠、吳
玉蕤、周蘭秀；八、九兩世總共只有六位閨秀，分別是沈友琴、沈樹榮、沈
御月、沈菭紉、金法筵、沈詠梅。另外，第十世還有一位閨秀作家，即是沈
綺。這二十八位閨秀以血緣、婚姻爲紐帶結合在沈氏大家庭之中，是沈氏的
女兒、兒媳、外孫女、孫女等等。在這二十八人中間分別形成了姐妹、母女、
從姐妹、姑嫂、妯娌等等密切的家庭關係，使吳江沈氏一門閨秀結社唱和具
有了顯著的世家特徵。比如，形成母女關係的有：沈宜修與其四女葉紈紈、
葉小紈、葉小鸞、葉小繁；葉小紈與周蘭秀、沈媛、沈樹榮。姐妹關係就更
加複雜，比如沈大榮與沉靜專、沈倩君；葉紈紈與葉小鸞、葉小紈、葉小繁；
沈宜修與沈智瑤；妯娌關係如顧孺人與李玉照；姑嫂關係的有沈宜修與李玉
照等等。而這二十八位閨秀又是以沈宜修母女爲核心彼此酬唱從而形成較爲
完整的家族女性作家群體。二十八人彼此酬唱的作品散見於明清諸選本及
《午夢堂集》之中，而多數女性的詩集也以單卷的形式付梓並流傳下來，比
如沈宜修《鸝吹集》、葉紈紈的《芳草軒遺稿》、葉小鸞《疏香閣遺稿》、沈
蕙端《幽芳遺稿》、葉小紈的《存餘草》、沈淑女的《繡香閣集》、沈友琴的
《靜閒居稿》、沈詠梅《學吟稿》、金法筵《惜春軒稿》等等。對於吳門閨秀
唱和興盛現象，吳江學者任兆麟則一語道破天機「雖流傳百年以後，遷徙百
里之外，而吳門翡翠尙湖環碧猶灌溉其餘瀝，任心齋有言，豈扶輿秀淑之氣

〔註62〕柳棄疾《松陵女子詩徵》，南京：鳳凰出版社2010年，第2572頁。

有特鍾與抑其濡染家學有由也」吳門女子秀淑之氣並非扶輿所獨鍾，其根本在於「濡染家學」而得到的文學涵養。家學，在閨秀一門風雅中的奠基作用是極明顯而重要的。

　　第三，以夫婦唱和爲家族型閨秀結社的重要背景。蘇州地區由於世家大族林立，不僅文士自幼接受較好的家庭教育，閨秀亦是如此，上文中已有所提及。因此閨秀的婚姻往往也成爲世家之間聯姻的一個重要紐帶，由此帶來伉儷唱和、琴瑟和鳴的新的成員關係。這樣的例子實在是極爲豐富的。比如吳江閨秀朱沁香。在王蘊章《燃脂餘韻》卷一中記載：「吳江朱沁香女士蕚增，幼聰慧，年十二，賦《水仙》詩云：『本是仙風骨，臨波試淡妝。不留脂粉氣，清蘺落瀟湘。』家人咸奇之。及長歸徐君蘭叔，年二十八卒。」〔註63〕朱沁香自幼所表現出來的「林下清風」亦令家人稱奇，而她在出嫁之後，更是與徐君蘭叔之間伉儷情深，在其卒後，蘭叔將其詩稿整理成編，曰《珠來閣遺稿》。在這一詩稿中隨處可見二人唱和的影子，且看其詩題：《和外〈春日見懷〉》、《省親歸和蘭叔寄示原韻》、《和蘭叔〈晚春〉》等等。

第二節　閨秀族內唱和過程及個例舉隅

一、蘇州張氏

　　蘇州地區社交型閨秀結社的情況較爲複雜，所謂蘇州地區，既包含蘇州本地閨秀，也包含嫁入蘇州的才媛，而如若嫁入者出身世家，則在其出嫁後仍有可能保持著與姊妹之間較爲密切的書信往來或者雅集活動，以相近的詩學旨趣、常規性的詩學活動、較爲明確的中心成員，甚至伴隨作品集的刊刻傳播作爲結社的標誌。比如陽湖張孟緹姊妹四人，早年詩學活動就非常密切，王蘊章《燃脂餘韻》卷一記載：「張翰風宛鄰《詞選》，爲倚聲家圭臬。其子仲遠，曾刊其女兄弟詩詞，爲《毗陵四女集》。一門風雅，可想見其淵源有自矣。」〔註64〕在出嫁之前，張氏姊妹四人就曾有著密切的唱和關係，形成一個相對完整的詩社群體，且有《毗陵四女集》傳世，她們依附於張氏文化家族，一門風雅之下是良好的文學淵源。據清人雷瑨、雷瑊《閨秀詩話》卷二記

〔註63〕　（清）王蘊章《燃脂餘韻》卷一，南京：鳳凰出版社2010年，第620頁。
〔註64〕　（清）王蘊章《燃脂餘韻》卷一，南京：鳳凰出版社2010年，第656頁。

載，弟仲遠觀察有《比屋聯吟圖》，張婉紃女士爲之題五古四首，其一云：「十載比屋居，歌詠樂朝夕」〔註65〕之句。以此社成員活動的具體情況來看，張氏之間的唱和較多，比如張孟緹入都時，張若綺、張婉紃皆有詩作相贈，婉紃詩《送孟緹伯姊入都》曰：「馳驅二三載，神魄日飛越。幸得重聚會，承歡兩無極。倏忽數年間，又當遠離別。」張若綺亦有《送孟緹伯姊入都》詩，共四首，其一云：「良會不易得，驪駕況在門。此行宜燕樂，琴瑟和且均。」都提到了聚會時的歡愉與離別時的感傷。二人曾於孟緹壁上唱和題贈，並有沈善寶的和詩。在《名媛詩話》卷八中記載：「婉紃、若綺俱工倚聲。曾於孟緹壁上見婉紃、若綺倡和《秋柳》之《疏影》二闋」。而後，四女士分別出嫁，其中就有兩位才媛嫁入蘇州，分別是「長孟緹，適常熟吳廷鉁，有《淡菊軒稿》。季若綺，適太倉王曦。有《餐楓館稿》。」〔註66〕嫁入蘇州之後，張氏姐妹仍然詩文彼此唱和，其主要詩學活動也正是在蘇州。也就是說在出嫁之後四姊妹之間仍然保持著較密切的聯吟關係，有著較爲接近的詩學旨趣。張婉紃對姊妹別後的書信往來、彼此唱和，在其題《比屋聯吟圖》五古四首中亦有記載，其四云：「吾兄及仲妹，九京渺難追。伯姊復遠適，迢遙處京師。歡聚雖已樂，念之各心悲。雁行慨中斷，荊樹嗟分枝。尺書千里來，苦道長相思。詩篇多感喟，讀之涕流滋。」〔註67〕在姊妹各奔東西之後，仍有極少而難得的相聚，多數情況下，她們以書信的方式保持著必要的聯繫，詩篇之中所傳達的是悲多於歡的難捨之別。張若綺，在適太倉王季旭之後，也有《題〈比屋聯吟圖〉》五律五首記載了別後的詩歌交遊生活：

> 其三云：「遠客歸茅屋，幽懷托素琴。（乙亥春，弟歸自京師，夫子歸自浙江。）風塵偏悵別，骨肉況知音。一室欣重聚，頻年費苦吟。愁心猶北望，千里暮雲深。（謂孟緹姊）」其五云：「三五中宵月，聯吟靜掩關。清輝猶昔日，舊夢憶東山。安得雙親在，應開一笑顏。披圖增慨歎，衿袖淚痕斑。」

從張若綺這兩首題圖詩來看，姊妹數人曾在出嫁之後與其弟在此相聚茅屋，且平日裏雖遠隔千里，也常有詩作往來相和。而嫁入常熟的閨秀張孟緹，隨宦京師，亦寄詩題圖，對姊妹結社事實作了說明：「尺素來良訊，平安倘不誣。」

〔註65〕 （清）雷瑨、雷瑊《閨秀詩話》卷二，上海：掃葉山房1928年，第63頁。
〔註66〕 （清）王蘊章《燃脂餘韻》卷一，南京：鳳凰出版社2010年，第620頁。
〔註67〕 （清）雷瑨、雷瑊《閨秀詩話》卷二，上海：掃葉山房1928年，第65頁。

「聯吟還結社，比屋已成圖。」〔註68〕因此，可以清初地知其結社聯吟的客觀存在並不因遠隔他鄉而受阻。張氏姊妹其詩文創作及選集亦十分豐富。比如張孟緹，除作有《澹菊軒稿》外，還「嘗因《擷芳集》收閨秀詩太濫，《正始集》選閨秀詩太簡，而另選一帙，曰《國朝列女詩錄》。」〔註69〕等。此外，沈善寶《名媛詩話》卷八也記載：「孟緹姊妹四人，皆能詩詞。仲緯青細英者早世。有《緯青詩草》，久已刊行。叔婉紃綸英，季若綺紈英，弟婦包孟儀淑娣善八分。姊弟同居一宅，友愛最篤。姊妹姑娣臨池倡和，極天倫之樂事，繪有《比屋聯吟圖》。」〔註70〕《比屋聯吟圖》即爲當日家族中唱和聯吟的記錄。張若綺隨後嫁太倉諸生王季旭曦，著《友月鄰雲館詩草》集。以張若綺的太倉生活爲中心，又建立起新的詩社群體，成員包括張若綺、張若綺二女王采蘋與王采綠、張孟緹、張婉紃、秋紅社沈善寶等，據王蘊章《燃脂餘韻》記載：「太倉王采蘩澗香，與其妹采蘋、採藻同受書於姨母孟緹、婉紃二夫人」〔註71〕。王采蘩、王采蘋皆有《題張婉紃從母綠槐書屋詩稿》之作。〔註72〕若綺之女王澗香采蘩亦有爲舅氏題七古一章於圖〔註73〕。此詩社群因成員也多爲張氏家族，雖其新的詩社關係已經超出了家族的範圍，但爲闡明其活動的前後關聯性，姑且稱此社爲「比屋吟社」，歸入家族型結社的類別。那麼，其唱和之風又是怎樣的呢？清人王蘊章在《燃脂餘韻》卷三中對張婉紃所著《綠槐書屋詩稿》風格及淵源有所言及，我們則可從一個側面瞭解此詩社群體的詩風：「《綠槐書屋詩稿》，乃翰風先生叔女婉紃所著。詩亦探源選樓，宗阮、陶而參顏、謝。五七言近體，尤清老簡質，不爲綺麗。」〔註74〕清老簡質，不爲綺麗，正是清代閨秀靈秀詩格的特質，而宗阮、陶參顏、謝，正是形成超脫灑逸的「林下清風」必具的詩質。

值得注意的是，家族型閨秀結社是相對的，張孟緹的交遊實際較廣泛，其與蘇州籍才媛之間的唱和關係也十分密切，比如與嫁入常熟的山陰閨秀韓

〔註68〕　（清）雷瑨、雷瑊《閨秀詩話》卷二，上海：掃葉山房1928年，第64頁。
〔註69〕　（清）王蘊章《燃脂餘韻》卷一，南京：鳳凰出版社2010年，第656頁。
〔註70〕　（清）沈善寶《名媛詩話》卷八，臺北：新文豐出版公司1987年，第152頁。
〔註71〕　（清）王蘊章《燃脂餘韻》卷六，南京：鳳凰出版社2010年，第848頁。
〔註72〕　（清）黃秩模編輯，付瓊校補《國朝閨秀詩柳絮集校補》卷二五，人民文學出版2011年，第1131、1142頁。
〔註73〕　（清）雷瑨、雷瑊《閨秀詩話》卷二，上海：掃葉山房1928年，第65頁。
〔註74〕　（清）王蘊章《燃脂餘韻》卷三，南京：鳳凰出版社2010年，第711頁。

畹卿淑珍之間就有著和詩、論詩的經歷，據沈善寶《名媛詩話》記載：

> 山陰韓畹卿淑珍，字信修。知州衡齋先生慶聯女，華亭縣尉嘉
> 祥樾亭、吏目永夫榮亭、從九嘉世姊，常熟王蓉洲主政憲成室。著
> 有《書香樓詩稿》。善畫墨蘭，筆力遒媚。戊申春暮，晤於孟緹處，
> 論詩談畫，相得甚歡，出其詩稿，囑採《哭弟》古風二章。〔註75〕

韓畹卿對自己古風詩章是甚爲自得的，在與張孟緹論詩之後，便出其詩稿示
予孟緹，對《哭弟》二章尤爲自賞。實際上，韓畹卿正乃張孟緹友人沈善寶
「女弟子」，在沈善寶《名媛詩話》續集中記載：「余寓春明已十二載，最相
契者太清、孟緹，不減同氣之誼。聞余南歸有日，極盡綢繆，以詩寵行，情
見乎詞。太清七律云：『十載交情如手足，一朝別我去匆匆。』孟緹五律云：
『相攜逾十載，此別最關情。』女弟子韓畹卿五律云：『忽聽驪歌唱，臨觴意
惘然。』」〔註76〕在沈氏南歸時，十年之誼的詩友顧太清、張孟緹如約而至，
且「極盡綢繆，以詩寵行，情見乎詞」，而女弟子畹卿也賦詩表示了對尊師的
感念，顯然，畹卿與張孟緹的詩友關係應得益於沈善寶的中間聯繫。又，戊
春餞春日，由孟緹昌言，岫雲、沈善寶、韓畹卿相約看牡丹，爲岫雲話別，
且彼此之間亦有詩酬贈。沈善寶《名媛詩話》有載：

> 戊申餞春日，孟緹召看牡丹，藉與岫雲話別，余即席贈一絕，
> 畹卿和之，有「得親絳帳三生幸，閨閣高才第一人」之句，次日又
> 寫《墨蘭贈詩》爲贄。余愧其推崇太過，而感其虛衷好學，再摘近
> 體數聯。戊申清明日，岫云以《感懷》詩見示。因賦《浪淘沙》一
> 闋寄之。〔註77〕

張孟緹與岫雲、沈善寶、韓畹卿等多位才媛都有著詩友關係，且是較爲固定
的詩友群體。以孟緹與沈善寶的交遊爲例，從清代現存的詩話文獻來看，二
人交遊非常頻繁，詩詞皆有唱和。比如清人王蘊章《燃脂餘韻》卷一記載：「孟
緹詞筆秀逸，得碧山、白雲之遺。閨友沈善寶嘗過其淡菊軒，時孟緹初病起。
因論夷務未平。養瘡成患，相對扼腕。出其近作《念奴嬌》半闋，善寶援筆
而續。」對此，王蘊章的評價是：「前半闋以幽秀勝，後半闋以雄壯勝。張作

〔註75〕（清）沈善寶《名媛詩話》卷二，臺北：新文豐出版公司1987年，第38頁。
〔註76〕（清）沈善寶《名媛詩話》續集上，臺北：新文豐出版公司1987年，第232
　　　頁。
〔註77〕（清）沈善寶《名媛詩話》續集上，臺北：新文豐出版公司1987年，第236
　　　頁。

是無可奈何，沈作是姑妄聽之。」〔註78〕眞默契矣。再加上這群詩人中像韓
畹卿、沈善寶自身也在開拓著自己的詩群，因此也變向地拓展與影響著這個
詩歌群體，比如畹卿前室女常熟王素卿青琴即曾參與到以張孟緹爲中心的詩
社唱和中，素卿「詩畫皆畹卿所授，愛如己出」〔註79〕，即畹卿延伸出的部
份。這也從一個側面反映出蘇州地區閨秀結社的多樣性與複雜性。

二、蘇州詹氏

　　蘇州地區家族型結社的特殊例子之一，即是閨秀在出嫁之後以其丈夫爲
唱和中心形成的一門聯吟，比如蘇州諸生詹聲山正室與側室四位才媛形成的
較爲固定的唱和群體、約定俗成的唱和方式以及詹聲山將才媛詩集的編撰刊
刻等。沈善寶《名媛詩話》卷十二記載：

> 　　長洲張藕香繡珠，諸生詹聲山振甲側室。著有《繡餘吟稿》，藕
> 香早歿。婺源黃荔薌儷祥哭之以詩，並題《繡餘吟稿》云：「太華峰
> 頭玉一枝，當年移種向瑤池。聯珠易綰同心結，獨薕難抽續命絲。
> 浣去香泥消豔福，嚼來冰雪漱清詞。爲郎辛苦留芳實，寄語蓮房好
> 護持。」荔薌爲詹湘亭大令應甲室。嫡庶皆工吟詠，閨門之內，倡
> 和爲樂。又有閩縣丘荷香卷珠、黃州張蓮香喜珠，先後爲聲山側室。
> 　　荷香、藕香相繼而歿，聲山乃合蓮香詩，編爲《三生堂稿》。〔註80〕

諸生詹聲山一門之中一位正室名荔香，三位側室，分別爲藕香、荷香、蓮香，
其中側室長洲張藕香繡珠最富才華，有詩集單獨刊行於世，但不幸的是，荷
香、藕香相繼而歿。此段文字中只記錄了正室荔香對藕香的悼亡詩而不見其
它。詹聲山在兩位側室去世後，便將她們的詩作合蓮香詩編爲《三生堂稿》，
是很有寓意的，應取「三生石」之義，因緣前定，也指情誼之深。

三、長洲張氏

　　同一家族之中，連續三代才媛之間酬唱聯吟已蔚爲大觀，而蘇州府長洲縣

〔註78〕　（清）王蘊章《燃脂餘韻》卷一，南京：鳳凰出版社2010年，第657頁。
〔註79〕　（清）沈善寶《名媛詩話》續集上，臺北：新文豐出版公司1987年，第238
　　　　頁。
〔註80〕　（清）沈善寶《名媛詩話》卷十二，臺北：新文豐出版公司1987年，第228
　　　　頁。

更有九世相傳者，則爲戴世家族。據王蘊章《燃脂餘韻》卷二記載：「長洲戴藥
砰延年《秋燈叢話》稱其繼母族張氏一門風雅，九世相傳，即閨中亦多工吟詠，
與吳江《午夢堂集》，可以並驅。藥砰之外祖母，名文雪，有《題〈桃花畫扇〉》、
《題〈荷花畫扇〉》、《題目〈梅花仕女圖〉》等作；舅母陸名素有《香奩瑣事》
數首。母姨名衡淑，有詠《水仙》等」〔註81〕。卷四又載：「金采蘭，長洲戴藥
砰從母女弟。年甫韶齔，即喜誦唐人小詩。妝臺繡榻，時手一編。」〔註82〕戴
氏外祖母、舅母、姨母、從母及其妹諸人形成一個唱和詩群，但從其作品來看，
其主要內容較爲單一，主要以女性敏銳的四節感受以花事變遷爲題材，且家庭
賞花活動也較爲頻繁。比如其舅母陸名素《香奩瑣事》中的記載，一方面言及
閨秀共同念佛之事：「春曉傳言出畫屛，憐他紅嘴性偏靈。荼蘼架下多時立，教
念觀音《般若經》。」另一方面，則有花日眾閨秀聚集園中吟詩之雅趣：「竹爐
湯沸松濤響，花韻晴欄畫日長。女伴昨來邀茗戰，摒擋各汝試旗槍。惛惛深院
閟春風，玉局輸贏殘劫中。長日不知花影轉，子聲敲落一燈紅。大家背地入春
園，擷取名花不肯言。鄰女卻輸金彩鳳，再來重睹玉雙鴛。」〔註83〕「玉局」
一詞，此文已多處提及，其初始是因宋代文豪蘇軾作《提舉玉局觀謝表》：「今
行至英州，又奉教授臣朝奉郎提舉成都府玉局觀。」因蘇軾曾被授予提舉玉局
觀，故後人以玉局稱蘇軾。清人在此義之上更是賦予其率性自然、隨緣自適的
人生旨趣。在這段文獻中，戴氏舅母陸名素又以「紅嘴性偏靈」（印度佛教傳說
中，鸚鵡從來就是佛徒們用來弘法宣佛的靈物。南朝著名的「釋氏輔教之書」，
劉義慶《宣驗記》中便有「鸚鵡滅火」故事宣揚佛教普救眾生的觀念）的鸚鵡
來指佛法的宣揚，顯然這群閨秀的唱和吟誦的主題乃在佛教範疇內。而「女伴
來邀」、「背地入春園」等又印證著當時詩社中的熱鬧景象。

四、吳江計氏

學者徐雁平據《蘇州府志》及胡文楷《歷代婦女著作考》等文獻統計，江
蘇吳江計氏一門不僅與震澤金氏、太倉陳氏、長洲陳氏等家族聯姻，且閨媛皆
賦才學，這裡先例舉計氏一門才媛的基本現況。計嘉穀娶沈德潛女兒沈清涵，
清涵著有《沈氏遺詩》（同治《蘇州府志》卷一百三十九）；計嘉禾娶江蘇震澤

〔註81〕 （清）王蘊章《燃脂餘韻》卷二，南京：鳳凰出版社 2010 年，第 673 頁。
〔註82〕 （清）王蘊章《燃脂餘韻》卷二，南京：鳳凰出版社 2010 年，第 772 頁。
〔註83〕 （清）王蘊章《燃脂餘韻》卷二，南京：鳳凰出版社 2010 年，第 674 頁。

金祖靜女兒金兌，金兌有《櫛生詩稿》（同治《蘇州府志》卷一百三十九）；計厚洵娶長洲宋簡女、宋翔鳳妹宋靜儀，靜儀有《綠窗吟草》（同治《蘇州府志》卷一百三十九）；計令宜女計蕙仙適江蘇太倉陳鎬，令宜有《剩香集》（《禊湖陳氏詩存》）；計嘉禾女計捷慶適江蘇震澤金懷曾（《歷代婦女著作考》修訂本）；計嘉禾女計小鸞適江蘇長洲陳璞（《歷代婦女著作考》）等〔註84〕。在吳江計氏一門中，才媛層出且多有詩文集行世，實在令人稱奇，無怪當世人稱其有「午夢堂風」。這裡我們先考察計氏一門閨秀的實際情況。計嘉禾室金兌，爲浙江山陰人楊珊珊之女，珊珊，字佩聲，著有《佩聲詩稿》，金兌幼稟家學，其詩清新雅正，得其母親之傳；計嘉穀也不僅娶沈德潛女沈清涵爲妻，另有丁阮芝亦爲嘉穀室，參與家族唱和；計嘉詒之女計瑞英亦爲閨中才媛；而金兌的三個女兒：長女計捷慶、次女計趨庭、三女計小鸞更是成爲計氏家族閨秀唱和的重要組成。另外，計氏一門之中，計寵綏之女、計光炘從女計垛、計光炘長女計珠儀、次女計珠容等皆參與到計氏閨秀唱和之中〔註85〕。

五、常熟宗氏

　　常熟閨秀宗婉，字婉生，文士蕭大勳妻，文士蕭贊之母。曾於常熟教授女弟子，從者眾。據蕭贊友人翁同龢《夢湘樓詩稿序》（甲子）記載：「今年，夔生來應秋試，出其母夫人所爲詩一卷，日《夢湘樓集》，凡三百數十首，淵淵乎正始之音焉。夫人性通敏，習經史，嘗教授於里中，女弟子從之者甚眾」〔註86〕宗氏有《夢湘樓詩稿》二卷、《夢湘樓詞稿》一卷傳世，由其族侄宗廷輔搜集整理後付梓，且廷輔將宗婉詩詞集與其妹宗粲《繭香館吟草》、其母錢念生《繡餘詞草》合刊，命名爲《湘繭合稿》。對於作詩之「法」，宗婉主張「法自文生，聲隨境易」，詩中有鮮活的生命，文行筆墨如風行水上自然成文無需拘束。故縱觀其詩集而多抒寫眞性情之作。作爲族內結社的典型，宗氏唱和活動的範圍主要集中在以血緣關係所構建的族人之間，但卻與一般族內結社表現出較大的差異。

〔註84〕　徐雁平《清代文學世家姻親譜系》，南京：鳳凰出版社 2010 年，第 132〜133　　　　　頁。
〔註85〕　史梅《清代江蘇婦女文獻的價值和意義》，張宏生編《明清文學與性別研究》，　　　　　南京：江蘇古籍出版社，2002 年，第 482 頁。
〔註86〕　（清）翁同龢著；馬衛中，張修齡選注《翁同龢選集》北京：人民文學出版　　　　　社 2004 年，第 167 頁。

　　首先，以宗婉爲中心形成的唱和群體，以族內文士居多而閨秀爲次。從《夢湘樓詩稿》所收篇什來看，與宗婉有著密切詩文往來的族內文士主要是族弟麗生、韻生、愚谷，族侄宗廷輔以及兒輩。唱和詩篇如《夏夜登小蓬萊閣同麗生二弟晉作》、《詠蘭三章同麗生弟作》、《山茶和麗生弟韻》、《慰韻生弟小試失利》、《競渡竹枝詞同月鋤侄廷輔作》、《秋闈報罷爲韻生弟感賦》、《聞月鋤侄近患齒恙詩以訊之》、《詠菊分題爲經鋤侄廷軫作》、《病暑詩四絕寄示月鋤侄》、《題月鋤侄緇衣小影》等。在《感示兩兒》中，宗婉言及其課子爲師的事實：「半生辛苦母兼師，朝課經書夜課詩。但得汝曹能努力，終須有個展眉時。」〔註87〕而在《競渡竹枝詞同月鋤侄廷輔作》篇中，宗婉對其與族人出遊的盛況作如是描寫：「樂事從來盛我虞，每逢競渡更堪娛。畫船十里連檣歌，一幅西湖仕女圖。十年不作繁華夢，破例今朝也出遊。愧我年來事事慵，也隨女伴紀遊蹤。」〔註88〕在《館中雜感》一詩中，宗氏曾感歎道：「連床燈火共咿哦，小少家庭樂事多。不止鮮民久增慟，在天鴻雁已無多。辛苦頻年撫兩孤，芸窗舊業久荒蕪。時人莫漫誇多學，比似當初一半無」〔註89〕。對少小詩書摯友的手足情深溢於言表，而對斯人已逝又倍感惆悵，宗氏於此詩中有自注云；「愚谷、麗生先後不在，今僅存韻生一弟」〔註90〕讀之愈覺凄涼，然於字裏行間卻似有看見當日其樂融融的嗜學場景。此外，與宗婉有著詩文聯吟關係的族內閨秀主要是其妹宗粲，集中有《粲生妹新婚後歸寧詩以贈之》、《折蘭詞寄贈粲生妹》、《答和粲生妹再用前韻》等，詩中一再言及「和詩然燭從頭錄，別酒臨風到口乾。最是縈懷惟後起，一衿難博況郎官」唱和聯吟的情形。

　　其次，其所結之社具有較大的社會性質，除族內詩文社外，還組織參與具有祭祀性質的賽社（中國古代一種遺俗，在農事活動結束之後，人們圍繞祭祀土地神而開展的活動），同時與當時名士亦有過從。《夢湘樓詩稿》集中有《賽社竹枝詞》數首，有云：「社名土地另成群，前執琅玕掃翠雲。一樣塗脂並抹粉，笑他男子著紅裙。社役如雲並馬馳，爐煙十里嫋香絲。卷旌突隊西趨疾，知是神袛上嶽時」〔註91〕，描繪賽社熱鬧的場面。

　　再次，以宗婉爲中心，除建立族內聯吟群體外，以其女弟子爲主體的詩

〔註87〕（清）宗婉《夢湘樓詩稿》卷上，合肥：黃山書社2008年，第702頁。
〔註88〕（清）宗婉《夢湘樓詩稿》卷上，合肥：黃山書社2008年，第694頁。
〔註89〕（清）宗婉《夢湘樓詩稿》卷上，合肥：黃山書社2008年，第696頁。
〔註90〕（清）宗婉《夢湘樓詩稿》卷上，合肥：黃山書社2008年，第696頁。
〔註91〕（清）宗婉《夢湘樓詩稿》卷上，合肥：黃山書社2008年，第698頁。

社群也是詩社活動的重要對象。《夢香樓詩稿》有《寄懷女弟子若霞二十二韻》
詩,對與女弟子之間晝夜不休的賦章聯句熱情以及超越了師生關係的深摯情
意作了這樣的描述:「濡墨描新樣,翻詩錄舊章。春風仍侍坐。夜雨每聯床。
有悶還同訴,無言不共商。誼雖師與弟,情比女隨娘。」雖言師生,尤勝母
女。此外,詩集中還有《病後述懷寄示女弟子韻文兼謝瑤華之贈》、《次見懷
韻寄韻文女弟子》等作,至少其女弟子應包括若霞、韻文、瑤華三人。值得
注意的是,在詩學精神與旨趣上,宗婉與其先輩吳蔚光十分契合,吳蔚光乃
乾隆年間進士,即昭文隱士吳竹橋,而竹橋與袁枚有密切的文學過從,據《袁
枚年譜新編》「乾隆四十四年乙亥(公元 1779)」條記載,袁枚時年六十四歲,
「在杭州,尚與李天英、吳蔚光等過從」,又據吳蔚光《素修堂詩集》卷九《陳
莊謁袁明府枚》記載:「五載重逢已白頭,清談不減舊風流。草香滿地才出郭,
湖氣逼人將上樓。愛士閒編今雨集,攜姬老續故山遊。樂天持較公差勝,蚌
裏明珠晚得收。」詩繫年爲「己亥」。〔註92〕可見吳竹橋對袁枚持敬仰的態度,
且二人不間斷交遊的詩友關係,以及二人在詩學理念上的相似。宗婉有詩《香
奩詩追和鄉先輩吳竹橋先生蔚光原韻》云:「雲作羅衣月作環,此身宛在碧霄
間。蕊宮有夢連宵記,銀漢無聲竟夕閒。楊柳情長牽似線,桃花淚點漬成斑」,
此「蕊宮」極有可能是指隨園弟子常熟閨秀屈秉筠所組織的「十二蕊宮花史
社」,而我們知道,隨園弟子中的一部份是由吳竹橋引薦而入其門下的,比如
著名的夫婦弟子,孫原湘與席佩蘭即是經竹橋介紹而認識袁枚併入其門。那
麼,宗婉和吳竹橋詩,對其追隨袁氏之詩學精神就不能不有所感知。綜上所
述,從宗婉之結社交遊的網絡來看,其以族內結社爲核心而推及非血緣關係
的社交群體的模式便具有族內族外雙向交叉的拓展趨勢與特點。

第三節　家族型閨秀結社餘論

在上述部份,我們探討了兩種類型的閨秀結社,一爲家族型,一爲家庭
型,之所以將此兩類合併,主要基於聯姻在閨秀結社中連接性作用的考慮。
潘光旦先生在研究《明清兩代嘉興的望族》時曾基於聯姻而產生的望族作出
研究,一開始指出:「嘉興之所以稱爲人文淵藪,與此等氏(如平湖之陸,嘉
興之錢,秀水之朱等)之所以稱爲清門碩望,其間族究竟有多少聯繫,即人

〔註92〕鄭幸《袁枚年譜新編》上海:上海古籍出版社 2011 年,第 439 頁。

才淵藪是否就等於許多清門碩望累積後的一個和數，或會通後的一個得數，卻非待有更親切的探討之後無法斷定。」〔註 93〕一個家族之所以成爲名門碩望，自然需要文化、經濟甚至政治上的頗多底蘊爲支撐，而單憑家族本身的力量能延續幾百年幾乎是不可能的，個中就涉及到家族與家族之間的聯繫，家族與社會大勢之間的不斷整合構建，不斷累積，才有繼續存在並壯大的可能。聯姻，在這中間究竟發揮了多大的作用，潘光旦先生在此文研究中作了這樣的分析：「婚姻能講類聚之理，能嚴選擇之法，望族的形成，以至於望族血緣網的形成，便是極自然的結果」〔註 94〕，而這種選擇的結果，則是在一個有規律的趨勢中獲得昇華提煉，「這種類聚與選擇的手續越持久，即所歷的世代越多，則優良品性的增加，集中，累積，從淡薄變做醇厚，從駁雜變做純一，從參差不齊的狀態進到比較標準化的狀態，從紛亂、衝突、矛盾的局面進到調整、和諧的局面——也就越進一步，而一個氏族出身人才的能力與夫成爲一鄉一國之望的機會也就越不可限量。」〔註 95〕這個分析是極耐人尋味的，一方面世家大族通過聯姻，使差異性逐漸減低，而共性逐漸增加，同時，在人才趨合的過程中，選擇與淘汰並存，也不斷擇優而汰劣，使文化優勢愈加明顯突出。那麼，聯姻就成爲世家大族融彙聚合的有效途徑，而世家之中成長起來的閨秀才媛，一方面承載與傳播家族文化，而另一方面則充當了氏族文化交匯的信使。蘇州地區尤其如此。

〔註93〕 潘光旦《明清兩代嘉興的望族》，上海：上海書店出版社 1991 年，第 1 頁。
〔註94〕 潘光旦《明清兩代嘉興的望族》，上海：上海書店出版社 1991 年，第 2 頁。
〔註95〕 潘光旦《明清兩代嘉興的望族》，上海：上海書店出版社 1991 年，第 128 頁。

第三章　乾嘉時期蘇州閨秀間社交聯吟──以非血緣關係爲結社基礎

　　以非血緣關係爲基礎的閨秀間社集聯吟，較典型地體現著清代文學女性社交觀念的變化與文學主題、風格的轉向。此章將集中討論如下問題：閨秀社交型結社活動的主要類型、典型特徵、文化身份以及彼此聯絡的四種基本方式、成員之間的關聯等，並以典型結社活動爲中心，對文學女性的觀念及活動過程進行考察。

第一節　閨秀社交型結社的主要類型及其特徵

一、主題與風格：詩中三境及其文化身份

　　這裡除了探討蘇州閨秀社交型結社的類型外，對閨秀在交遊結社中的賦詩題材及創作風格也作一分析。

　　第一，題材多樣。閨秀結社的主要社事活動，仍以賦詩酬唱爲主，其題材豐富多樣。第二，風格多元。閨秀結社的主要活動以賦詩酬唱爲主，但從創作基調上看，又分爲溫婉綿緩與壯逸雄恣兩種既然不同的風格類型。一方面，以溫婉綿緩爲主要基調者。爲何在酬唱中並表現爲放曠、恣意、灑脫的形態，而表現出溫婉綿緩的風格呢？對此，晚明王思任之女王端淑在其《名媛詩緯》「梁孟昭」條《寄弟》篇中這樣闡釋道：「我輩閨閣詩，較風人墨客

爲難。詩人肆意山水，閱歷既多，指斥事情，湧言無忌，故其發之聲歌，多
奇傑浩博之氣。至閨閣則不然，足不逾閨閫，見不出鄉鄰，縱有所得，亦須
有體，詞章放達，則傷大雅，朱淑貞未免以此蒙譏，況下此者乎？即諷詠性
情，亦不得恣意直言，必以綿緩蘊藉出之，然此又易流於弱。詩詠以李杜爲
極，李之清脫奔放，杜之奇鬱悲壯，是豈閨閣所宜焉？」〔註1〕正是由於閨中
女子對詩言閨範無可奈何的認同，正是由於世人對朱淑貞流放達之語的責
難，爲了使詩言能正言傳之，閨秀們在酬唱時也多採用了溫婉綿緩的基調，
蘊藉的方式。而從閨秀所賦之詩的情感寄託上來看，往往在情志上多哀婉風
調，究其原因主要是複雜的，但士子們的遊幕與外仕，不斷的分別與永恒的
守望，似乎是閨秀命運中永不凋零的話題，因而在她們的筆下，在社集酬唱
時便彼此唱歡安撫抒懷。清代曾有文士指出，在離別之境中，唯「顧影自憐」
者最苦，這最苦者，便是閨中女子。當然，閨秀情感的豐富複雜並非此一面
可以概括。細論而言，閨秀之詩語又可以分爲三類：可喜之興會語、可憐之
沉痛語、可慘之抑鬱語。清代文士棣華園主人對此有過精妙的總結，所謂「三
境之說」：

> 同一離別也，有三境焉：少年科名得意，一笑出門，彼此生歡喜
> 心，此境之樂者，一也；恩好方濃，飢寒遂至，謀生無計，迫於不得
> 巳而行，此境之苦者，二也；其下則嗜利之徒，貪癡無已，行裝一出，
> 動輒數年，彼其閨中人，豈無雲鬟玉臂、顧影自憐者，而似水流年，
> 徒傷棲獨，此境之尤苦者，三也。境殊情異，言即因之。〔註2〕

此段原文，雖然出自清代文士棣華園主人之口，但在文獻上我們注意到，清代
另外一位文士茗溪生在其《閨秀詩話》卷二中也曾借江文通語而發論，文字完
全雷同，但由於不詳孰先孰後，也只能視之爲一種共識。此所謂「三境之說」，
最苦之境莫過於閨中女子「顧影自憐，似水流年，徒傷棲獨」者矣。因而閨秀
詩多哀傷之言可想而知。在此之間，又有「三語之論」，棣華園主人曰：

> 歸化劉牧庵，弱冠舉孝廉，婦何氏送其入都，詩云：「壯行珍重
> 愛春華，努力前途莫憶家。盼得泥金好消息，帶儂同看帝城花。」
> 興會語自覺可喜。延津王彥成茂才遊幕浙江，婦周氏詩甚多。錄其
> 一絕云：「郎行朝暮覺行單，郎返如何度歲寒。生入玉門容易事，饑

〔註 1〕 （清）淮山棣華園主人《閨秀詩評》，南京：鳳凰出版社 2010 年，第 2288 頁。
〔註 2〕 （清）淮山棣華園主人《閨秀詩評》，南京：鳳凰出版社 2010 年，第 2288 頁。

　　驅人説早歸難。」沉痛語自覺可憐。鎮江李氏女，適某商人，年二
　　十四而夭，所作詩悉自焚之，僅得其《歎花》句云：「濃姿豔質爲誰
　　妍，消盡春光亦枉然。翻是半開零落好，等閒尤可博人憐。」抑鬱
　　自覺可慘。同一有才華之女，而所遭懸絕，乃若此耶？〔註3〕

雖此三則故事都是閨秀爲送遠遊的丈夫賦詩吟誦，但由於處境不同，心理狀
態也相去甚遠。歸化劉牧庵婦何氏在送丈夫入時之所以「興會語自覺可喜」
是因爲丈夫爲求取功名前途離家，何氏滿懷期待自然在百般叮嚀中內裏自覺
喜悦；而延津王彥成茂才之妻周氏所作詩甚多，但多爲哀傷落寞淒清之作，
原來，王彥成遊幕浙江，但幾未歸家，周婦倍覺孤單的同時又爲丈夫遊幕浙
江的不易、不歸甘道夫心痛，也爲自己孤憐的命運自怨自艾，因而其詩語便
也顯示出沉痛可憐的姿態；此處周氏的際遇與吳江地區沈氏閨門張倩倩的遭
遇極爲相似，據錢謙益撰《列朝詩集·閏集》閨秀詩人小傳記載：「倩倩，吳
江士人沈自徵君庸之妻，即宛君之姑之女也。宛君少長於其姑，倩倩小宛君
四歲。倩倩歸君庸，生子女，皆不育。君庸少年喪馬，揮斥千金，自負縱橫
捭闔之材，好遊長安塞外。倩倩美而慧，幽居食貧，抑鬱不堪。年三十四病
卒。」〔註4〕君庸的自負以及「揮斥千金，好遊長安塞外」與王彥成的遊幕浙
江一去不歸一樣，是造成閨女子背負巨大精神壓力的根源。張倩倩長年獨守
空房早衰病卒，周氏自怨自艾，爲之哀傷落淚、沉痛可憐，可以說是這一群
女子共同的遭際與命運。而嫁作商人婦，二十四歲便夭折的鎮江李氏女則既
不可喜，也無悲戚，她在大好春光中任憑濃姿艷質消盡春光，生命的荒疏，
歲月的零落讓李氏女在抑鬱的感情中命運變得慘淡。凡此三者，由於境遇的
不同，命運的差異，使其詩歌創作展示出的風貌也大相徑庭，這也是我們在
討論閨秀結社中賦詩聯吟風格的一個重要依據。另一方面，與上述事實相反
的是，部份結社聯吟的閨秀在創作中則以自足、自信的逸詞、壯詞、豪詞展
示出來，巾幗英雄、女中豪傑，成爲世人對此最經典的品評。

二、方式與特徵：四種途徑及其虛實構建（詩文雅集、書信交遊、
　　徵題聯吟、投贈索詩）

　　清代乾隆、嘉慶時期，閨秀突破家族範式的文學交遊與結社，從形式上

〔註3〕（清）淮山棣華園主人《閨秀詩評》，南京：鳳凰出版社2010年，第2288頁。
〔註4〕（清）錢謙益《列朝詩集·閏集》上海：上海三聯書店1989年，第622頁。

講，一般而言包括四種基本類型。其一是詩文雅集，即在實際生活中，相對
固定的一群閨秀相約於一地，以和詩爲主要交遊方式的社集，其所選擇的地
點往往爲江湖之上或詩友寓所或名勝古跡。這在清代的江浙地區都比較普
遍，我們先引清代錢塘閨秀沈善寶親身經歷爲例。在《名媛詩話》卷六中，
分別記載了兩次較爲典型的才媛社集，一次是在丙申初夏：

> 丙申初夏，蘋香、芷香姊妹偕澠池席怡珊慧文、雲林並余，
> 泛舟皋亭，看桃李綠陰，新翠如潮，水天一碧，小舟三葉，容與
> 中流。較之春花爛漫、紅紫芳菲時，別饒清趣。將近皋亭，泊舟
> 橋畔，聊步芳林，果香襲袂。村中婦女，咸來觀看，以爲春間或
> 有看花者，至今則城中人罕有過此，蓋從未見有賞綠葉者。余誦
> 屈宛仙「惜花須惜葉，葉好花始茁。花有幾時紅，葉自經年碧」
> 之句，相與一笑。〔註5〕

在初夏時節，邀宴三五詩友蕩舟皋亭，賞桃李綠陰自有一番風趣。新翠如潮，
水天一碧，正是遊弋者之所取，雖無紅紫芳菲，卻有清逸寧靜，別有一種風景。
皋亭，在杭州的北郊，曾是南宋臨安防守的要隘，而在元軍兵臨城下時，也是
南宋君臣投降之所，史稱「牛山」。丙申初夏，沈善寶與閨秀詩友蘋香、芷香、
席怡珊、雲林等五人共遊皋亭。因「城中人罕有過此」，更「從未見有賞綠葉者」，
就連村中婦女也覺詫異，但偏受才才媛們親睞，自有選擇的因由，或緬懷舊跡，
或追古思今，或惟求清雅。不論如何，閨秀的雅集自非隨意而爲之。另外，在
閨秀社交雅集中，詩友寓所也是較爲常見的結社地點，往往由一位閨秀邀請，
而其餘畢至。沈善寶《名媛詩話》卷六同樣記載了此類社集：

> 庚子暮秋，同里余季瑛庭璧，集太清、雲林、雲姜、張佩吉及
> 余，於寓園綠淨山房賞菊。花容掩映，人意歡忻，形跡既忘，觥籌
> 交錯。惟余性不善飲，太清笑云：「子既不勝涓滴，無袖手旁觀之理。
> 即以山房之山字爲韻，可賦七律一章，逾刻不成，罰依金谷，勿能
> 恕也。」

在這次閨秀雅集中，余季瑛、顧太清、雲林、雲姜、張佩吉、沈善寶六人，在
余季瑛寓園綠淨山房相約社集，其有較爲固定的社所，又有明確的召集者，且
與前次丙申初夏的社集有參與者的重合，可見其社員的相對穩定。另外，在酒
宴唱和中，沈善寶因不善飲酒而被顧太清罰作七律一章，且十分嚴苛，責令完

〔註 5〕（清）沈善寶《名媛詩話》卷六，臺北：新文豐出版公司 1987 年，第 115 頁。

成，太清云「以山房之山字爲韻，可賦七律一章，逾刻不成，罰依金谷，勿能恕也」但結果卻是太清因「時已薄暮，城闕阻隔，車駕欲行」，便匆匆離席回府。然而罰詩並未結束，接下來「同人頗代爲難。余即援筆率書」，在詩友的催促下，沈善寶還是完成了一首七律，詩云「秋蓉爛熳壓塵寰，仙袂聯翩響佩環。喜讀新詞賡北宋，聊憑佳釀祝南山。綺羅香影霏金谷，紅紫花光照玉顏。自笑年來詩歌思瑟，漫哦短句學偷閒」，詩成而友人交相稱讚。更爲稱奇的是，次辰諸君和作便至，其中即有顧太清、余季瑛、雲姜等人之和作數首，眞可見社集雅致之一斑。這裡有四個細節值得注意，第一，「金谷」。據北魏酈道元《水經注》卷一六《穀水》記載：「逕晉衛尉卿石崇之居。石季倫（崇）《金谷詩後序》曰：『余以元康七年，從太僕出爲征虜將軍，有別廬在河南界金谷澗中，有清泉茂樹、眾果竹柏、藥草蔽翳』〔註6〕可知，金谷乃西晉官員石崇的別墅，世稱金谷園，石崇嘗與友人在園中晝夜宴遊，賦詩唱和，以敘中懷。這裡以「金谷」爲稱，意在言其唱和宴遊場所的華麗，而關於金谷飲宴罰詩一事，唐代詩人李白早已有詩述及，李白《李太白詩》二七《春夜宴桃李園序》「如詩不成，罰依金谷酒數」，又足見其已成爲約定俗成的社集之規；「第二，「同人」。本爲《周易》六十四卦之一，《易・同人》言：「象曰：天與火，同人。」〔註7〕唐代孔穎達疏：「天體在上，火又炎上，取其同性，故曰天與火同人。」此後，清代俞樾《茶香室三鈔・明季社事緣起》曾闡釋道：「號召同人，創爲復社。」〔註8〕亦稱「同仁」，便指志趣相同或共事之人，成爲常見之義。在庚子暮春的這次寓所園綠淨山房社集中，閨秀詩友門彼此亦成同人，又見其旨趣相近相投；第三，在沈善寶所作七律詩之下，有一補注「時太清出新制《和東坡醉翁操》」，原來，沈善寶等人的詩都是依韻唱和之作，顧太清這位滿族著名女作家才是眞正的唱和中心。最後補充說明一點，此次社集的幾位閨秀都出自名門，比如沈善寶，曾是女性文壇領袖，出身官宦之家，幼年即曾隨父宦遊江南，爲文士陳權的女弟子；召集人余季瑛乃許吉齋太守乃安室；張佩吉爲徐石林比部夔典室；許雲姜爲阮賜卿郎中福室等等，這也正說明，此群閨秀的唱和社集與隨宦有著密切

〔註6〕陳橋驛譯注：王東補注《水經注》卷十六，北京：中華書局 2009 年，第 262 頁。

〔註7〕（清）喬億《大曆詩略箋釋輯評》，天津：天津古籍出版社 2008 年，第 309 頁。

〔註8〕朱一玄，劉毓忱《儒林外史資料彙編》天津：南開大學出版社 2003 年，第 4 頁。

的聯繫，成爲她們交遊的平臺。

　　固定的交遊地點，明確的組織者，集中的詩文唱和、約定俗成的遊戲方式、穩定的參與人員，這些信息都明確地指向了「結社」，且在沈善寶《名媛詩話》卷七中記載：「予與雲林消夏，社中曾拈『冷布、冰盞、響竹、花帚』等題。」〔註9〕閨秀此種聚集賦詩聯吟的方式在清代學者袁枚《小倉山房文集》中就有多處記載。吳門閨秀較好的才學修養在袁枚看來絲毫不遜色於文士，《小倉山房文集·金纖纖女士墓誌銘》就曾記載了這樣一次典型的閨秀社集：「遇諸女於虎丘，日將昳矣，偕坐劍池旁，相與談《越絕書》、《吳越春秋》諸故事，洋洋千言，此往彼復，旁聽者縉紳先生，或不解所謂，咸瞠也。有識者喟曰：《山海經》稱『帝臺之石上，帝所以享百神也，昨千人石上，毋乃眞靈會集耶！』」〔註10〕這次虎丘雅集的參與者包括吳門閨秀沈散花（沈纕，號散花女史）、汪玉珍、金逸、江碧珠等，結會的內容竟是談古論今，相與論「《越絕書》、《吳越春秋》諸故事，洋洋千言，此往彼復」，旁聽縉紳無不噴目。這僅僅是一則特例，從清代閨秀社交型結社的主題和方式來看，更常見的則是在山水暢遊之中，閨秀之間彼此聯吟賦詩，這種形態在清代江浙地區都十分常見。比如著名錢塘才媛沈善寶就曾與諸閨秀結「秋紅吟社」，不僅如此，在其返歸杭州期間也曾與諸才媛社集湖山之間，數日之間反覆唱和，形成一道獨特的風景。《名媛詩話》續集中就記載了這樣的場景：

　　　　余於己酉春暮返杭，重晤蘋香、玉士諸閨友，久遠暫聚，樂可
　　知也。孫秀玉靜筠，爲雲林叔女，許季仁茂才善長室。招余及蘋香、
　　玉士飲湖上。是日微雨，余口占絕句云：「十載燕雲故舊疏，畫船重
　　喜接仙裙。空濛山色溟濛雨，似覺晴湖迴不如。」蘋香和云：「湖煙
　　漠漠雨疏疏，握手登舟綠浸裙。十載歸來詩格老，無人不誦讀女相
　　如。」玉士和云：「慚愧塵襟翰墨流疏，明湖重喜執幽裾。憐他西子
　　纖濃態，書意詩情兩自知。」次日秀玉亦和四章云：「魚雁頻年愧太
　　疏，清遊今日喜牽裾。殷勤聽徹篷窗雨，話到巴山定不如。」

　　　　數日後，蘋香、玉士又招爲湖上之遊，余成二律云：『紅塵十丈
　　浣幽襟，知己重逢愜寸心。握手乍驚容貌改，論詩倍惜別離深。燕

〔註 9〕　（清）沈善寶《名媛詩話》卷七，臺北：新文豐出版公司 1987 年，第 133 頁。
〔註10〕　（清）袁枚《小倉山房文集》卷三十二，南京：江蘇古籍出版社 1993 年，第
　　　　587 頁。

　　來雁去嗟何及，月落雲停思不禁。聞笛山陽多感慨，一尊話舊漫相
　酌。』玉士亦賦二律，蘋香和云〔註11〕

此處記載，乃閨秀沈善寶返杭時與詩友蘋香、玉士、孫秀玉等四人共同泛舟
湖上時所唱和之作，前後共兩次湖上雅集，第一次爲閨秀孫秀玉召集，第二
次爲閨秀蘋香、玉士召集，四人湖上暢遊，久別重逢，自是相聚甚歡，然也
感慨良深。第一次雅集和詩爲七言絕句，第二次則爲七言律詩，但兩次都是
諸閨秀和沈善寶之作，以對其返杭示以珍重留戀爲主題。別開生面形成閨秀
社集唱和的熱鬧場面。在沈善寶於丁酉秋仲即將北行時，蘋香、玉士、周暖
姝來音等閨秀又有詩留別和作。

　　其二是書信交遊，閨秀之間往往多數情況下不以眞實見面的方式建立文
學交遊網絡關係，書信便成爲非常重要的中間環節。它主要是兩位或多位閨
秀之間彼此的書信過從，借助這些書信往復便可得知這些女性的基本交遊網
絡，同時這類書信交遊有利於直接地瞭解社交的故實及經過。書信交往的內
容往往又包括講述日常生活及其感受，品評古今人事等。社交型閨秀結社中
的書信交遊有一類較爲特殊的形態，即隨宦。即閨秀之間的唱和不僅僅出於
詩友關係，而相應地附加著彼此相似的經歷與際遇。比如在京城結詩社的長
洲閨秀李佩金、金匱閨秀楊芸，據清人施淑儀《清代閨閣詩人徵略》卷六「楊
芸」條記載：「蕊淵女士，與生香女士俱從宦京師，結社分題，裁紅刻綠，青
鳥傳箋，烏絲界紙，都中仕女傳爲美談。」〔註12〕

　　清代閨秀喜以「神交」一詞描述不曾謀面，僅因慕名而將對方視作摯友
的精神交遊關係，比如著名的「清溪吟社」中吳中十子之席蕙文與江碧岑便
有著這樣默契的旨趣，席蕙文有詩題爲《讀清溪夫人詩集，內載碧岑子寄贈
佳章，一往神交，偶成短句，寄呈》，其云：「翰墨旃檀香氣和，靈機慧業小
維摩。文心已共禪心定，好句何須費琢磨」〔註13〕，江碧岑集中《代柬奉酬
耘芝席姐》一詩：「把卷如相識，怡然見性情。神如秋水淡，文似玉壺清。索
句慚同調，投詩許結盟。相思雲外樹，一望暮煙平。」二人眞是志氣相投，
互認摯友。書信交遊在清代才媛之間非常普遍，成爲其社集之餘的重要補充

〔註11〕　（清）沈善寶《名媛詩話》續集中，臺北：新文豐出版公司 1987 年，第 245
　　　　　頁。
〔註12〕　（清）施淑儀《清代閨閣詩人徵略》卷六，南京：鳳凰出版社 2010 年，第 1997
　　　　　頁。
〔註13〕　（清）江珠撰《青藜閣集》，合肥：黃山書社 2008 年，第 840 頁。

與聯繫。再如雲間丁步珊佩，與沈善寶即也長期保持了此種「神交」的精神
摯友關係，據《名媛詩話》卷六記載：「雲間丁步珊，與余神交七載，方得一
晤。而七載之中音問不絕，此唱彼和，不啻聚談一室。」〔註14〕卷七又載：「秋
間，石梧中丞爲汴梁觀察，接眷赴署，余往送別，袖詩以贈云：神交才得挹
豐標，倡和新詩慰寂寥。花落金臺聊繡袂，雲移艮嶽迓星軺」〔註15〕，而《名
媛詩話》續集中又記：「項祖香與余神交十餘年」〔註16〕，閨媛之間不僅只有
聚談一室的風雅，更有「七載之中音問不絕，此唱彼和」的深情。

而分韻賦詩便成了書信往復的重要形式。比如常熟閨秀歸佩珊詩集中就曾
多處記載其次韻。所謂次韻，即按照原詩所用韻腳的次序加以唱和，稱作「次
韻」。清代吳江文人李重華在其《貞一齋詩說》中對次韻的發展有論：「次韻一
道，唐代極盛時，殊未及之。至元、白、皮、陸始因難見巧，雖亦多勉強湊合
處。宋則眉山最擅其能，至有七古長篇押至數十韻者，特以示才氣過人耳。蓋
次韻隨人起倒，其遣詞運意，終非一一自然，較平時自出機軸者，工拙正自判
然也。」〔註17〕清代常州文人趙翼在《甌北詩話》卷四中也對次韻的寫作特徵有
所贅述：「次韻實自元、白始，依次押韻，前後不差，此古所未有也。」〔註18〕
可見次韻在詩歌寫作上，不僅唱和的特徵極強，且其自由度較低，但也恰巧是
在這一層面上見出次韻的相與酬唱甚至社集的性質。常熟閨秀歸佩珊即有詞《踏
莎行·春暮次語花女史韻》云：「選韻尋詩，背燈無語，黃昏幾陣催花雨。陌頭
芳草綠成茵，斷腸回首流光暮。短夢成煙，亂愁如絮，羅衣暗淡消金縷。燒殘
寶鴨掩紅窗，三春好景匆匆度。」《鳳凰臺上憶吹簫·次玉芬夫人韻》：「別恨如
潮，行蹤似絮，客中生怕逢秋。正西風吹鬢，垂老多憂。多少鴻泥雪印，思放
下，卻又難休。更闌後，對將影語，背著燈愁。」《清平樂·十六夜聽雨次圭齋
〈春月〉韻》云：「夕陽西下，月向檐前掛。香靄空濛花夢惹，此景宜詩宜畫。
輕寒一縷穿僚，夜深沉，水添燒。樺燭清樽昨夕，昏燈冷雨今宵。」〔註19〕這
幾首次韻詩分別寫給語花女史、玉芬女史、圭齋等，可見幾人詩文酬唱的一

〔註14〕　（清）沈善寶《名媛詩話》卷七，臺北：新文豐出版公司 1987 年，第 133 頁。
〔註15〕　（清）沈善寶《名媛詩話》卷七，臺北：新文豐出版公司 1987 年，第 136 頁。
〔註16〕　（清）沈善寶《名媛詩話》卷七，臺北：新文豐出版公司 1987 年，第 135 頁。
〔註17〕　（清）李重華《貞一齋詩話》，北京：中華書局 1963 年，第 929 頁。
〔註18〕　（清）趙翼《甌北詩話》卷四，南京：鳳凰出版社 2009 年，第 31 頁。
〔註19〕　（清）沈善寶《名媛詩話》續集上，臺北：新文豐出版公司 1987 年，第 240
　　　　頁。

般境況。歸佩珊集中另有《金縷曲‧和淑齋夫人〈月夜聞笛〉》等作品，淑齋
夫人也是其詩文社集的閨閣友人之一，淑齋即段淑齋太恭人，所謂「太恭人」，
乃婦名號。明代即以設置，以封正、從四品官員之母。清代沿用這一設置。
段淑齋為隨宦上海觀察署時，與佩珊彼此唱和，相得甚歡。歸佩珊不僅在自
己的詞稿中錄入了友人淑齋夫人的《金縷曲》等佳作，還應允淑齋夫人為圭
齋之師[註20]。皆可見其交遊之廣。

其三是徵題聯吟，即以一詩一畫一事為題詠對象，徵集閨秀之作，或集
結成篇或刊印成集，參與題贈的閨秀多為詩社社員，畫、詩或事便作為間接
溝通思想的中介，通過徵題與題贈的方式，進行頌贊或者表露自己的文學思
想與某種觀念，從而在多人之間形成相近的文學創作理念和旨趣，是酬唱結
社的一個分支。清代蒙古族文人法式善在其《梧門詩話》卷十六中就記載了
這樣一則題贈事例：

> 湘花女史周氏，蘇州人。姿性明麗，歸山左詩人劉松嵐為篋
> 室。蘭雪贈以字曰「湘花」，潘榕皋農部奕雋為畫蘭代照，蘭雪詠
> 其事，傳誦於時。湘花因繡《蘭雪夫婦石溪看花詩》相報，江以
> 南題詠甚眾。金纖纖女士題六詩云：敢向嬋娟說報遲，新詞傳唱
> 遍當時。美人解得才人意，不繡名花繡好詩。一篇脫手萬花飛，
> 絕代才名似此稀。親見玉人挑錦字，勝它傳織上弓衣。墨雲濃潑
> 繡生華，想見綺針倚碧紗。說與詩人共養法，一甌清茗一枝花。
> 花枝搖蕩石溪清，便好聊吟過一生。可惜未拈金線繡，儂家新句
> 亦雙聲。吳陵半幅白無波，消受知君福幾何。蘭麝未須薰百遍，
> 粉痕脂暈著來多。小詩敢道稱籠紗，扶病閨中寫絳霞。添得湖山
> 新故事，艷詞繡筆說三家。[註21]

文士吳蘭雪以「湘花」美稱贈予蘇州閨秀周氏，周氏因此便繡詩一首表示感
激之情，其詩名曰《蘭雪夫婦石溪看花詩》，對吳蘭雪夫婦的伉儷唱和表示欽
贊之意。當周氏此詩一出，便引來江南眾人的題詠，其中吳縣閨秀金纖纖女
史題詩六首贈予周女士。一幅《蘭雪夫婦石溪看花詩》，一次集體的題贈，將
閨秀彼此聯繫起來。題贈的方式，不僅存在於閨秀之間，在閨秀與文士的文

〔註20〕（清）沈善寶《名媛詩話》續集上，臺北：新文豐出版公司 1987 年，第 234
頁。

〔註21〕（清）法式善著；張寅彭，強迪藝編校《梧門詩話合校》卷十六，南京：鳳
凰出版社 2005 年，第 209 頁。

學交遊之間也是頗常見的途徑。吳縣閨秀金纖纖也曾爲文士吳蘭雪題贈詩歌，據法式善《梧門詩話》卷十六記載：「纖纖，吳縣人，氏金名逸，一字仙仙。瘦吟樓其居也。歸陳竹士秀才基，年甫二十五病歿。遺詩歌四百餘篇，哀艷凄響，落紙成秋。嘗於蘭雪扇頭見一詩云：『積水一庭白，梨花寒不寒。東風扶病起，繞遍雕欄杆。煙明苔漬暈，露重林生瀾。羅袂薄如此，撫琴還一彈。』」〔註22〕此處，題扇詩爲金逸贈與吳蘭雪之作，這也是題詩的一種方式。再如常熟閨秀歸佩珊有多首題圖詩。其一《南歌子·題〈漁笛圖〉》云：「水國秋涼早，幽人逸思深。漁燈隱隱夜沉沉。瞥見橫江一鶴度遙岑。長笛飄來遠，扁舟何處尋？四山風急老龍吟。吹得一丸涼月墜波心。」其二《柳梢青·題〈倦妝圖〉》云：「仙貌如花，柔情似水，以月爲家。長爪支頭，香羅覆額，雲鬢欹斜。」〔註23〕

更爲典型的例子，是在清代碧城仙館女弟子群中引人矚目的一次徵題事件。陳文述是繼袁枚之後又一位大力支持女性創作甚至痴迷於此的文士。陳氏對閨秀的譽揚是有目共睹的，其曾作《西泠閨詠》將歷史上出現於西湖的女子，無論宮廷與風塵，無論實有或傳說，予以了最爲普遍的記載，可謂思想戒律上的重大突破〔註24〕。這一次，他爲西湖三女士小青、菊香、雲友修墓於西泠，而其女弟子和者眾，沈善寶在其《名媛詩話》卷六中記載了此事〔註25〕，其閨秀題詠之作，汪逸珠有「翠冷香銷二百年，梅亭明月鶴亭煙。落裙久化飛莊蝶，彩筆重提感杜鵑。一徑落花紅灼約，兩堤芳草綠纖纖。春泥都化媧皇石，補滿情天補恨天。」吳門黃蘭卿曼仙有詩云：「菊香寂寞小青孤，又築紅樓傍後湖。樓上闌杆樓下舫，玉梅花裏弔薲蕪」，和者中有一方外女子韻香淨蓮亦有詩云：「短碣重題倚夕陽，春山香冢盡埋香。隔湖倘喚香魂起，都是金釵弟子行」，「都是金釵弟子行」正言當日和詩題贈者多爲碧城女弟子。其後，陳文述將才媛弟子之作彙刻成集，名曰《蘭因集》。徵題聯吟實際上結社的一個延伸與積極效應，它起到了交流思想、切磋詩藝、出版詩集

〔註22〕（清）法式善著；張寅彭，強迪藝編校《梧門詩話合校》卷十六，南京：鳳凰出版社 2005 年，第 210 頁。

〔註23〕（清）沈善寶《名媛詩話》續集上，臺北：新文豐出版公司 1987 年，第 236 頁。

〔註24〕王國平《西湖文獻集成》第 27 冊《西湖詩詞曲賦楹聯專輯》杭州：杭州出版社 2004 年，第 289 頁。

〔註25〕（清）沈善寶《名媛詩話》卷六，臺北：新文豐出版公司 1987 年，第 115 頁。

的重要紐帶作用，同時也提升了中心文人的號召力，使結社活動得以延續。

　　其四，是投贈或索詩。即投詩以贈友。在清代，不論在閨秀中間或是文士之間，投贈的方式都是極其普遍的，因「詩話」寫作形態的存在，雖然從宋代學者歐陽修始創《六一詩話》，正如《四庫全書簡明目錄》所說：「詩話莫盛於宋，其傳於世者，以修此編爲最古。其書以論文爲主，而兼記本事。諸家詩話之體例，亦創於是編。」〔註26〕其開創之功不可磨滅。此部詩話只稱《詩話》二字，後人方稱引作《六一詩話》、《六一居士詩話》、《歐陽永叔詩話》、《歐公詩話》、《歐陽文忠公詩話》等。同時，我們注意到，歐陽修對「詩話」文體的界定，曾自注曰：「居士退居汝陰而集，以資閒談。」〔註27〕此後人們便以「資閒談」作爲詩話的基本寫作特徵對待。「資閒談」也使詩話的內容多源自作者的見聞，這見聞除了部份尚友古人的體會外，還包括了其它相關的文獻知識，但這並非詩話的主要題材來源，生活中作者的交遊、人際情誼、逸聞趣事才眞正成爲了「詩話」文本的第一手資料。比如清代嘉慶九年（公元 1804）舉人江西人羅安，雖考中舉人但一生未曾出仕，而以吟詠自娛，羅安即有詩話《吟次偶記》四卷。此詩話卷首即有嘉慶二十年（公元1815）羅安所作自序，書也成於此年，作者言此書：

> 記於吟詠之餘者也，非誌載之書，故不求備，於所聞見先輩逸事及零章斷句，恐其久而湮沒，皆筆之，詳於山林遺逸、江源流寓而略於顯達之士。其間閒評浪語，資暇啓顏，往往錯見。以至於朋友之贈言、家庭之瑣事，凡有涉於吟詠者，亦附於後，體例不一，殊覺拉雜。蓋其始非欲成書，至是乃彙集之，遂不甚詮次焉。〔註28〕

正是由於詩話具備閒話的特質，因而編撰詩話之人，將歷史聞見、生活瑣事、朋友贈言統統寫進詩話之中，成爲了一種可能。而詩話也在存人、存詩、存事上發揮了不可磨滅的作用，清代乾隆朝進士福建浦城人祖之望就曾在其《梁芷鄰章巨浦城詩話序》中言：「之望少違鄉院，久宦京華，每懷碧水丹山，流風未遠，其如家乘野史，文獻無徵。懷玉仙咳唾九天，抄存惟患其少，希元翁滓泓萬象，摭拾微嫌其多。南浦書院主講長樂梁芷鄰先生《浦城詩話》之

〔註26〕　（清）永瑢撰；傅卜棠點校《四庫全書簡明目錄》上海：華東師範大學出版社 2012 年，第 429 頁。
〔註27〕　蔡鎮楚《中國詩話史》修訂本，長沙：湖南文藝出版社 2001 年，第 63 頁。
〔註28〕　傅璇琮《中國古代詩文名著提要‧詩文評卷》石家莊：河北教育出版社 2009 年，第 488 頁。

刻適成，囑爲之序。余惟詩話與史志相表裏，以詩存人，以人存詩，以詩紀事，藝文、人物、宦跡、列女，其彰彰矣。州居部次，儼然星野，建置之遺，觸景生情，無非古跡山川之趣，述典制則祠把禮儀之具備，詠農功亦田賦物產之兼收，極之貝葉琳宮典徵方外，細而微文瑣義，例賅志餘。洵足爲史乘之權輿，備蒭蕘之採擇者也。」〔註29〕「詩話與史志相表裏，以詩存人，以人存詩，以詩紀事」成了詩話的主要功能，許多名不見經傳的詩人也往往因爲詩話的寫作與傳播而得以留名，袁枚《隨園詩話》即保存了大量的清代閨秀的姓名與史實。在清代，詩話寫作蔚然成風。清代長洲文人顧嗣立也在其《寒廳詩話》自序中將其詩話創作的記聞性、交際性特質作了說明：

> 許彥周云：「詩話者，辨句法，備古今，紀盛德，錄異事，正訛誤也。若含譏諷，著過惡，誚紕謬，皆所不取」。余少孤失學，年二十始學詩，上自漢魏、六朝、唐、宋、金、元、明以迄於今，詩家源流支派，略能言之。嘗浪遊南北，偏訪名儒故老，閒居小圃，輒與當代名流往還，側聞前輩長者之緒論，詩盟酒社，裒益不少，荏苒二十年矣，學業無成，篝燈夜坐，追憶平時見聞所得，援筆識之，題曰：寒廳詩話，其義竊取諸彥周云，康熙甲申九月，閶丘主人顧嗣立題於秀野園。〔註30〕

宋代學者許彥周在其《彥周詩話》中也爲「詩話」定了調，即「辨句法，備古今，紀盛德，錄異事，正訛誤」，足見它的記錄功能已超過其品評性質。長洲人顧嗣立所作《寒廳詩話》，一方面也在記史、辨源流，而另一方面從這段文字可知，此部詩話的寫作乃在其閒居期間，而此期，顧嗣立與當朝名儒碩學交遊甚廣，自然「前輩緒論、詩盟酒社」成了「平時見聞所得」。因此，詩話在清代，不僅超越了宋人一般意義上的閒話功能使之成爲記史的重要一筆，並且在文學交際、存人存詩存事上發揮了新的作用，成爲當代人文學與聲名傳播的重要窗口。學者蔣寅曾對此現象作了這樣的評價：「詩話的記載本身就是一種交際形式，交際性在其中經常超過藝術性」〔註31〕。作詩話者，往往將與自己聯繫最密切之人首先記錄。比如清代學者王增琪作《詩緣》，題

〔註29〕 蔣仁主編，浦城縣地方志編纂委員會編《浦城縣志》北京：中華書局 1994 年，第 1143 頁。

〔註30〕 （清）王夫之《清詩話》上海：上海古籍出版社 1963 年，第 81 頁。

〔註31〕 蔣寅《清代文學論稿‧清詩話的寫作方式及社會功能》，鳳凰出版社 2009 年，第 128 頁。

目中一個「緣」字即已道出玄機。在自序中，王增琪對詩話記錄的原則作了
這樣的補充：

> 詩不必佳，有緣即錄；不必不佳，無緣則不錄。此予輯《詩緣》
> 意也。予年廿五，遽有《詩緣》之梓，明知體例未善，棄取未精，
> 搜羅未廣，毅然爲之而不顧者，則以體羸多疾，懼弗克傳故也。瞬
> 息廿年，重加校訂，於是分前編正編，付諸手民，善與精猶未也，
> 搜索固較廣矣。〔註32〕

王增琪自言，對於這部詩話，在寫作上的確有缺陷，不僅搜羅不廣、棄取不
精，並且體例也不完善，但王氏仍急於將之付梓，其根本原因就在於，時不
待人，而自己體弱多病，若不及時付梓恐難以流傳。連詩話作者都有如此急
迫的傳名意識，那麼，那些被搜入詩話之人當然更有待於其傳播而增其詩名。
然而畢竟作詩話者交遊有限，因而文中所取也只交遊所及，且多載其酬贈、
贈己詩集之作以錄之。對此，清代學者李樹滋深有感觸，在《石樵詩話》中，
李樹滋就曾對此作過評論：「人情於所契重之人，每多揄揚之語，其實皆情所
不禁，非故爲諛詞也」〔註33〕。正是人情所至，因此「詩話」文本在記錄所
聞所見之事與人時必定有所選擇，而同時由於「詩話」所具備的傳播功能，
又爲作品的流傳與詩人的成名提供了可能，由此，「投贈」，這種主動贈詩的
方式便在清代便更加廣泛地流行起來。不僅在文士中間，在閨秀中間同樣盛
行。這裡需要補充的一點是，除了詩話之外，在清代，閨秀編輯總集也較爲
普遍，總集的編撰也帶有詩名傳播的價值。因此，不論是詩話的需要，還是
總集的編撰，投贈便成了推動閨秀詩名傳播的重要渠道。駱綺蘭編選《聽秋
館閨中同人集》時就有大量閨秀予以投贈，在序言中，駱氏自己就曾言：「每
當涼月侵簾，焚香默坐，時於遠近閨秀投贈之什，猶記憶不能忘。因裒而輯
之，以付梓人，使蚩蚩者知巾幗中未嘗無才子」〔註34〕。社交型閨秀結社除
以上述四種較爲直接與常見的方式外，爲他人詩文集作序跋或題詩，也是閨
秀結社的信息渠道。比如閨秀凌祉媛作《翠螺閣詩詞稿》（簡稱《翠螺閣稿》），
題詞者中以才媛居多，作序者有吳蘋香藻、關秋芙瑛；題詩者有錢塘鮑玉士
靚、仁和高子柔茹、錢塘張蓮卿佩珍；題詞者有吳縣陸芝仙蒨、仁和夏耦鄰

〔註32〕蔣寅《清詩話考》，北京：中華書局 2005 年，第 598～599 頁。
〔註33〕（清）李樹滋《石樵詩話》卷一，道光五年李氏湖湘采珍山館刊巾箱本。
〔註34〕（清）駱綺蘭《聽秋軒閨中同人集》，南京：鳳凰出版社 2010 年，第 2582
　　　頁。

蕎雯等，皆一時金閨傑彥也。〔註35〕綜上所述，社交型閨秀結社在以往以家族爲基礎的結社範疇上，由於交遊範圍的擴大、結社時、地的靈活以及結社因由的多元，都使得此類結社表現出交遊的社會化、文化的複雜化、形式的多元化、成果的豐富化等新的結社特徵。

三、成員之關聯：三種類型及其網絡關係（師徒型結社、仕宦型結社、詩友型結社）

清代乾隆、嘉慶時期，蘇州閨秀突破家族範式的文學交遊與結社，從形式上我們作了兩個方面的劃分，而從結社性質、緣由上講，則包括三個基本類型：師徒型結社、仕宦型結社、詩友型結社。師徒型結社，即招收女弟子，並通過詩歌創作的指導、技藝的切磋從而形成較爲相似的詩學思想，成爲社集的一個重要渠道。蘇州閨秀師徒型詩文社的情況相對複雜，一則是蘇州閨秀本身爲師，招收女弟子；二則爲蘇州閨秀從師，即從異地閨秀學詩。但兩者都已經突破家族的範圍而具有結社交遊的特點。比如蘇州常熟閨秀高貞媛，曾從沈善寶母親學習詩詞與琴畫，沈氏爲錢塘人。據沈善寶《名媛詩話》續集中記載，許定生《琴外詩鈔》，有《哭高眞媛步蔡玉生元韻》二章，其序云：

> 眞媛名韻生，字蕊仙，常熟人。幼孤。庚寅年，蕊仙同姊自京南下，路出袁江舟中，一敍遂成相識，別後數載又晤，敍更番嗣。亦僑寓袁江，從家慈學習詩詞並琴畫，無不專心致志。其聰慧過人，洵非尋常可比。〔註36〕

社交型閨秀結社的聚集關係之二，仕宦型結社，即由於丈夫或者兄弟或其子出任異地官職，閨秀隨之遷徙到丈夫或兄弟或其子的仕宦地，在異地建立其的社交網絡群，主要爲閨秀之間及或閨秀與文士之間彼此酬唱而形成的交際型結社；詩友型結社，即在詩學思想與趣尚方面具備某種趨同性，從而彼此聯吟而結起的詩社。這三種類型不能包含全部，但至少從整體上概括了清代乾嘉時期蘇州地區閨秀結社的主要特徵。這主要是一般的詩友關係，或由於詩歌趣味接近或家族之間有著某種舊有的聯繫，或經過中間友人的搭橋聯繫而最終突破世

〔註35〕 （清）王蘊章《燃脂餘韻》卷二，南京：鳳凰出版社 2010 年，第 671 頁。
〔註36〕 （清）沈善寶《名媛詩話》續集中，臺北：新文豐出版公司 1987 年，第 252 頁。

家範圍而建立起來的閨秀結社形態。關於女性之間爲何會形成較爲密切的詩友關係與社交群體。但若從物以類聚的本質上解釋，或更切合閨秀同道相吸的規律。這一點，清代學者淮山棣華園主人早在其《閨秀詩歌評》中引用友人石生的話作過闡釋，並舉例作出說明，據淮山棣華園主人記載：

> 石生睥睨一切，幾無物在其目中，獨溺於色，嘗謂：「少艾之慕，不獨男子爲然，即同爲閨閣，往往有之。」隴西顧君眉婦王氏與顧妹英妹，姿色相埒。王有句贈英妹云：「鸚鵡依人喚夢回，枕痕低印臉霞堆。捲簾同向花前坐，貪看梳頭不忍催。」歸庵陳淑珍《贈表妹》句云：「玉爲肌骨水爲神，一樣裙釵愛倍增。自笑前身修未得，作她夫婿是天人。」湖州楊定甫孝廉婦秦氏，美而無子，從夫入都，於平陵寓見一女子，年可十五六，姿色絕麗，招之食，與之語，大悅之，欲爲夫置側室，而未言也。後數月，復經其地，覓前寓，已易主人矣。乃題詩於壁云：「平陵城外駐徵車，舊境車來日已斜。樽酒因緣成浪跡，春風門巷誤桃花。雲中仙使無青鳥，海上神山有碧霞。獨立黃昏惆悵久，不應從此便天涯。」見而纏綿若此，較之南康公主「我見猶憐」之說，尤角情深，亦其奪於色而不能自己者歟？〔註37〕

如果說在文士眼裏，女子之容貌是吸引他者的重要因素的話，那麼女子之間的彼此欣賞，就更帶有才學審美的意味。棣華園主人之友石生，一個睥睨萬物的傲誕文士目中無物，但他竟然細心留意到閨秀之間也有「少艾之慕」，所謂「少艾」，《孟子·萬章上》曰：「知好色，則慕少艾。」意指年輕美好的女子。在棣華園主人看來，是因其「獨溺於色」的緣故。而後，棣華園主人又舉隴西、歸安、湖州三地女子皆有「少艾之慕」說明，閨秀之間的確也存在此等現象，隴西女子只覺「同是捲簾看花人」；歸安女子則妄想「作他夫婿是天人」；而湖州女子更奇絕，在平陵見一個姿色絕麗女子竟要將她擇於自己丈夫作側室，這也是中國古代「后妃之德」的品性所包含的行爲。而此三者，倘若聯繫斟酌，南康公主「我見猶憐」的歡惋，實際上才是閨秀彼此愛慕的眞正用意。同病相憐而心心相惜之情自不必說，容顏易老歲不待人的哀婉實是發自閨秀的生命。因而，與其說是「少艾之慕」，對姿容的欣賞，不如說是多舛的命運與豐沛的才華將她們精神與氣骨聚合在一起。

〔註37〕（清）淮山棣華園主人《閨秀詩評》，南京：鳳凰出版社 2010 年，第 2285 頁。

　　比如清代康熙見刊本有江蘇長洲人周之標選輯的《女中七才子蘭咳二集》，這七位女才子及其作品集分別是：吳綃（字冰仙）《嘯雪庵詩》、浦映淥（字湘青）《繡香小集》、沈宜修（字宛君）《鸝吹》、王鳳嫻（字文如）《焚餘詩草》、徐媛（字小淑）《絡緯吟》、余尊玉（字其人）《綺窗疊韻》、陸卿子（名服常）《考槃集》、《玄芝集》等七人共八部詩集。此本前有武水支如璯序，次為參訂社友姓氏，次為總目。此七人曾結詩社。七人中，有五人來自蘇州，陸卿子、徐媛為蘇州人，吳綃為長洲人，沈宜修為吳江人，其餘二人，浦映淥為無錫人，王鳳嫻為松江人。此七人所結詩社顯然已不具備家族血緣關係，並且從籍貫上看也非出自一處，這類結社便屬於典型的異地非血緣關係的社交型閨秀結社。又，根據沈善寶《名媛詩話》續集上記載，蘇州昭文閨秀江闇仙淑則，為樹叔孝廉女。著有《獨清閣詩草》，江闇仙詩才早慧，未及笄時便有成帙之作，且無脂粉氣〔註38〕。從《獨清閣詩草》諸作考察，其交遊的閨秀主要包括如下幾位：陳寶書女史、周佩兮女史、言靜媛女史等，在此集中，有江闇仙與此三位閨秀的唱和與贈答，如《和周佩兮女史〈綠鳳仙花〉》、《苦陳寶書女史》、言靜媛《感時》詩三首以及周佩兮日蕙《綠鳳仙花》原唱四章等等，在這組交遊網絡中，陳寶書、周佩兮二人與江闇仙為詩友關係，而言靜媛則為江闇仙之師。乃知，在蘇州閨秀一般詩友的唱和中，亦師亦友的關聯是閨秀結社的一般形態。除此外，另如常熟閨秀王素卿青琴，為畹卿前室女，畹卿即為素卿師，授其詩畫矣〔註39〕。而蘇州閨秀之間的詩友唱和也包含一個特殊的主題，這即是論詩。沈善寶《名媛詩話》續集上又載，常熟王蓉洲妻子韓畹卿淑珍（韓畹卿籍貫山陰，但其嫁予常熟文士王蓉洲，創作活動也主要在常熟，因而也歸入蘇州閨秀之列），戊申春暮曾於孟緹處與之論詩談畫，相得甚歡，並出詩稿，則為一例。

第二節　社交型閨秀結社過程及個例舉隅

一、「十二蕊宮花史社」

　　典型社交型閨秀結社具有以下幾方面特徵，首先是結社成員之間並無直

〔註38〕（清）沈善寶《名媛詩話》續集上，臺北：新文豐出版公司1987年，第239頁。

〔註39〕（清）沈善寶《名媛詩話》續集上，臺北：新文豐出版公司1987年，第241頁。

接的血緣親屬關係，彼此以師友互稱；其次，社交型結社多無結社之名而有結社之實，比如約定俗成的人員、較爲固定的結社地點、酬唱聯吟的共同主題以及賦詩聯吟的作品集等。由於清代乾嘉蘇州地區閨秀文化素養普遍較高，並多有拜文士爲師的經歷，因此，在社交型結社層面上，蘇州閨秀又表現出兩個新的獨特性，第一是，結社的組織者往往是某些著名文士的女弟子，第二則是在結社聯吟的過程中，不僅以賦詩爲主要方式，個中往往伴隨著閨秀之間對詩歌創作技巧的探討，論詩的成分也較大。這裡試以隨園女弟子，蘇州常熟閨秀屈秉筠所組織「十二蕊宮花史社」爲例，從三個方面闡述其結社特徵。

第一，結社聯吟。據清人沈善寶《清代閨閣詩人徵略》卷六中引《天眞閣文集》記載：「屈秉筠，字婉仙，江蘇常熟人，趙子梁室，有《蘊玉樓集》。工小詩。世所傳《柳枝詞》十五章，既嬪於趙子梁，固風雅士。閨房之內，琴鳴瑟應，人比之明誠之與清照。」〔註40〕屈秉筠不僅幼年早慧，已作有《柳枝詞》十五章，並在歸趙氏之後，夫婦伉儷唱和，琴瑟和鳴，當時人將之與宋代趙明誠與李清照之閨中唱和相提並論，可見屈氏詩文創作技藝之狀。屈秉筠不僅尤喜唐宋諸名家，擅長詩詞，並且在繪畫上也獨樹一幟，工於白描花鳥畫，時人評之「神致逸超、豪柔腕勁」。又沈善寶《清代閨閣詩人徵略》引同治年間蔣寶齡《墨林今語》曰：「吳竹橋、袁簡齋兩先生並稱之。所居蘊玉樓，錦軸縹囊與繡篋粉奩並列。創新意爲白描花卉，前古未有，時號閨閣中『李龍眠』」〔註41〕李龍眠何許人？據《宋史》四百四十四卷記載，龍眠，字伯時，即宋代舒州（今安徽安慶市）人李公麟，宋哲宗元祐年間（公元1086～1093年）進士，善畫山水、佛像，老居龍眠山莊，號龍眠山人。而清人竟將一閨秀之畫與宋代著名畫家同日而語，也足證其畫藝之精工。屈秉筠好詩善畫，並得袁枚、吳竹橋兩先生稱讚，又謂袁枚隨園女弟子，其文才風韻在蘇州閨秀中堪稱上流。沈善寶《名媛詩話》卷九中記載了社集的場景：「虞山屈宛仙秉筠，有《〈蕊宮花史圖〉記》云：『柔兆執徐之歲，花生之辰，群史會於萬花深處。疏岫欲雲，幽溪蓄翠，竹林以情氣相娛，蘭澤以芳心自愛』」

〔註40〕（清）施淑儀《清代閨閣詩人徵略》卷六，北京：中國書店1990年，第295頁。
〔註41〕（清）施淑儀《清代閨閣詩人徵略》卷六，北京：中國書店1990年，第296頁。

〔註42〕。《天眞閣外集》中記載了屈秉筠常集閨秀十二人於其「蘊玉樓」社集，酬唱聯吟，談詩論藝，並有《蕊宮花史圖》留存之詳實：

　　柔兆執徐之歲，百花生日。婉仙夫人招集女史十二人，宴於蘊玉樓，謀作《雅集圖》以傳久遠，患其時世妝也。爰選古名姬，按月爲花史。以江采蘩愛梅，梅花爲焉；蘭有謝庭之說，以屬道韞；梨花本楊基「蛾眉澹掃」之句，以虢國當之；牡丹有一撚紅，本以太眞得名；榴花爲潘夫人爲處環榴臺也；西子有採香徑，蓮花繫之；秋海棠名思婦，花開於巧月，採蘇若蘭故事牽合之；麗華有嫦娥之稱，以之司桂；賈佩蘭飲菊酒駐顏，宜令主菊；芙蓉稱蜀主，錦城最盛，故屬花蕊夫人；惟子月山茶，絕少典要，以袁寶兒爲司女屬焉；水仙凌波仙子，盈盈微步，其洛神乎？分隸既定，作十二圖，各拈得之。自正月至十二月，爲謝翠霞、屈婉仙、言彩鳳、鮑遵古、屈婉清、葉苕芳、李餐花、歸佩珊、趙若冰、蔣屬馨、陶菱卿、席佩蘭，長幼間出，不以齒也。爰命畫工，以古之裝寫今之貌，號《蕊宮花史圖》。〔註43〕

此處文獻記載十分詳細，「柔兆執徐之歲」，據明代小說《雲合奇踪》（又名《英烈傳》），舊題「徐渭文長甫編」，徐如翰《雲合奇踪序》後署「時萬曆歲在柔兆執徐陽月穀旦，賜進士朝列大夫邊關備兵觀察使者古虞徐如翰伯鷹甫謹撰」，可知太歲紀年之「柔兆執徐」即甲子紀年之「丙辰」年，古人稱農曆十月爲陽月。據此推算，此次結會時間應該在乾隆元年（公元1736）。屈秉筠招集了女史十二人，在其「蘊玉樓」雅集，並且在集會之初即有意作《雅集圖》，其目的是「以傳久遠」，這至少說明，雅集的目的是極明確的，對閨秀傳名的意義舉足輕重。在這此社集中，十二位閨秀先是「爰選古名姬，按月爲花史」，將歷史上十二位頗富盛名的才媛，以正月至十二月，按月歸併，並以梅花、蘭花、梨花、牡丹、石榴花、蓮花、秋海棠、桂花、菊花、芙蓉花、山茶花、水仙花十二類花與之相屬，與這十二類名花相對應的，分別是歷史上十二名才媛：唐代女辭賦家江才蘩、具有林下清風的晉代「詠雪」名媛謝道韞、唐玄宗寵姬虢國夫人、唐玄宗寵妃楊玉環、三國時期孫權寵妃潘夫人、春秋末

〔註42〕　（清）沈善寶《名媛詩話》卷九，臺北：新文豐出版公司1987年，第172頁。
〔註43〕　（清）施淑儀《清代閨閣詩人徵略》卷六，北京：中國書店1990年，第298頁。

期越國美女西施、魏晉時期才女蘇蕙、傳說中的月神嫦娥、西漢時戚夫人侍女賈佩蘭、後蜀貴妃花蕊夫人、明末秦淮河畔的袁寶兒、伏羲氏的女兒宓妃（洛神）等。在所選十二位歷史名媛中，既有才媛，也有寵妃；既有平凡的世間女子，也有神話傳說中的月宮佳人；既有爲世人所欽贊的絕世名媛，比如謝道韞、蘇蕙，也有頗具爭議的帝王寵姬虢國夫人。可以說，屈秉筠所組織的這次社集，其賦詩的對象不僅身份各異，並且在歷史中的評價具有極大的落差，比如虢國夫人，因得玄宗之寵驕奢淫逸，最終在安史之亂中自殺，不得善果，但其不施脂粉而美艷天成，曾風絕一時，張祐有詩贊之：「虢國夫人承主恩，平明騎馬入宮門，卻嫌脂粉污顏色，淡掃娥眉朝至尊。」足見她灑逸的性情；再如潘夫人，乃會稽人，三國吳帝孫權皇后，因效呂后干預朝政，被孫權設計所殺，亦不得善終。但值得注意的一點是，差異的存在似乎正說明其標準的放寬與歷史觀念或價值視野的改變，在這群被遴選的名媛身上，有一些共同的特徵，是被屈秉筠等人所極爲看重的。比如這些女子都極賦才性，並在才媛中又因其獨樹一幟的超逸之風而別具一格，不論是在才學上十分突出的謝道韞、蘇蕙，還是艷絕一時的虢國夫人、楊玉環、潘夫人，不論是人還是神，都具有一種淡於塵世之外的氣格與林下風姿。屈秉筠少賦才蘊，在與十二閨秀結社聯吟時，將十二人與歷史中的風韻女子相提並論，雅致的是，此次集會的十二位閨秀：謝翠霞、屈婉仙、言彩鳳、鮑遵古、屈婉清、葉茗芳、李餐花、歸佩珊、趙若冰、蔣屬馨、陶菱卿、席佩蘭，在「分隸既定」後，以抓鬮的方式，「各拈得之」聯吟賦詩，「長幼間出，不以齒也」，一番酬唱盛景悄然展開，最後，屈秉筠還命畫師，「以古之裝寫今之貌」，最終繪定《蕊宮花史圖》，曲盡其妙，人盡其才，以畫爲證，風雅之極。

第二，作詩論詩。在蘇州閨秀的社交型集會酬唱過程中，不僅產生了大量的優秀作品，且在詩藝切磋過程中，萌發了對詩學理論的探討，因而，論詩，也是社集的一個重要的命題。即以屈秉筠而言，就曾多次與詩友論詩，在施淑儀《清代閨閣詩人徵略》中就記載了其與同爲隨園女弟子的昭文閨秀席佩蘭之間的論詩：

> 席道華爲詩友，嘗遺書論詩，其略曰：「詩之爲道，不以著議論，自抒情感爲工。顧言情必先練識，練識必先立志。罷落世事，抗心羲皇，濯魄咸池，晞髮銀潢，詩人之志也。無其志而仿竊，明貞禾黍，表潔白華，優冠學敖，隨彩剪範，嚼徵含商，無理取鬧而已。

偏體別裁，么弦獨唱，振衣霞表，安目頂上，詩人之識也。無其識
而撏撦，活剝江為，生吞賈島，羭狗雜陳，紫鳳顛倒，騁博驚華，
愚若燕寶而已。吐棄塵芽，發露天根，碧雲獨往，素春無痕，詩人
之性也。無其根而叫囂，號哀雨雪，誓心皦日，丹粉失和，金玉違
節，或哭或歌，譬之狂疾而已。

又曰：

少陵如大海回瀾，魚龍博戲，不敢學。太白如朱霞天半，絕人
梯接，不能學。乃所願則在玉溪耳。

難之曰：

碧城銀河，思涉幽玄。楚宮聖女，詞流詭秘，璇閣貞靜，焉取
乎爾？

則又答曰：

義山以跅馳之才，流浪書記，洊受排笮。其志隱，故其詞曲，《無
題》諸什，括東方之隱謎，為秦客之瘦辭，婉而多諷，風人之遺也。
至於甘露之變，忠憤填臆，冤廚車之徇，悲下殿之走，託言石勒，
自比賈生。斯則《離騷》之變聲，《小雅》之寄位矣。奈何以無稽嗤
謫，躋其詞於香奩之亞乎？〔註44〕

在這裡與屈秉筠論詩的席道華，即江蘇昭文閨秀席佩蘭，據施淑儀《清代閨
閣詩人徵略》卷六記載，席佩蘭，字韻芬，一字道華，又字浣雲，為庶吉士
孫原湘室，有《長真閣集》。席佩蘭刻苦吟詩，常與丈夫孫原湘共案而讀，互
為師友，並且唱和之作甚多。滿洲鑲黃旗人閨秀惲珠在其所輯《國朝閨秀正
始集》中也曾記載此事。又據袁枚《〈長真閣集〉題辭》中對席佩蘭詩風的評
價：「字字出於性靈，不拾古人牙慧，而能天機清妙，音節琮琤。似此詩才，
不獨閨閣中罕有其儷也。其佳處，總在先有作意，而後有詩。今之號詩家者，
愧矣！」作為席佩蘭之師的袁枚很明確地指出席氏對其性靈詩說的深悟。而
從上文所引屈秉筠與席佩蘭的詩論中可知，席佩蘭是發揮了師教，從「詩人
之志」、「詩人之識」、「詩人之性」三方面闡述了自己對詩歌寫志、源識、根
性三方面本質的認識，在此基礎上，進一步指出，杜少陵之詩騁博，不敢學，

〔註44〕（清）施淑儀著，張暉輯校《施淑儀集》，北京：人民文學出版社，2011年版，
第260頁。

李太白之作天馬行空，不能學，所宗尚者乃爲唐代李義山一人，即詩人李商隱。但此論調卻遭到了責難，言「璇閣貞靜」與「碧城銀河，思涉幽玄」不同，不得以此爲取擇。席佩蘭藉此說明了對李義山如此欽喜的原因，首先，李義山特殊的遭際造就他遺世獨立的才華，形成其志隱其詞曲的創作風格，與「風人」之多諷一脈相承，繼承了《詩經》的詩學精神；其次，甘露之變使其忠憤塡臆，因而詩作又呈現出《離騷》中屈原似的孤憤。顯然，李義山詩作所秉承的思想是在儒家體系之內的，屈秉筠還對世人對其詩的否定予以了批駁「以無稽嗤謫，躋其詞於香奩之亞」是無可奈何之論，也是某須有之調。其實，在席佩蘭寄予屈秉筠的這些論詩文字中可知，不僅二人有過關於詩學旨趣、詩學宗尚的討論，且與世人之泛論也曾展開過論爭，那麼，閨秀結社，相予酬唱的價值也就不僅僅在於社交活動範圍的拓寬、詩藝切磋的開展上，而在詩學觀念的達成與發展上都有著不可忽視的重要性。

第三，復疊延伸。在「十二蕊宮花史社」中，閨秀彼此之間的交遊就像屈秉筠、席佩蘭一樣突破了酬唱的範疇，延伸到詩論的領域；不僅如此，以此十二位閨秀爲中心的社集群體又發展著彼此的文學關係網絡，或以詩友方式或以收徒門徑，但不論如何，這無疑都使得袁隨園的性靈詩思以網絡式的方式不斷復疊傳播。以歸懋儀爲例，施淑儀《清代閨閣詩人徵略》卷六載：「懋儀，字佩珊，常熟人。巡道朝煦女，上海監生李學璜室。有《繡餘吟》。嘗合刻其姊與子婦之詩曰《繡幕談遷》，與席佩蘭爲閨中畏友，互相唱和，傳播藝林。詩集與母氏合刻，曰《二餘草》。」〔註45〕顯然，據施淑儀的記載，歸懋儀與席佩蘭等人互爲「畏友」，而何謂「畏友」呢？它與一般的詩友有所不同，可以從兩個方面予以解讀，一方面，它可以指品格端重而使人敬畏的友人。《孟子・公孫丑上》曰，曾西謂子路爲「先子之所畏」〔註46〕，南宋文人陸游在其《渭南文集》二七《跋王深甫先生書簡》中即有言：「此書朝夕觀之，使人若居嚴師畏友之間，不敢萌一毫不善意。」〔註47〕，即爲此意；另一方面，中國古代也把在事業上相互鼓勵、彼此規勸的友人敬稱爲畏友。足見二人在

〔註45〕　（清）施淑儀《清代閨閣詩人徵略》卷六，北京：中國書店 1990 年，第 296頁。

〔註46〕　（宋）朱熹集注；顧美華標點《四書章句集注》，上海：上海古籍出版社 1996年，第 267 頁。

〔註47〕　（宋）陸游《陸放翁全集》上《渭南文集》北京：中國書店 1986 年，第 121頁。

詩藝切磋上的彼此信賴與情誼之深；而歸懋儀又與其姊、母分別都有詩歌唱
和，並刊刻合集，比如歸氏就曾與母夫人詩合刻。清人雷瑨記載：「趙謙士太
僕題曰：『繡幕淡遷』。其佳句如《偶成》云『畫爲無聊展，書多和睡看。』」
〔註 48〕其隨園後學的詩學思想未嘗不影響到除「十二女史」以外的其它女性
作家。再者，據清代錢塘文人陳文述《西泠閨詠》記載，歸懋儀「往來江浙，
爲閨塾師，若黃皆令、卞篆生也。曾館西溪蔣氏蒹葭裏，西溪蘆花最深處也。」
〔註 49〕陳文述在《西泠閨詠》中還曾對歸懋儀任閨塾師一事作詩歌詠：「蒹葭
深處讀書堂，一角紅闌對碧湘。風遞花香飄硯匣，月移松影上琴床。坐來鶴
渚疏煙暝，吟罷鷗波夢雨涼。我亦西溪舊漁隱，半灣秋雪憶斜陽。」〔註 50〕
歸懋儀以西溪蔣氏蒹葭裏爲收徒授學的學館，作爲閨塾師，在受到其師袁枚
性靈詩思與「畏友」席佩蘭詩學思想的影響下，歸懋儀也將這種詩學理念不
斷傳播開去。因此，我們不難看出，在社交型結社中，閨秀之間的彼此共融、
詩學思想的趨同是極明顯的。

二、「虎丘結社」

蘇州閨秀「虎丘結社」一時傳爲佳話。虎丘，位於蘇州閶門之外，原名
海湧山，又名海湧峰。是蘇州一處著名的古跡，人稱「吳中第一名勝」。關
於虎丘的得名，有兩則較爲可信的說法，一則宋代文人朱長文指出，虎丘之
名是緣於其狀貌：「丘如蹲虎，以形名」。二則，據《史記》記載，吳王夫差
葬其父於此地，三日後因有白虎盤踞其上，故名「虎丘」。後則爲人們所認
可。虎丘之地極爲別致，景色奇絕、雄偉壯麗，四周茂林深壑、絕岩深篁。
因而人們喜以「塔從林外出，山向寺中藏」來描繪其綺麗的風姿，世人常以
「三絕」、「九宜」來評價虎丘壯美深隱的山景。「三絕」即「望山之形，不
越岡陵，而登之者，見層峰峭壁，勢足千仞，一絕也；近臨郛郭，矗起原濕，
旁無連續，萬景都會，西連穹窿，北亙海虞，震澤滄州，雲氣出沒，廓然四
顧，指掌千里，二絕也；劍池泓淳，徹海浸雲，不盈不虛，終古湛湛，三絕
也。」〔註 51〕「九宜」，即宜月、宜雪、宜雨、宜烟、宜春曉、宜夏日、宜

〔註 48〕　（清）雷瑨、雷瑊輯《閨秀詩話》卷三，上海：掃葉山房 1928 年，第 96 頁。
〔註 49〕　（清）陳文述《西泠閨詠》，杭州：杭州出版社 2004 年，第 500 頁。
〔註 50〕　（清）陳文述《西泠閨詠》，杭州：杭州出版社 2004 年，第 500 頁。
〔註 51〕　（宋）范成大《吳郡志》卷三十二，南京：江蘇古籍出版社 1999 年，第 493 頁。

秋爽、宜落木、宜夕陽。因而一年四季春夏秋冬、陰晴雨雪朝日夕陽，在虎
丘皆有盛景奇觀。不僅如此，虎丘此地，佛宮寶塔飛閣重樓，有宏偉廟宇，
山岩禪寺，爲歷來高士所欽贊。故留下許多佳話與詩篇。北宋文人蘇軾也曾
對虎丘的美賦予溢美之詞。清代蘇州常熟閨秀，隨園女弟子歸懋儀亦曾有《遊
虎丘》詩描寫其俊逸秀美：「江南春色吳趨多，虎阜鎮日遊人過。三塘七里
紛綺羅，柳絲蘸綠生微波。層崖陰陰掛薜蘿，森然古木姿婆娑」〔註52〕。而
在清代順治年間，蘇州虎丘卻發生過一件結社大事。據清人杜登春《社事始
末》記載，「虎丘結社」由太倉文人「江左三大家」之一的吳偉業發起，社
名曰「十郡大社」〔註53〕。其結社起因，乃爲調和同聲社與愼交社的矛盾。
順治六年（公元1649），原明朝末年幾社的遺派滄浪會由於內部意見分歧，
遂分裂爲愼交社與同聲社，此十郡大社實乃吳偉業與愼交社中尤侗等共同發
起，並組織松江府、蘇州府兩府文士共舉大社。在順治十年春禊之時，邀蘇
州府、松江府等七府士人五百餘人共同聚會於蘇州之虎丘，一時士人雲集蔚
爲壯觀，爲一時之盛事。此結社盛事在吳偉業的努力下，還曾於順治十年四
月再度結會於嘉興之鴛湖，但可惜的是，在吳偉業奉詔入都後，此十郡大社
也隨即解散，同聲社與愼交會的矛盾也繼續如初〔註54〕。那麼，蘇州閨秀之
結社虎丘，是否亦有仿此雅興之意？在清代的蘇州，一群閨秀常相邀社集於
此，但別異於一般閨秀結社以賦詩聯吟的是，這群閨秀所探討的話題是《吳
越春秋》、《越絕書》等，施淑儀《清代閨閣詩人徵略》卷六記載：

> 當是時，吳門多閨秀，如沈散花、汪玉軫、江碧珠等，俱能詩，
> 俱推纖纖爲祭酒。一日者，遇諸女子於虎丘，日將昳矣，偕坐劍池
> 旁，相與談《越絕書》、《吳越春秋》諸故事，洋洋千言，此往彼復，
> 旁聽者縉紳先生或不解，所謂咸瞠也。有識者咋曰：「《山海經》稱：
> 帝臺之石上，帝所以享百神也。昨千人石上，毋乃眞靈會集耶？」
> 其爲鄉里所欽把如此。〔註55〕

此段文字乃施淑儀引用袁枚《小倉山房文集》之語。在「日將昳」的黃昏，
以沈善花、汪玉軫、江碧珠等爲主的數名閨秀竟結會於虎丘旁，虎丘有「宜

〔註52〕（清）歸懋儀《繡餘小草》，合肥：黃山書社2008年，第812頁。
〔註53〕（清）杜登春《社事始末》北京：中華書局1991年，第12頁。
〔註54〕（清）杜登春《社事始末》北京：中華書局1991年，第13頁。
〔註55〕（清）施淑儀《清代閨閣詩人徵略》卷六，北京：中國書店1990年，第297
　　　　頁。

夕陽」之色，此次雅集實爲山中之盛遊。若論此閨秀社集有何別具一格之處，應從以下三個方面予以分析，第一，由於選擇的社集地點非常特殊，上文已經談到虎丘既爲吳王夫差葬其父之地，又形貌奇偉「丘如蹲虎」，歷來不乏文人墨客爲之賦詠，那麼選擇此地位結社場所的蘇州閨秀，應是有所用意。第二，與一般閨秀社集不同的是，沈善花、汪玉軫、江碧珠、金逸等人，社集的中心話題，並非論詩作詞，而是對歷史上重大歷史事件的評點，這歷史事件即爲春秋時期吳、越兩國的力量權衡與軍事較量，是兩國爭霸的歷史。據《吳越春秋》記載，越王句踐曾在與吳王夫差的鬥爭中慘敗於夫椒（今太湖附近），並率五千殘餘潰逃至會稽山，在范蠡等人的建議下與吳議和，被迫接受屈辱的城下之盟。但越王句踐臥薪嘗膽，勵精圖治，《史記》中記載他「置膽於座，坐臥即仰膽，飲食亦嘗膽」、「苦身焦思，克己自責」的自我鞭策，經「十年生聚，十年教訓」，並最終於公元前 473 年滅吳。本是一則著名的政治鬥爭，享譽古今的自勵佳話，若放在文士之間作以探討不足爲奇，但恰巧，這次結會的成員皆爲弱質才媛，因而施淑儀在文獻中言及「旁聽者縉紳先生或不解，所謂咸瞠也」便不足爲怪了。甚至被縉紳們譽之爲「帝臺之石上，帝所以享百神」，乃「眞靈會集」，只能以《山海經》神異傳說來解釋眼前所目睹的不可思議的一切。從一個側面述說閨秀結社之奇。

在此次閨秀結社中，有幾個值得注意的細節，首先，此虎丘結社的靈魂人物爲蘇州府長洲閨秀金逸，金逸身份極爲特殊，她既是大文士袁枚的隨園女弟子，也與曾招收弟子的江蘇吳江文士郭麐交遊密切，並且互爲知己，那麼，金逸在創作思想與風格上或多或少受到此兩位文士影響是在所難免的。金逸不僅與著名文士文學交遊密切，具有較爲開闊的詩學思想，且人如其名，表現出灑逸的神韻。施淑儀《清代閨閣詩人徵略》載：

> 生而婀娜，有天紹之容。幼讀書即辨四聲，愛作韻語，每落筆若駿馬在御，蹀躞不能自止。年甫笄，嫁吳中少年陳竹士，結褵之夕，新婦煙視媚行。忽一小婢手花箋出，索郎詩催妝。竹士適適然驚，幸素所習也，即應教索和。從此琴鳴瑟應，奩具旁烟墨鋪紛，不數日，變閨房爲學舍矣。〔註56〕

金逸爲袁隨園女弟子，其主性靈的個性不僅在創作中體現出來，在生活中亦

〔註56〕（清）施淑儀《清代閨閣詩人徵略》卷六，北京：中國書店 1990 年，第 297頁。

是如此。「結褵之夕，索郎詩催妝」的舉動已可證其才學與灑逸的性情，「奩
具旁烟墨鋪紛，不數日，變閨房爲學舍」的作爲，更是其視學如命的佐證。
與丈夫陳竹士琴瑟和鳴，自然需要性情爲根基，但更須要學識作前提。清代
蘇州閨秀才學的多元化構成一方面是其家學的成因，但另一方面與其丈夫的
酬唱共習不無關係，這在蘇州閨秀中是極爲普遍的現象。除此之外，上文所
言及的常熟閨秀屈秉筠，仍然是「閨房之內，琴鳴瑟應，人比之明誠之與清
照」；而昭文才媛席佩蘭就更是典型，其丈夫孫原湘爲庶吉士，是袁枚的弟子，
席佩蘭爲袁枚的女弟子，一時爲人所欽贊，夫妻二人「共案而讀，互相師友」
曾爲佳話，因二人唱和往來十分密切，袁枚還曾質疑席佩蘭的詩歌創作爲孫
原湘代筆，因此便產生了這樣一個小插曲，在《清代閨閣詩人徵略》卷六「席
佩蘭」條下，「淑儀按」記載：

> 《隨園詩話》云：「女弟子席佩蘭，詩才清妙。余嘗疑是郎君孫
> 子瀟代作。今春到虞山訪之。佩蘭有君姑之戚，縞衣出見。容貌婀娜，
> 克稱其才。以小照屬題，余置袖中。即拉其郎君同往吳竹橋太史家小
> 飲。日未暮，而見贈三律來。讀之，細膩風光，方知徐淑之果勝秦嘉
> 業。」又題辭云：「和希齋尚書在軍中箚來云：每得隨園片紙隻字，
> 朝夕諷誦，虔等梵經。老人每讀韻芬詩句，亦復如斯。」〔註57〕

袁枚起初質疑席佩蘭之文乃丈夫孫原湘代筆，某春至虞山拜訪時，席佩蘭「縞
衣出見，容貌婀娜」，隨園「以小照屬題，置袖中」，給席佩蘭出了一道命題
作文，隨即與孫原湘一起往吳竹橋〔註58〕處小飲。日未暮即收到席佩蘭所贈
三律，讀來倍覺風光細膩，柔麗可人，則定「徐淑之勝秦嘉」，這裡，袁枚以
東漢秦嘉及其妻子徐淑作詩贈答往復以表繾綣，又以伉儷佳話比擬孫氏與妻
佩蘭之情深，並進一步指出閨秀之才終勝文士，對席佩蘭之作極爲欣賞，和
希齋尚書在軍中讀隨園詩，猶如拜讀佛經一樣虔誠，袁枚自語，余讀席佩蘭

〔註57〕　（清）施淑儀《清代閨閣詩人徵略》卷六，北京：中國書店 1990 年，第 312
　　　　頁。
〔註58〕　據《中國文學編年史》記載，楊芳燦應試前寓袁枚隨園，與何士顒、方正澍、
　　　　陳毅、黃鉞、吳蔚光等結詩文社。楊芳燦自訂、余一鼇補訂《楊蓉裳先生年
　　　　譜》：「余住隨園，以待秋試。時與南園、子雲、古漁諸君結詩文社，隨園師
　　　　第其甲乙。秋試者接踵至，黃左田鉞、吳竹橋蔚光俱入社。秋試被落。」可
　　　　見吳竹橋等人與袁枚詩文相通，詩學觀念相近。陳文新主編；魯小俊，苗磊
　　　　分冊主編《中國文學編年史·清前中期卷》下，長沙：湖南人民出版社 2006
　　　　年。

詩猶如此矣。這則故事可知清代乾嘉時期夫妻伉儷唱和之眞，而才媛在某種程度上受到其丈夫觀念的影響的現象普遍存在。

此外，此則閨秀結社材料中還値得注意的是，「沈散花、汪玉軫、江碧珠等，俱能詩，俱推纖纖爲祭酒」，「祭酒」，雖爲中國古代一官職名稱，比如《後漢書·百官二·博士祭酒》中曾記載，西漢時置六經祭酒；東漢置博士祭酒，爲五經博士之首等等。但「祭酒」一詞最早的含義，乃古時宴飲所推年長者或德高望重者一人，因舉杯先祭，故稱爲祭酒，此後才逐漸演化爲官職名稱。在此次結社中，沈散花、汪玉軫、江碧珠等人皆推金逸爲祭酒，一方面說明金逸在眾閨秀之中才華的突出和地位的重要，一方面，這也正說明其社長的身份所在。這是一般結社活動必不可少的組織者和領導者角色。蘇州閨秀與其丈夫的詩文酬唱，深刻地影響著她們的詩學視野與觀念，清代太倉才媛張玉珍所撰《晚香居詞》曾言「吳門金纖纖，擅吟詠，適陳竹士茂才。有《虎山唱和詩》。甫及年餘而纖纖物化。竹士欲作《虎山尋夢圖》以寄意，忽得陸定子畫幅，若預爲留贈者。翰墨因緣，信非偶然。」〔註59〕《虎山唱和詩》正是金逸與丈夫陳竹士於虎山唱和之作，虎山，應是指蘇州城西南約三十公里處的鄧尉山。有意思的是，金逸仙逝後，陳竹士本欲爲其作《虎山尋夢圖》以寄意，卻不料偶得前朝名士陸定子之畫作，正如其意，喜出望外。眞乃心以畫應！此事在隨園第一女弟子常熟閨秀席佩蘭的《長眞閣集》卷四《虎山尋夢圖》中亦有記載：

> 長洲陳竹士秀才與其配金纖緯夫人，曾遊鄧尉看梅。夫人歿，秀才哀思不已，欲作《虎山尋夢圖》，偶得前朝陸定子畫幅，適如其意，三百年前若預作以贈者，亦翰墨中一重公案也。〔註60〕

對此，席佩蘭以「重來何處覓詩魂，踏遍空山徑不溫。雲散有根蟾有魂，當年春夢獨無痕。一片傷心畫不眞，空持破鏡認前塵。百年先有人圖出，潘岳詩情奉精神」〔註61〕。這當然不能僅僅視作英雄所見略同，而只能從一個側面反映出金、陳二人的風韻逸事，雅情佳話早已不是清代乾嘉朝的新鮮事，伉儷唱和、琴瑟情深已是清代蘇州士人所嚮往和追求的精神生活的共同圖景，而在金逸去世之後，丈夫陳竹士追悼亡妻的情意也早已是歷史上悼亡佳

〔註59〕 （清）張玉珍《晚香居詞》，《清代詩文集彙編》，上海：上海古籍出版社 2010年，第 513 頁。
〔註60〕 （清）席佩蘭《長眞閣集》卷四，上海：上海古籍出版社 2010 年，第 536 頁。
〔註61〕 （清）席佩蘭《長眞閣集》卷四，上海：上海古籍出版社 2010 年，第 536 頁。

篇的共同旨趣。據此，虎丘社集中，閨秀們對《越絕書》、《吳越春秋》等歷史事件的探討也就不足爲奇，因爲不過是其論學和詩的一部份，更是士大夫精神生活的另類延續。

三、「吳中十子詩社」

在眾多有結社之實而無結社之名的群體中，吳門「清溪吟社」，或稱「吳中十子吟社」顯得格外突出，清人王蘊章《燃脂餘韻》卷二記載：「吳門張滋蘭允滋，與張紫蘩芬、陸素窗瑛、李婉兮嫰、席蘭枝蕙文、朱翠娟宗淑、江碧岑珠、沈蕙孫纕、尤寄湘淡仙、沈皎如持玉，結清溪吟社，世所傳『吳中十子』者是也。」〔註62〕此社乃於乾嘉時期，由吳門〔註63〕的十位名媛集結而成，這十位名媛分別是張允滋、張芬、陸瑛〔註64〕、李嫰、席蕙文、朱宗淑、江珠、沈纕、尤淡仙、沈持玉。在十人之中，蘇州張允滋爲此詩社的發起人與倡導者，結社的地點在林屋山中，據王蘊章《燃脂餘韻》卷二記載，張允滋與丈夫任兆麟偕隱林屋山中，伉儷唱和，曾著有《心齋林屋吟稿》〔註65〕。與此同時，此詩社成員之間的酬唱聯吟有《吳中女士詩鈔》刊行於世。從以上具體的事實可知，此詩社便具備了明確的社長、社員、社所與社集，在有記載的文獻上，是較爲典型的清代閨秀詩社。關於「清溪吟社」的成立及發起人的記載，民國時期學者梁乙眞在其《中國婦女文學史綱》中早有記錄：

> 隨園女弟子方盛時，松陵任心齋偕婦張允滋，與同里張紫蘩芬、陸素窗瑛、李婉兮嫰、席蘭枝蕙文、朱翠娟宗淑、江碧岑珠、沈蕙蓀纕、尤寄湘淡仙、沈皎如持玉結清溪吟社，與隨園相犄角。
>
> 〔註66〕

據梁乙眞的考察，此「清溪吟社」的成立時間與興盛時間與隨園女弟子相併行，可知其活動應在乾隆年間，松陵任心齋偕婦張允滋與同里諸閨秀同結清溪吟

〔註62〕（清）王蘊章《燃脂餘韻》卷二，南京：鳳凰出版社 2010 年，第 676 頁。
〔註63〕此十位才媛並非皆爲蘇州籍，如江珠，甘泉人，僑居蘇州，其主要詩學活動是在蘇州地域文化中實現，因此統稱「吳門」閨秀。
〔註64〕據雷瑨、雷瑊《閨秀詩話》卷十二記載，吳縣陸素窗，名瑛。詩才清婉，與其嫂婉兮，時稱雙璧。
〔註65〕（清）王蘊章《燃脂餘韻》卷二，南京：鳳凰出版社 2010 年，第 677 頁。
〔註66〕梁乙眞《中國婦女文學史綱》，上海：上海書店出版社 1990 年，第 416～417 頁。

社，並「與隨園相犄角」，從這裡又知，清溪吟社乃是在任心齋與其妻張允滋的
共同倡導下成立，松陵，爲吳江縣的舊稱，屬蘇州府。關於此詩社的倡立及詩
學社集活動，清人沈善寶等早已有所記載，甚至更爲詳細。比如在沈氏《名媛
詩話》卷四中記有：「《吳中十子詩鈔》者，張滋蘭允滋，與張紫蘩芬、陸素窗
瑛、李婉兮嫩、席蘭枝蕙文、朱翠娟宗淑、江碧岑珠、沈蕙孫纕、尤寄湘淡仙、
沈皎如持玉，結清溪吟社，號『吳中十子』，媲美西泠。集中詩、詞、文、賦俱
佳，洵可傳也。」〔註67〕此處文獻中，沈善寶僅提及「清溪吟社」的十名成員
（閨秀）的名字，並指出其詩、文、詞、賦的酬唱集，以《吳中十子詩鈔》行
世。至於此詩社爲何以「清溪」命名，則是因爲「張滋蘭號清溪」，又別號桃花
仙子。據沈氏《名媛詩話》記載，張滋蘭正是諸生任兆麟室，並于歸後與任兆
麟偕隱林屋山中，琴瑟唱和，詩學益進。可見張滋蘭與丈夫任兆麟的人生旨趣
及伉儷情深，又可見張滋蘭詩學思想與丈夫任兆麟的相近相似，任氏曾於《吳
中女士詩鈔》序中述及張滋蘭讀書之勤，其云「清溪女史幼秉家訓，嫻禮習詩，
居常卷帙不去手，聲琅琅徹牖外，夜則焚蘭繼之，每至漏盡不寐，燈火隱隱出
叢樹林。過之者，咸謂此讀書人家，初不知爲女子也」〔註68〕。不僅如此，張
氏早年還曾受業於徐香溪女史之門，工詩文，善寫墨梅。張滋蘭有《潮生閣吟
稿》。關於「清溪吟社」（或稱「吳中十子吟社」、「林屋十子吟社」）的結社信息，
清人多有相似的記載，比如惲珠在其所編《國朝閨秀正始集》卷十六「張滋蘭」
條便記載了此十位閨秀及其結社名稱，再者清人法式善在其《梧門詩話》中也
記載「林屋十子吟社，分箋角藝，裒然成帙，兆麟刻以行世，流播海內，眞從
來所未有也。」〔註69〕由法式善記載可知，十子是社的主要詩文領袖應是閨秀
張滋蘭，而其丈夫任兆麟在此中所起到的作用，一方面是評閱並編定《吳中十
子詩鈔》使之付梓並傳播，因而保存了諸閨秀的作品；另一方面，任兆麟對此
詩社的成立與發展予以積極的支持，並常與張滋蘭切磋詩藝，且對其它閨秀的
創作在一定程度上也起到了指導的作用。他在此詩社中扮演的角色更像是從屬
性而非主導性，這與袁枚在隨園詩社中的地位與角色有所差異。與此同時，我
們注意到此詩社成員的內部關係，據清人陳芸《小黛軒論詩詩》記載：「朱宗淑，

〔註67〕（清）沈善寶《名媛詩話》卷四，臺北：新文豐出版公司1987年，第78頁。
〔註68〕（清）清溪女史選錄，心齋居士任文田閱定《吳中女士詩鈔》，己酉夏鑴，哈
　　　　佛燕京圖書館本。
〔註69〕（清）法式善著；張寅彭，強迪藝編校《梧門詩話合校》南京：鳳凰出版社
　　　　2005年，第209頁。

字德音，號翠娟，清溪之表甥女。著《修竹廬吟稿》、《德音近稿》。陸瑛，字素窗。歸羅貢生康濟。著《賞奇樓詩詞集》、《蠹餘稿》。李嫩，字婉兮。歸陸昶，即素窗兄嫂。著《琴好樓集》。」可知朱翠娟爲清溪之表甥女，李嫩爲陸瑛之兄嫂。僅此兩例具有一定的家庭關聯，多數成員之間已無直接的血緣聯繫，因而仍應將其定位爲社交型閨秀結社的一類。

　　「十子」的結社最直接的成果便是詩集的留存與刊刻傳播，而刊刻付梓者正是張滋來的丈夫任兆麟。乾隆五十四年之後，任兆麟便與其室張滋蘭一道將選定的《吳中十子詩鈔》陸續刊行，此中收錄的也正是這十位閨秀的詩詞集。任兆麟爲《吳中十子詩鈔》的刊行作了很大的努力，在《吳中女士詩鈔敘》中他這樣記述道：

　　　　戊申（1788）冬，選錄《清溪詩稿》竟，攜質吾師竹汀錢先生。先生許其詩格清拔，爲正一二字，亟寓書仁和汪認庵兵部編入《擷芳集》矣。清溪曰：「滋素不善詩，實藉同學諸女士之教，其可弗彙萃一編以行世乎？且誌一時盛事也。」因檢篋衍中先後惠示並酬贈之什，於吳中得九媛，各錄一卷，請余閱定焉。〔註70〕

任兆麟此處提及的竹汀錢先生，正是清代著名的史學家江蘇嘉定學者錢大昕，錢大昕先是對《清溪詩稿》極爲推崇，後在張滋蘭（清溪）的請求下，又將吳中九媛作品各錄一卷編入，而閱定者正是其丈夫任兆麟，所刊行的詩文集則爲《吳中十子詩鈔》，其刊行的十位閨秀及其詩文集，如張紫驪的《兩面樓偶存稿》、陸素窗的《賞奇樓草》與《蠹餘稿》、席蘭枝的《採香樓詩草》與《自怡集》、尤寄湘的《曉春閣集》、沈皎如《停雲閣稿》、江碧岑的《青藜閣詩鈔》、朱翠娟的《修竹廬吟稿》、沈蕙孫的《繡餘集》與《翡翠樓詩文集》等。關於十子之詩稿，清人王蘊章《燃脂餘韻》卷二有詳細記載：「滋蘭號清溪，別號桃花仙子，有《潮生閣吟稿》；素窗工塡詞，詩稿曰《賞奇樓草》，曰《蠹餘稿》；蘭枝又號芸枝，所著《採香樓詩草》；碧岑自號小維摩，所著《青藜閣詩鈔》；翠娟，長洲人，詩集名《修竹廬吟稿》；婉兮適諸生陸昶，有《琴好樓集》。」〔註71〕詩稿在內容上已突破閨中生活，將詩學視野向史學品評、人生旨趣等話題拓展，僅以尤淡仙《曉春閣集》爲例，集中即有詠史

〔註70〕　（清）任兆麟《吳中女士詩鈔敘》，北京：人民出版社 2012 年，第 206 頁。
〔註71〕　（清）王蘊章《燃脂餘韻》卷二，南京：鳳凰出版社 2010 年，第 676～677頁。

詩數首，如《讀〈武侯傳〉》：「經世推王佐，伊周共瘁勤。君才能一統，天意定三分。飲血承遺詔，攻心靜徽氛。英雄終古恨，淚灑《出師》文。」〔註72〕十人志趣相投，彼此唱和，其別集之中類似張芬《秋葉和清溪家姊韻》、《落花和碧岑江姊作》、《和皎如沈妹見懷元韻》、《詠燕和清溪姊韻》、《虎丘竹枝詞同席姊芸芝作》、《晚春和寄湘尤妹作》、《採蓮曲和婉兮李嬡作》、《柬碧岑江姊三首》、《秋柳和翠娟朱妹作》、《寄皎如沈妹》、《柬寄湘尤妹並懷清溪姊》、《晚春小飲懷碧岑江姊》、《贈碧岑江姊》、《詠史同蕙孫妹作》等酬唱之作實在不可勝數〔註73〕。而十子亦與鄰近的閨秀詩箋往來，在其詩詞集中亦不乏其篇什，比如江碧岑《小維摩集》中便有《送客伴之江上，兼訂來春偕往之約》〔註74〕詩，從詩題上即知其社集的一般形態。清人法式善就曾指出，此詩社不僅在內部形成了極密切的酬唱群體，更是與其它閨秀詩人唱和聯吟，拓寬了交遊的範圍，比如「十女士與丹徒王愛蘭瓊，號碧雲，詩簡唱和最密，以所著《愛蘭集》附刻於吟社集後」〔註75〕。又如張紫繁有《楊花和碧雲王妹作》詩：「柳絮飛來風片斜，牽人魂夢散梨花。淡烟明月迷隋苑，玉燕珠簾憶謝家。」沈皎如有詩《落花和江碧岑姊韻》：「笛裏誰家怨，吹來總斷腸。六朝春夢短，終古別愁長。天地老煙景，江山空夕陽。尋芳歸路晚，贏得馬蹄香。」〔註76〕張芬有《秋夜懷寂居諸禪友》；朱翠娟有詩《月夜聞笛懷清溪》：「天寒露重不勝情，遙遠夜披衣坐月明。何處樓中還弄笛，落梅如雪滿江城。」等。而像社員張紫繁（芬）之姊張蘊這樣，與十子之間的唱和就更爲常見。根據《吳中十子詩鈔》中的詩題及小注可知，此詩社成員的唱和範圍遠不止十人之間，與其詩文往來較爲頻繁的閨秀詩人還有：王瓊（碧雲）、凌素（靜宜）、蔣瑤玉（月琴）、陸貞（佩瓊）、葉蘭（畹芳）、劉芝（采之）、徐映玉（香溪）、張蘊（桂森）等等。而在《吳中十子詩鈔》中我們同樣發現，此文學交遊群體較爲穩固地存在於吳中十子周圍，已經形成了一個相當規模的閨秀交

〔註72〕（清）雷瑨、雷瑊《閨秀詩話》卷五，上海：掃葉山房1928年，第159頁。
〔註73〕（清）清溪女史選錄，心齋居士任文田閱定《吳中女士詩鈔》，己酉夏鐫，哈佛燕京圖書館本。
〔註74〕（清）雷瑨、雷瑊輯《閨秀詩話》卷五，上海：掃葉山房1928年，第162頁。
〔註75〕（清）法式善著；張寅彭，強迪藝編校《梧門詩話合校》，南京：鳳凰出版社2005年，第201頁。
〔註76〕（清）陳芸《小黛軒論詩詩》卷上，上海：上海古籍出版社2010年，第285頁。

遊與創作群。不僅如此，「清溪吟社」中的才媛與袁枚「隨園弟子」之間也有較爲密切的文學交遊與社集。我們仍舉一則典型例子。在袁枚《小倉山房文集》中記載，「清溪吟社」中的才媛沈纕（沈散花）曾與隨園女弟子金逸（纖纖）、江碧珠、汪玉軫等聚會於虎丘，且縱論《越絕書》、《吳越春秋》故事，洋洋千言，談古論今，曾被當時人譽以「眞靈會集」。〔註77〕這也足見當時「清溪吟社」與隨園相犄角，爲一時風尚的盛況。因此，不難分析出，所謂「十子」也只是一個名號，在實際的詩文酬唱中並非只有十人，而是一個較大的詩友群體。其命名爲「十子」也與當時人常將其與「西泠十子」、「蕉園十子」並稱〔註78〕不無關係。另據江珠《採香樓詩集敘》中記載：

> 吳中女史以詩名者，代不乏人。近得林屋先生提倡風雅，尊間
> 清溪居士爲金閨領袖。以故遠近名媛，詩筒絡繹，咸請質焉。惟惜
> 西泠閨詠，有十子之目，清溪欲步其風，乃以先後酬贈篇什，採集
> 一編，爲《十子詩鈔》。〔註79〕

《採香樓詩集》乃席蕙文所撰，蕙文，字蘭枝，吳縣人，紹元女，常熟戴安妻。《採香樓詩集》一卷爲乾隆間刻本〔註80〕，此爲江珠爲之敘。藉此可知「西泠閨詠」早以名滿天下，而清溪（張滋蘭）「欲步其風」，便「以先後酬贈篇什，採集編，爲《十子詩鈔》。」這「先後投贈」，便以「遠近名媛，詩筒絡繹」爲必要前提，又可知實際上詩文交遊，彼此酬唱的遠不止這「十子」，而已形成一個較爲龐大的詩人群。在這段文字記載中，還知清溪詩社是在任兆麟的「提倡風雅」下發展起來，而「金閨領袖」（即此社社長）應是張滋蘭本人。實際上，任兆麟在此詩社中雖無社長之位，但有爲師之名，閨秀才媛常有詩請任兆麟評閱指點，任氏其《曉春閣詩集敘》中有「以余學識簡陋，萬不敢附諸君子之末塵，而閨閣之以詩文質者，至數人之多。」又如《兩面樓詩稿敘》中，任兆麟也提及自己評閱張紫蘩（芬）之作：「今秋，（張芬）盡檢其篋中所作，貽清溪，清溪乃以示余」等等，都可見其在此詩社中亦師亦友的角色。

〔註77〕（清）袁枚《小倉山房文集》卷三十二，南京：江蘇古籍出版社1993年，第587頁。
〔註78〕梁乙眞《中國婦女文學史》，上海：上海書店1990年，第417頁。
〔註79〕胡文楷，張宏生《歷代婦女著作考》（增訂本）上海：上海古籍出版社1985年，第373頁。
〔註80〕柯愈春《清人詩文集總目提要》上，北京：北京古籍出版社2001年，第792頁。

　　此外，詩社中閨秀詩人之間並非每次社集都以聚會爲方式，較之實際的見面，書信交往顯得更爲普遍和常見，正如張芬在《題愛蘭詩鈔二集》中所言：「是以香奩結社，託青鳥以傳情。」在此詩社裏，成員彼此之間有著較高的精神契合與詩學認同，比如在席蕙文的《採香樓詩草》中就有詩《請清溪夫人詩集，內載碧岑子寄贈佳章，一往神交，偶成短句，寄呈》，詩題中的「碧岑子」，即「十子」之一的江珠（碧岑）。江珠以詩見贈席蕙文，蕙文因以寄呈張滋蘭（清溪）。當然，席蕙文此舉並非單向度，從江珠《青藜閣詩鈔》詩集中《代柬奉酬耘芝席姐》一首「把卷如相識，怡然見性情。神如秋水淡，文似玉壺清。索句慚同調，投詩許結盟。相思雲外樹，一望暮煙平。」席蕙文與江珠詩文往來彼此傾慕，一時也傳爲佳話。類似這樣的例子，在十子之間不勝枚舉，再如張芬與沈纕、沈持玉之間的酬贈《和皎如沈妹見懷原韻》、《春曉同蕙孫沈妹作》〔註81〕等。又如清溪之表甥女朱翠娟《冬夜讀寄湘妹詩》有云：「白雲淡不流，明月簾前迴。之子神仙姿，詩才特秀挺。」詩題中「寄湘」即指尤淡仙（寄湘），此詩所表達的仍是朱翠娟對詩友尤淡仙獨具「神仙姿」似的詩才表示欽贊。難怪清人陳芸在編撰《小黛軒論詩詩》時要評論說，不僅文士有「同人之慕」，閨秀也不例外。當然，這也得益於「清溪吟社」中的才媛特殊的芳華與才情，超塵脫俗的詩學精神寄託與性靈追求，方才有這「一往神交」的雅致。陳芸《小黛軒論詩詩》中即用了「青藜畫閣小維摩，能著硯雲陶婦歌。合與皎如酬唱好，誰家笛裏落花多」〔註82〕讚美江珠之作參禪脫俗的幽致。江珠自號小維摩，雖爲甘泉人，但僑居吳縣多年，不僅善舞劍、通經史、工詞賦、駢文，詩多戛戛獨造，極賦予林下之風。不僅如此，陳芸更以「蘭枝詩草採香樓，年少寄湘附雅遊。謦咳得教修竹慕，曉春閣外白雲流。」〔註83〕讚美席蕙文、尤淡仙（淡仙入社時年才十八，爲十子中最少者）詩作的清麗與彼此間的雅遊。又以「紫纓能賦秋宮曲，有姊詩遺別雁愁。姑嫂我曾聞陸李，賞奇琴好兩高樓」〔註84〕句指出張芬與姊張蘊的詩友

〔註81〕　（清）黃秩模編輯，付瓊校補《國朝閨秀詩柳絮集校補》卷二一，人民文學出版社 2011 年，第 924～926 頁。

〔註82〕　（清）陳芸《小黛軒論詩詩》卷上，上海：上海古籍出版社 2010 年，第 245 頁。

〔註83〕　（清）陳芸《小黛軒論詩詩》卷上，上海：上海古籍出版社 2010 年，第 252 頁。

〔註84〕　（清）陳芸《小黛軒論詩詩》卷上，上海：上海古籍出版社 2010 年，第 267 頁。

關係、陸瑛與李嬐的姑嫂因緣，都爲清溪吟社增添了佳彩。

時人將「清溪吟社」與「西泠閨詠」媲美（清人雷瑨、雷瑊所輯《閨秀詩話》卷十一記載：「清溪吟社，號『吳中十子』，媲美西泠。刊《吳中女士詩鈔》，附以詞賦及駢體文，藝林傳誦，與『蕉園七子』並稱。」），顯然是對其風雅逸韻、閨秀才學的讚譽。「西泠」即杭州西湖，此處不僅遺存下大量的歷史佳話，比如西泠橋畔便有六朝名妓蘇小小墓，墓上有「慕才亭」，亭上題有「千載芳名留古跡，六朝韻事著西泠」的楹聯〔註85〕。且「西泠」文人也曾結社於此，並有「西泠十子」之說，據徐珂所編《清稗類鈔》記載：

> 康熙時，陸圻景宜、毛先舒稚黃、吳百朋錦雯、陳廷會祭際叔、張綱孫祖望、孫治宇臺、沈謙去矜、丁澎飛濤、虞黃昊景明、柴紹炳虎臣稱「西泠十子」所作詩文，淹通藻密，符採燦然。世謂之「西泠派」。〔註86〕

至清代乾嘉時期，更因陳文述編寫《西泠閨詠》〔註87〕而再次將閨秀「西泠」詩群的獨特性凸顯。

最後，尤其需要補充說明的一點是，女性能走出閨閣彼此唱和，結社聯吟並將詩集刊刻付梓，且得名士提攜獎掖已難能可貴。然而視野遠不能拘泥於此，參與社交型結社的閨秀出於一種主動的選擇，往往參與多個詩社活動。這裡不妨以「清溪吟社」中張芬爲例。清人施淑儀《清代閨閣詩人徵略》卷六已略有記載，而清人黃秩模所輯錄《國朝閨秀詩柳絮集》更是詳記其跡：「張芬，字紫蘩，一字月樓。江蘇吳縣人。雲南學政學庠孫女，舉人曾彙次女，女史允滋妹，直隸州同知署吳縣縣丞夏清和室。著有《兩面樓偶存》、《別雁吟草》。」〔註88〕在《國朝閨秀詩柳絮集》中，黃秩模引用任兆麟對張芬《兩面樓偶存》（乾隆五十六年刊《吳中女士詩鈔》）所作之序，講述了張芬爲學、拜師的完整經歷：

> 月樓女史張氏，名芬，字紫蘩，清溪從妹也。少從常熟許冰壺

〔註85〕《西湖攬勝》杭州：浙江人民出版社1979年，第54頁。
〔註86〕徐珂《清稗類鈔》第8冊，北京：中華書局1986年，第3913頁。
〔註87〕《西泠閨詠》是詩人陳文述歌詠曾經在西湖歷史上出現過的女性。既有一代才人也有宮廷后妃，既有節烈孝婦也有風塵女子。作者詩文工西崑體，此集不僅文筆華麗，更在思想藝術上體現著作者突破「女人禍水」的思想桎梏，表現的進步女學思想。
〔註88〕（清）黃秩模編輯，付瓊校補《國朝閨秀詩柳絮集校補》卷二一，人民文學出版社2011年，第923頁。

夫人遊，冰壺門徒數十，月樓偕其姊桂森，最契賞者也。自清溪結
社，月樓以詩相質，每分題聯詠，構一作，儕輩咸推服；清溪尤倚
重之，以爲張吾清河氏軍也。今秋，盡檢其篋中所作貽清溪，清溪
乃以示余，余方撰《虎阜志》，搜羅文獻，未暇甄定。今峻事矣，特
發而觀之，大都斟酌三唐，發源選體，匪徒襲其貌似而已。〔註89〕

在清溪吟社中，像張芬與張允滋這等親友關係是不多見的，張芬爲允滋從妹。
且從這段文獻記載可知，在入清溪吟社之前，張芬曾拜常熟許冰壺夫人爲師，
冰壺夫人亦招收女弟子並與眾人酬唱聯吟。張芬及其姊桂森皆在其中。後，張
芬入允滋清溪吟社，其詩作經允滋選定，再經任兆麟甄定後編入《吳中女士詩
鈔》。顯然，張芬前後至少參與兩次詩社活動，其兩個詩社活動之間或存在交叉。
不僅如此，張芬的結社活不僅局限於吟詩，據黃秩模記「月樓夙慧業，又偕寂
居、碧雲諸子參禪論學，由其性眞所發攄，而不類句櫛字比者之爲，是契無上
乘者。」〔註90〕寂居出太倉王氏，爲尼，能詩，住益壽庵；而碧雲名瓊，丹徒
人。參禪論詩亦爲蘇州閨秀結社的一個重要話題與方式。張芬在清溪吟社之下，
相對獨立的聯吟社集活動，在《兩面樓詩稿》詩題中亦鮮明地反映出來，比如
《題桂森家姊別雁遺草後》、《白楊華和碧雲王妹作》〔註91〕等。最後還應提及
的是，以張滋蘭爲中心的吳中十子詩社與袁枚隨園詩社亦保持著一定的關係，
如張滋蘭就曾參與袁隨園在蘇州繡谷園的社集活動，其有《集繡谷園送隨園先
生還金陵》詩云：「魯殿靈光見未曾，一朝星聚與飛騰。儂家姊妹無才思，欲赴
吟壇恐不勝。通家久仰文人行，路遠無由望才光。明歲春風來繡谷，傳箋同獻
紫霞觴。」〔註92〕詩下有張滋蘭注：「息圃世父與先生同薦鴻博」字樣，不論出
於家族淵源還是才學仰慕，張滋蘭參與繡谷園社集活動本身正說明其交遊與結
社交叉性的存在，也爲詩學切磋提供了相對廣闊的空間。

〔註89〕（清）黃秩模編輯，付瓊校補《國朝閨秀詩柳絮集校補》卷二一，北京：人
民文學出版社 2011 年，第 924 頁。

〔註90〕（清）黃秩模編輯，付瓊校補《國朝閨秀詩柳絮集校補》卷二一，北京：人
民文學出版社 2011 年，第 924 頁。

〔註91〕（清）黃秩模編輯，付瓊校補《國朝閨秀詩柳絮集校補》卷二一，北京：人
民文學出版社 2011 年，第 924～926 頁。

〔註92〕（清）袁枚著，王英志主編《袁枚全集》第 6 集《續同人集》，南京：江蘇古
籍出版社 1993 年，第 235 頁。

四、「秋紅吟社」

　　蘇州地區社交型閨秀結社的又一典型例子，是異地仕宦型結社，即閨秀隨父或隨夫仕宦他鄉時，與當地才媛共同組織與常設的詩文社，「秋紅吟社」即是一個典型例子，沈善寶在《名媛詩話》卷八中記載：「己亥秋日，余與太清、屏山、雲林、伯芳結『秋紅吟社』。初集詠牽牛花，用《鵲橋仙》調。」〔註93〕知其詩社得名的原因乃是因「己亥秋日」社集伊始，與社者包括沈善寶在內共有五人。從身份上看，五人都有隨宦經歷，沈善寶，爲州判沈學琳女，知府武淩雲繼室；顧太清，出生名門，滿洲鑲藍旗人。祖父爲乾隆朝甘肅巡撫，被禍賜死。太清，爲宗室奕太素貝勒繼室；屏山，即項章，許乃普繼妻；雲林，即許雲林，兵部主事許宗彥女；伯芳，爲雲姜之娣，阮受卿郎中繼室。而實際上，在「秋紅吟社」中參與唱和的閨秀不止此五人。除此五位主要成員外，另有富察蕊仙、雲姜、西林霞仙、李紉蘭等。秋紅吟社中雖多滿族閨秀，而也有沈善寶、李紉蘭之類優秀的漢族才媛，李紉蘭便是江蘇長洲人，爲蘇州籍才媛參與此社的典型代表。實際上，這群曾經隨宦的女性，在參與到結社活動中時並非事事如意，有著優越的生活作爲背景。比如己亥年，顧太情已經喪父，且處於沉重的哀傷之中，其詩《己亥生日哭先夫子》中即云：「盧室東風冷，幽居瀉淚泉。去年同宴樂，此日隔人天。生死原如幻，浮體豈望仙。斷腸空有恨，難寄到君前」〔註94〕對人生的不盡如人意，美滿化爲烏有，生命有限發出深深的感慨，悲己悲時卻只有物是人非之傷。在顧氏《天遊閣集》裏即有七首悼亡詩：《庚子生日哭先夫子》、《庚子十月初七先夫子服闋，因太夫人抱病，未果親往。謹遣載釗恭謁南谷痛成六絕句》、《己亥生日哭先夫子》、《壬寅中元攜釗、初兩兒致祭先夫子園寢》等，而顧氏之傷既源自於家道的中落，亦根植於伉儷深情因夫故亡的變遷。其父親爲前朝「罪臣」，丈夫爲乾隆皇帝第五子榮純親王永琪之孫，著名國學大師啓功先生在《書顧太清事》一文中，對太清與奕繪的伉儷之情作了這樣的描述：「太素貝勒奕繪，榮純親王永琪之孫也。風流文采，結識名流。側室顧太清室，才華絕世，所爲詞曰《東海漁歌》，與貝勒之《西山樵唱》取名對偶，閨房韻事，堪比趙、管」〔註95〕。

〔註93〕（清）沈善寶《名媛詩話》卷八，臺北：新文豐出版公司1987年，第155頁。
〔註94〕吳永萍，張淑琴，楊澤琴《清代三大女詞人研究》蘭州：甘肅文化出版社2010年，第280頁。
〔註95〕啓功《書顧太清事》，盧興基《顧太清詞新釋集評》，北京：中國書店2005年，第691頁。

應該看到，沈氏所參與的以江浙地區閨秀爲主的詩文結社活動非常頻繁，據其《名媛詩話》記載，己酉春暮返杭期間，便「重晤蘋香、玉士諸閨友，久遠暫聚，樂可知也」，隨即便有連續兩次的「湖上之遊」，一次是由許季仁茂才善長室召集，一次是由蘋香、玉士召集〔註96〕。庚戌冬日，又有詩友關秋芙「集諸閨友宴余於巢園，出所著《花奩集》、《眾香詞》。」〔註97〕

五、風塵三隱與「六橋三竺」社

蘇州才媛結社一個非常特殊的群體，爲方外女詩人。「方外」一詞，出自《莊子・大宗師》：「彼遊方之外者也」〔註98〕，所指爲一領域或時空。而後歷代詩人數引此詞入詩，唐代尤勝，如詩人白居易《白蘋洲五亭記》載：「此不知方外也，人間也，又不知蓬、瀛、昆、閬，復何如哉？」〔註99〕。杜甫《逼仄行贈畢曜》有：「街頭酒價常苦貴，方外酒徒稀醉眠。」岑參《春半與群公同遊元處士別業》云：「況有林下約，轉懷方外蹤」，此中語義發生了變化，「方外」一詞逐漸由某一時空轉而指超脫於禮教世俗之外，後又引申指僧道，此義沿用至今。方外女詩人之「遊」，爲結詩社之遊，甚而爲西泠閨媛所豔羨之遊。據沈善寶《名媛詩話》卷十二記載：

> 方外詩人亦不數覯。國初有上鑒、神一、再生諸輩皆出名門。
> 上鑒字蕊仙，號佛眉，長洲人。著有《香谷焚餘草》、《佛眉新舊詩》。
> 蕊仙俗姓吳，名琪。適諸生管勛，能文章，精繪事，尤好韜略。管
> 生死，遭家難，遂爲尼。慕錢塘山水，乃與方外友周羽步爲六橋三
> 竺之游，西泠諸閨媛爭欲識之。周羽步贈句有：「嶺上白雲朝入畫，
> 樽前紅燭夜談詩」。〔註100〕

從這段文獻材料來看，方外詩人上鑒（吳蕊仙，長洲人）因家庭變故而爲尼，且因仰慕錢塘山水，與方外友人周羽步結「六橋三竺之遊」，所謂「六橋」，指

〔註96〕（清）沈善寶《名媛詩話》卷十二，臺北：新文豐出版公司1987年，第229頁。

〔註97〕（清）沈善寶《名媛詩話》卷十二，臺北：新文豐出版公司1987年，第230頁。

〔註98〕（清）王先謙集解《莊子集解》，上海：上海書店出版社1986年，第37頁。

〔註99〕張春林《白居易全集》，北京：中國文史出版社1999年，第680頁。

〔註100〕（清）沈善寶《名媛詩話》卷十二，臺北：新文豐出版公司1987年，第243頁。

西湖之映波、望山、壓堤、東浦、鎖瀾、跨虹等六橋，三竺指天竺山之上竺、中竺、下竺三寺廟，遊六橋三竺本爲舊時文人雅興之一，爲何吳蕊仙與周羽步兩方外女子亦結「六橋三竺之遊」呢？甚而爲西泠諸閨秀所追慕而「爭欲識之」呢？據鄧漢儀《詩觀》「吳蕊仙小傳」記載，吳蕊仙祖父爲布政使，父親爲孝廉，蕊仙自幼接受良好的家庭教育，其丈夫管勛實爲冒辟疆復社友人，因反清事敗而遇難。蕊仙曾因此投奔冒辟疆。蕊仙善詩，據陳文述《西泠仙詠》載：「事有女中七子集行世，蕊仙其一也」〔註101〕。另據清人金燕所輯《香奩詩話》卷上閨秀部「吳蕊仙」條記載：「蕊仙，名琪，字佛眉，長洲人。與才人周羽步交好。平生詩稿甚富」〔註102〕。而另一位投奔冒辟疆的文人陳維崧在深翠山房與蕊仙偶遇，在《婦人集》中，陳維崧也曾對吳蕊仙結交周羽步，且二人唱和交遊之事予以記載：「茂苑吳蕊仙才情新婉，當其得意，居然劉令嫻矣，與飛卿著有《比玉新聲集》，蕊仙尤好大略，精繪染，飛卿贈詩云：『嶺上白雲朝入畫，樽前紅燭夜談詩』，蓋實錄也。」〔註103〕陳維崧對吳蕊仙才學給予了很高的評價，將之與南朝梁時期的著名女詩人劉令嫻（劉孝卓之妹、賢相徐勉之媳）相提並論，更對其傑出的謀事之才給予肯定，其與友人周羽步之關係可謂腹心之友。周羽步何人？《香奩詩話》卷上「周羽步」有：「羽步，字瓊，吳江人。曾爲某顯宦側室。繼又適士人某。士人爲一縉紳所中傷，陷圄圜，自度不免，乃命羽步往江北避其鋒。然羽步意興悠然，略無怨尤。與吳中諸女士唱和，所作無脂粉氣。」〔註104〕從上述文獻材料可知，周氏交遊的才媛應不止吳蕊仙一人，而實際上與蕊仙交遊的方外女子也不止周羽步一人，錢岳《眾香詞》記載：「蕊仙以一女子支離困頓於荊榛豺虎之交，然時與二三閨友撫絲桐而弄筆墨，意殊慷慨，不作男女態，慕錢塘山水之勝，乃與才女周羽步作六橋三竺之游」〔註105〕。而周羽步與冒辟疆關係尤爲密切，冒氏在其《同人集》中記述：「道人舊與余深翠夜讀離騷必持斗酒」，二人情誼之深是可以想見的，另據徐世昌《晚晴簃詩彙》載周羽步《贈冒巢民》詩云：「天涯浪跡幾年春，此日何期青眼頻。贈藥爲憐司馬病，解衣應憐少陵貧。慚非駿骨逢知己，羞把蛾眉奉路人。聽雨不堪孤館夜，感今

〔註101〕《叢書集成續編》第64冊，史部，上海：上海書店出版社1994年，第605頁。
〔註102〕（清）金燕《香奩詩話》卷上，南京：鳳凰出版社2010年，第2227頁。
〔註103〕（清）陳維崧《婦人集》，北京：中華書局1985年，第23頁。
〔註104〕（清）金燕《香奩詩話》卷上，南京：鳳凰出版社2010年，第2228頁。
〔註105〕（清）徐樹敏、錢岳選《眾香詞》，上海：上海大東書局1993年影印本。

追昔倍沾巾」﹝註106﹞亦印證周、冒二人之摯友詩情。不僅如此，周氏的交遊也極廣，其作《題匡峰廬一律並贈巢民先生三絕》詩，即有冒辟疆、周斯盛、許嗣隆等人的和詩，也可見其與文士交遊情形。此外，又據《東皋詩存》、《通州志》等文獻記載，吳蕊仙、周羽步與如皋詩人洛仙（范姝）又結詩友，且贈答之作不絕。

就上述文獻材料而論，這是一個無結社之名，而有結社之實的詩社，其結社特徵包括以下幾個方面。第一，是這群圍繞在冒辟疆周圍的方外才媛，與復社成員之間不可分離的關係；第二，以吳蕊仙（上鑒）、周羽步爲核心形成的交遊網絡，包括了洛仙、周斯盛、許嗣隆等才媛與文士。這幾位方外詩人之間不僅有詩歌酬唱，且有詩集行世。據清人陳芸所撰《小黛軒論詩詩》卷上記載：

> 周瓊，字羽步，號飛卿，吳江人。夫陷圄圖，避居如皋，爲女冠，稱性道人。與閨友吳蕊仙、范洛仙著《比玉新聲集》。詩有傑氣。《與蕊軒秋夜同賦》云：「未許鬚眉推繡虎，誰憐巾幗逐文魚。」《贈洛仙》云：「嶺上白雲朝入畫，樽前紅燭夜談兵。」吳蕊仙，名琪，長洲人，歸管勛，夫死於官事，家破，走如皋，削髮，法名上鑒，號碼輝宗，又號佛眉。著《瑣香詞》、《香谷餘草》、《佛眉新舊詩》等集。常與羽步爲六橋三竺遊。《贈羽步》云：「江風自引桓伊笛，嶺月時聞子晉笙。」﹝註107﹞

《比玉新聲集》即吳蕊仙、范洛仙等閨友唱和合集，曾乃敦著《中國女詞人》「吳琪」條引陳維崧《婦人集》謂：「蕊仙才情新婉，當其得意，居然劉令嫺矣，與松陵周飛卿著有《比玉新聲集》，蕊仙尤好大略，精繪染，飛卿贈詩云：『嶺上白雲朝入畫，尊前紅燭夜談兵。』蓋實錄也。」﹝註108﹞與清代蘇州地區閨秀詩風較爲一致的是，三位方外才媛亦擺脫脂粉氣，這「樽前紅燭夜談兵」已讓人稱奇。這應與時局動蕩家庭變故奔走他鄉的特殊經歷有關。清人陳芸對此三人的彼此酬唱及詩學境界以詩作評曰：「龍隱艱難寄笠貞，曹溪衣鉢自幽清。新聲比玉周、吳、范，何事猶聞子晉笙。」﹝註109﹞與此同時，我

﹝註106﹞徐世昌《晚晴簃詩彙》，北京：中國書店1988年，第85頁。

﹝註107﹞（清）陳芸《小黛軒論詩詩》卷上，上海：上海古籍出版社2010年，第243頁。

﹝註108﹞曾乃敦《中國女詞人》，北京：女子書店1935年，第168頁。

﹝註109﹞徐世昌《晚晴簃詩彙》，北京：中國書店1980年，第251頁。

們注意到，沈善寶所提及的神一、再生等方外才媛之間同樣也有非常密切的詩文唱和關係，並以此爲中心形成新的詩社群體，只是同樣的無結社之名。比如神一與再生之間的緊密關聯，沈善寶《名媛詩話》同樣有所記載：「神一，字美南，號龍隱，華亭人。著有《龍隱遺草》。年廿一而寡，撫周歲孤孽，後祝髮爲尼。龍隱避兵，結廬曹溪龍江閘」。神一，號龍隱，因國難家禍爲避兵而結廬曹溪。曹溪，本爲水名，在廣東省曲江縣東南雙峰山下。以六祖慧能在曹溪寶林寺演法而得名。避亂於此的神一（龍隱）多有詩與再生唱和，比如《憶王庵舊遊寄再生》云：「人生聚散本浮漚，回首蒼茫感舊遊。曉露未收花力重，午陰欲定鳥聲幽。聞香小坐忘塵世，步月清言掃舊愁。梅影橫斜應似畫，殘英滿地倩誰收？」〔註110〕詩中很清楚地交待「回首蒼茫感舊遊」，此「舊遊」即詩友之間酬唱之遊。再看另一位方外才媛再生，《名媛詩話》記：「再生，字靈修，長洲人，有《再生遺草》。適嘉定侯演。演從父峒曾殉難，遂依神一於曹溪，祝髮爲尼。《仲春望日大人山中言旋即寫別懷》云：『白雲天半和愁低，無限情懷怨曙雞。煙柳河橋殘月小，疏鐘古寺曉風凄。百年幻影花枝老，廿載浮生草路迷。一葦江頭如可折，竺乾西去待相攜』」〔註111〕。可見再生與神一在曹溪詩文唱和的情況，二人有著相似的經歷與相近的旨趣。從清代蘇州方外詩人結社的事實可見，其一方面對蘇州閨秀文學創作格調的形成有著不可或缺的影響；另一方面，在閨秀結社交遊活動的地域交叉上也具有較爲典型的意義，是考察清代蘇州閨秀結社不能忽略的環節。

第三節　乾嘉時期蘇州閨秀間社交型結社餘論

蘇州地區由於世家大族林立且文化氛圍濃鬱，不論是受到「性靈論」時代文化的影響還是基於家族文化聯姻的考慮，此地區的女性都得到了較好的文化培養。閨秀在出嫁之前及出嫁之後皆有較爲頻繁的詩文酬唱活動，家族型、家庭型與社交型結社活動皆較爲常見。但由於文獻的有限，上文所論僅涉及重要的文學交遊，另有大量的信息，在清人的記錄中只是浮光掠影，但我們仍能從其隻言片語的記錄中看到閨秀詩文結社活動的頻繁。比如施淑儀

〔註110〕（清）沈善寶《名媛詩話》卷十二，臺北：新文豐出版公司 1987 年，第 247頁。

〔註111〕（清）沈善寶《名媛詩話》卷十二，臺北：新文豐出版公司 1987 年，第 265頁。

《清代閨閣詩人徵略》中的以下記載：

　　葛覃，字文娥，吳縣人。震甫從孫女。有《遠讀齋合稿》。文娥與陸覺庵、陳啓淑、吳雪嵋、冰香相唱和。(《七十二峰足徵錄》)（卷四）

　　徐映玉，字若冰，崑山人。孔某室，有《南樓吟稿》。華亭沈大成見其《梅花》詩，爲更數字。若冰喜曰：『眞吾師也。』遂問業稱弟子，自是於《楚辭》、《漢書》、《文選》，皆能成誦，貫通其義。先生往來吳中，館其家，常留惠徵君松崖飲，女士入廚治具，或一位腆，曰：『吾重惠先生之經學也。』(《蘇州府志》)

　　張玉珍，字藍生，太倉孝子金瑚室。有《晚香居詞》。氏自幼工詩，有閨秀之目。耆碩中如王述庵、錢竹汀、吳自華諸公，皆相推許。

　　王韻梅，字素卿，常熟人，有《問月樓詞》。有席道華、高簷、王菊裳三女士序言。

　　蘇州葛蕙生女史，金匱鄒翰飛先生之女弟子也。所作詩，清麗可誦，與其妹蘭生女史，唱和極多。一樹姊妹花，融融泄泄，樂可知矣。

　　沈采石女史，嘉興人，歸閩中曾茂才頤石，茂才幕江南，寄帑吳下。採石賣詩畫自給，所作詩名《畫理齋集》，錢塘陳雲伯大令爲之序，推許備至。潘三松老人題其卷。

　　無名氏《詩話》云：顧影憐女士，一字媚香，江蘇吳縣人。爲予姑王太淑人第一得以女弟子。

　　常熟張宛鄰四女，皆工詩詞。孟緹女史功力尤至，著有《淡菊軒集》。其女孫宛之夫人得其傳，爲小沅中丞繼配。有閨中唱和合刻辭稿曰《沅蘭詞》。嘗繪《退食聯吟圖》，一時傳爲佳話。〔註112〕

這樣的例子舉不勝舉，就連輯錄《清代閨閣詩人徵略》的閨秀作家施淑儀亦是伉儷唱和且與其女弟子等共同結詩社的典型。在同邑人陳崇謹爲其《徵略》所作「傳」中寫道：「伉儷卓犖，泄融唱和，眾歆羨之，以爲當世所稀覯也。

〔註112〕以上文獻分別出自《清代閨閣詩人徵略》，第 1860、1864、1959、1995、1055、1053、1219、1272、2169 頁。

弟子僅數百人，而夫人誘誨循循，諸生翕然在校。每遇會集，摳衣登壇，從容陳說，娓娓沁人。」〔註113〕再如輯錄《香奩詩話》的詩人金燕亦爲南社成員〔註114〕。

　　社交型閨秀結社，既根植於一般閨秀文化活動與結社的環境，又超越於閨秀的個體創作而具有復合性意義，這裡，我們試從以下六個方面論述；

　　第一，閨秀社會化的標誌。社交型閨秀結社大大超越了女性，尤其是閨秀固有的交遊網，使其從家族向社會拓展，是女性社會化身份的重要表徵，更是清代乾嘉時期婦學思想發展的一個重要信號；

　　第二，社交型閨秀結社的主題與主要活動仍然以詩文唱和爲主。一方面，主題的多樣，題材的豐富足以說明此期閨秀生活範圍進一步擴大的同時，其詩學思想、人生理念、性別意識也在進一步拓展。另一方面，從詩學旨趣與風格上講，清代參與結社唱和的才媛更傾向於對具有「林下清風」而脫盡脂粉氣詩作的欣賞，對以袁枚爲中心，講究抒其性情，重眞、尚性、率情的「性靈詩說」表示出極濃鬱的興趣。這種濃鬱的興趣也使得才媛們在創作中能融入親身的感受，對生命的體驗，對人格的昇華，使詩在「眞」字上投射出文士少有的光芒。應該看到的是，閨秀們的這種詩學旨趣，與文士們的倡導有關，招收閨秀爲女弟子的文人多持此見，江浙一帶極爲普遍。比如李蒓客、祥符周季貺兩先生之論詩曰：「爲詩非自朱明作家而上溯《三百篇》，手摹而心追之，不能盡詩之變；又非自諸經諸史，旁及雜家百氏口誦而心維之，不足應詩之求。」〔註115〕據王蘊章《燃脂餘韻》載：「其女弟子最服膺兩先生此語。」〔註116〕總而言之清代蘇州閨秀社集之作從題材到風格都呈現出多元化的特徵。正如清代長洲縣令、公安三袁詩學思想的傳播者江盈科在《閨秀詩評》中所論數語，正道出清代乾嘉時期閨秀詩學創獲的典型特徵：

　　　　心中不樂事，徐以一語自解，其妙入神，歸於無怨。

　　　　詩蒼老古拙，如孔明廟柏，柯石根銅。

　　　　質而不俚，眞率而多思。

　　　　一句一字，皆眞切，與蹈襲者迥別。

〔註113〕　（清）施淑儀《清代閨閣詩人徵略》，南京：鳳凰出版社2010年，第2181頁。
〔註114〕　（清）金燕《香奩詩話》，南京：鳳凰出版社2010年，第2219頁。
〔註115〕　（清）王蘊章《燃脂餘韻》卷二，南京：鳳凰出版社2010年，第750頁。
〔註116〕　（清）王蘊章《燃脂餘韻》卷二，南京：鳳凰出版社2010年，第751頁。

風騷可喜，時有幽致。

清貞之意，因物觸發，足令觀者起敬。

貞心勁節，溢於言表。

清淺而古，人不易及。

古意、古調、古句，兼擅其長，絕技。〔註117〕

這裡不妨以著名的「清溪吟社」（吳中十子吟社）爲例，十子的創作豐沛沉鬱。從現存其酬唱的作品來看，既有對孤愁的吟歎，比如張滋蘭《秋後懷心田夫子》：「寒雁聲疑斷，虛窗夜不眠。思君在高閣，清夜撫冰弦。」〔註118〕也有在參禪中獲得的關於虛靜的哲思，如張滋蘭《秋夜懷寂居禪友》：「樓空秋思迥，憑眺獨蕭森。月境開靈覺，霜鐘警道心。可憐黃葉落，無奈白雲深。想得安禪處，天花正滿林。」〔註119〕更有對人生愁苦、寸心郁郁的禪宗觀照，如江碧岑《青藜閣詩鈔》序所云：「生世不諧，癡頑彌甚。窮年痼疾，匿影於寒衾；終日坐愁，藏身乎針孔。孰云酒可忘憂，不信犀能蠲忿。中懷悲愴，莫敢告人；滿腹牢騷，誰堪共語？寸心郁郁，何能容萬斛之愁；弱骨蕭蕭，焉可罹百千之病？」〔註120〕這樣的「牢騷」與「萬斛之愁」，原是無處訴說，也無法訴說的；這樣的「道心」與「安禪」，原也是內心獨白，而今都借助於「詩」承載著，延伸著，交流著，是文學的新生，也是才媛的心聲！相應的是，對以學理入詩、追求神韻、風格清空的「格調詩說」與「神韻詩說」卻並無興趣。這裡以王士禛爲例說明。王士禛在康熙朝繼錢謙益之後而主盟文壇，其提倡風雅眞極一時之盛，但是實際上閨秀們又是如何對待的呢？《燃脂餘韻》中記載了此事：

清初王漁洋爲揚州推官，提倡風雅，極一時之盛。後盧雅雨爲兩淮監運使，在平山堂筱園築三賢祠，以祠歐、蘇兩文忠，配以漁洋。四方遊客，每來謁祠，輒有議論，以漁洋尚不稱與歐、蘇同祀也。後又有移三賢祠於桃花庵，而一汀州伊墨卿太守附入爲四賢者。嘉慶己卯六月，有蓮因女史過祠下題壁云：「誰人於此祀三賢？風雅騷壇有後先。堪笑揚州花月地，不知水部與樊川。」〔註121〕

在王士禛極盛一時之時尚且如此，不僅文士、遊客們不能接受將漁洋與歐、

〔註117〕（清）江盈科《閨秀詩評》南京：鳳凰出版社2010年，第2322～2337頁。
〔註118〕（清）王蘊章《燃脂餘韻》卷二，南京：鳳凰出版社2010年，第676頁。
〔註119〕（清）王蘊章《燃脂餘韻》卷二，南京：鳳凰出版社2010年，第676頁。
〔註120〕（清）王蘊章《燃脂餘韻》卷二，南京：鳳凰出版社2010年，第677頁。
〔註121〕（清）王蘊章《燃脂餘韻》卷二，南京：鳳凰出版社2010年，第698頁。

蘇共奉一祠，連閨秀也表示了反對的意見，蓮因女史「風雅騷壇有後先」還是道出了文人們心中對文壇自有的定義。與此同時，我們也應看到康熙朝尚且如此，乾嘉時期閨媛的態度就有過之而無不及。實際上王士禎也曾結詩社，名曰「秋柳社」，廣陵李季嫻、王璐卿和曾有和作，其《秋柳》詩也和者甚眾，但畢竟曇花一現。

第三，此類閨秀結社往往有唱和集刊刻付梓，其結社成果也塡補了文學史上女性話語缺失的空白。乾嘉時期蘇州閨秀作品多得到文人的首肯，社交型結社即成爲文字輸出的有力助動。而閨秀結社在當代被有限接受，實又多出於其不受約束的性情、超脫清規的精神、創作的發於自性與情感的沉鬱靈動等等。比如嘉興的文人吳澹川先生就曾於其《南野堂筆記》中給予蘇州閨秀文學創作極高的評價。其曰：

> 閨閣詩之可傳誦者有三：曰幽致，曰怊悵，曰巧思。幽致者，如吳縣女子吳貞閨《春暮》云：「楊花三月暮，春水綠萍多。」太倉王相國之裔孫女功史《山居》云：「爲愛好山聊駐足，偶依高樹便成家。」常熟瞿孝廉雲谷之婦陳寶月《秋興》云：「老樹在門常掃葉，老山當户故低牆。」怊悵者，如崑山徐司寇女孫有《春歸》句云：「鶯聲不住啼殘照，催得春歸又一年。」吳江沈纖阿《姑蘇柳枝》云：「贏得遊人多少恨，最繁華處最無聊。」有巧思者，如崑山金佩芳《自遣》云：「花開花落尋常事，未解愁從何處來。」又女子詩尤超雋者，如吳門張佚第五女凌仙《七夕》句云：「人間一別成千古，莫怨仙家隔遂期。」〔註122〕

嘉興文士吳澹川《南野堂筆記》對閨閣詩中可傳誦的佳作特徵實際上作了四方面的定位：幽致、怊悵、巧思、超雋。而蘇州閨秀均名列其中，幽致者有吳縣女子吳貞閨；怊悵者有崑山女子徐司寇女孫；巧思者有崑山閨秀金佩芳；超雋者有吳門張佚第五女凌仙。那麼，吳澹川此四方面評價究竟處於何種考慮或詩學觀念呢？要弄清初這一問題，必須研究吳澹川的基本詩學理念。據清人梁紹壬所撰《兩般秋雨盦隨筆》記載，吳澹川的詩學宗尚與興趣乃在性靈一路：「攜李吳澹川文溥，著有《南雅堂集》詩宗正始之音，五古以沖淡制勝，七古以健挺見長，皆靈性灑落之作。」〔註123〕吳澹川所作類似《西湖楊柳

〔註122〕 （清）雷瑨、雷瑊《閨秀詩話》卷三，上海：掃葉山房 1928 年，第 102 頁。
〔註123〕 （清）梁紹壬《兩般秋雨盦隨筆》上海：上海古籍出版社 1982 年，第 94 頁。

詞》：「留人小駐惹人憐，傷別傷春不計年。只管自家枝上綠，那禁吹到鬢絲邊。」
皆頗具風神，將正始七賢林下清風之曠達與灑脫融彙於字裏行間的沉鬱幽思，
透露出一種清雋、感傷而獨具風格的詩骨。乾嘉時期蘇州閨秀因特殊的地緣文
化與時代因緣，將她們本就善感的氣質在詩文創作中蛻變出凌駕於世事愁緒之
上的一絲清韻。再如張婉儀在序蘇州閨秀文蘅所作《綺香閣詩詞鈔》時，也對
其特殊的「詩格」示以讚美：「夫人紅豆銀缸，泥夫婿而聯句；白蘭璿閨，課兒
女以小詩。反斯編，厥有四美：一曰眞摯，二曰高逸，三曰靈秀，四曰幽潔。
觀此可見夫人之詩格」〔註124〕。張婉儀所言四美與吳瀸川先生所言四風，實皆
言中蘇州才媛詩歌的品格與特質，這也正是性靈詩說的根基。

　　第四，能較多地參與交遊，一定程度上擺脫家庭困擾與束縛的閨秀，多
具備一些共同的特點，世家出身，爲其涵養打下不可或缺的文化基礎；隨夫
仕宦或以夫業爲宗，爲其交遊社集鋪開一個嶄新的關係網絡與意識層面，使
異地交遊成爲可能；而轉益多師、富於才學的品質與沉鬱敦厚而又清雋奇絕
富於「性靈」之情也是其彼此吸引，賦詩結社的共性與必要前提。僑居蘇州
的安徽閨秀曹墨琴即是典型之一，若非長洲文士王芑孫詩書名聲所至及仕宦
交遊的鋪墊，曹氏恐怕也不會有如此廣闊的社交空間，所交遊者既有令尹、
觀察、侍御，更有刑部、將軍；而像其《問詩樓合刻後序》中所提到的，睿
太福晉、習幽、雪樓、梅軒四女史之詩合刻行世，囑其題序一事，可知睿太
福晉與其餘三女史之間爲師友關係：「或以授經，或嘗同硯」，而太福晉與曹
貞秀之間亦有著亦師亦友的唱和聯吟：「年來復承垂訪之殷，拜瞻玉度，屢頌
新篇。」而交遊的精神基礎仍在一個「性靈所發，終溫且惠」的尺度上！

　　第五，由於此類結社中閨秀身份的社會化與文化化，多由家庭走向社會，
有一個漸進的酬唱活動發展過程，因此，這部份閨秀的文學與文化思想一方
面難免存在與文士思想趨同的成分，而另一方面，代言，也是她們順利走出
閨閣進行結社活動的一個重要內在支撐。文士借助女性之筆自抒性情，並使
此部份詩文的傳播成爲公眾話語，也是社交型閨秀結社詩文生命力的所在之
一。也正因爲如此，我們不能不關注到，閨秀，實際上並非以獨立的性別身
份在進行著超越傳統的突破性寫作，她們的意識、立場、價值賦予、情志定
位，已經儼然成爲幾代人之間、文士之間以及社會角色轉換之間不可獲取的

〔註124〕（清）雷瑨、雷瑊《閨秀詩話》卷十四，上海：掃葉山房1928年，第452
　　　　頁。

中轉站，她們以其細膩的感受、獨特的視野、敏銳的筆觸所書寫的，實質上正是整個時代與地域印記的真實投影，也成爲後期人們研究當代人文心理的一個重要憑藉。

第六，詩論的產生。在社交型閨秀結社文學交遊活動中，才媛多來自不同的文化家族，在詩文唱和中往往較易產生對詩歌學問題的論爭，同時也在商榷與實踐中不斷地彼此彙融，形成既有時代氣息，也有個性特色，更有詩社包容性的詩學論爭，從而在一定程度上改變了中國古代文學文論僅有男性文士言說的單一局面，從性別視角上豐富了詩學論題。如同爲隨園詩社成員的昭文閨秀席佩蘭與常熟閨秀屈秉筠就彼此常以及書信方式論詩，清人施淑儀《清代閨閣詩人徵略》卷六記載了此事：

> 席道華爲詩友，嘗遺書論詩，其略曰：詩之道，以不著議論，自抒情感爲工。顧言情必先練識，練識必先立志。罷落世事，抗心羲皇，濯魄咸池，晞髮銀潢，詩人之志也。無其志而仿竊，明貞禾黍，表潔白華，優冠學敎，隨形剪範，嚼徵含商，無理取嘩而已。僞體別裁，麼弦獨唱，振衣霞表，安目頂上，詩人之識也。無其識而撏扯，潛剝江爲，生吞賈島，冢狗雜陳，紫鳳顛倒，騁博驚華，愚若燕寶而已。吐棄塵牙芽，發露天根，碧雲獨往，素春無痕。詩人之性也。無其根而叫囂，號哀雨雪，誓心皦日，丹粉失和，金玉違節，或哭或歌，譬之狂笑而已。〔註125〕

作爲性靈說師承者的席佩蘭，詩學思想與袁枚一脈相承。作詩宗旨以「自抒情感」爲尚，爲達到這一標準，要求將「情」、「識」、「志」三者結合，同時將莫需有的譁眾取寵、僞裁別體、濫用典故統統絕去，唯「狂笑」而已。席佩蘭如此氣節全然非一般閨秀士女可及，其論詩之高旨也絕非普通讀詩書者所悟，無怪袁隨園稱之「詩冠本朝」！那麼，席佩蘭對歷史上哪位詩人最爲推崇呢？據其自言：「少陵如大海回瀾，魚龍博戲，不敢學。太白如朱霞天平，絕人梯接，不能學。乃所願則在玉溪」〔註126〕玉溪，乃晚唐詩人李商隱，字義山，號玉谿生。一方面，詩人李商隱處於變動的時局之中，詩風多隱幽晦澀，形成

〔註125〕（清）施淑儀《清代閨閣詩人徵略》卷六，南京：鳳凰出版社 2010 年，第1944 頁。

〔註126〕（清）施淑儀《清代閨閣詩人徵略》卷六，南京：鳳凰出版社 2010 年，第1944 頁。

淒絕朦朧、纏綿悱惻之美，尤其是其無題組詩留給世人無盡的幻想與猜測。而另一方面李商隱詩多愛情主題，且風格濃麗賦予奇思異想，亦爲後代詩人所喜愛。這兩面似乎都與清代亦處於文化變革之中的詩人帶來無窮的養分，更爲多愁善感的閨秀所傾心。然而，席佩蘭的這一論斷卻遭到了屈秉筠的反對，其理由是「碧城銀河，思涉幽玄。楚宮聖女，詞流詭秘。璇閣貞靜，焉取乎爾？」〔註127〕屈秉筠以女性柔順靜婉、貞靜賢淑的立世之本爲依據駁斥並質疑了席佩蘭的論斷，認爲女性若以李商隱詩風爲尙，不符合立身處世的基本標準。顯然，這場論爭一開始就涉及文學與非文學的分水嶺問題，席佩蘭所言，純然從文學風格的角度出發，而屈秉筠的質疑參雜了性別身份的考慮與內則教條的束縛，已經超越了文學的範疇。對此，席佩蘭自有一番據理論爭，其言曰：

> 義山以跅馳之才，流浪書記，洊受排笮。其志隱，故其詞曲，《無題》諸什，括東方之隱謎，爲秦客之廋辭，婉而多諷，風人之遺也。至於甘露之變，忠憤塡臆，冤廚之徇，悲下殿之走，託言石勒，自比賈生。斯則《離騷》之變聲，《小雅》之寄位矣。奈何以無稽嗤謫，躋其詞於香奩之亞乎？〔註128〕

乍看之下，席氏的反駁讓這場論爭更像一番舌戰。她非常清晰地爲李商隱詩之「隱晦」作正名，以對屈秉筠提出的「璇閣貞靜，焉取乎爾？」示以駁斥。其理由十分充分，一則，李義山懷才不遇，無路請纓，「洊受排笮」，故而「其辭隱，其詞曲」，內心感傷不願直訴。二則，「婉而多諷，風人之遺」，勸百諷一，含蓄敦厚，爲《詩經》以來的詩教的傳統，詩學精神的根基，南朝劉勰《文心雕龍·隱秀》篇中亦有：「隱也者，文外之重旨者也；秀也者，篇中之獨拔者也。隱以復義爲工，秀以卓絕爲巧。斯乃舊章之懿績，才情之嘉會也。」〔註129〕西晉文學家陸機也曾道，隱秀乃一篇之警策等等。都十分強調詩文隱晦雋秀的內在工夫與幽冷挺拔的文章之趣。三則，「甘露之變」，政治動蕩，士大夫李商隱「忠憤塡臆」理在情中，而詩文之中卻怨而不怒哀而不傷，實有「騷雅」之風。以上三方面都足證李義山詩之偕隱的合理性與藝術的典型性。似乎有力地駁倒了屈秉君臨思想的狹隘。然而事實的眞相併非如表象這

〔註127〕（清）施淑儀《清代閨閣詩人徵略》卷六，南京：鳳凰出版社2010年，第1944頁。

〔註128〕（清）施淑儀《清代閨閣詩人徵略》卷六，南京：鳳凰出版社2010年，第1945頁。

〔註129〕（南朝梁）劉勰《文心雕龍》，上海：上海古籍出版社2010年，第81頁。

樣簡單易曉，上文已經提及，在席佩蘭《長眞閣集》中，唱和最多的詩家正是常熟閨秀屈秉筠，二人又同受業於隨園，且同爲「十二蕊宮花史」中名媛，怎會在詩學觀念上發生如此根本的分歧？從席、屈二人的論爭看，質疑的少，闡釋的多，於是讓人聯想到，聰明的蘇州閨秀，爭論是假，立論是眞。此還其一，其二，研究中也清楚地看到，即使拜文士爲師，閨秀們也並非沒有自己的立場與詩學觀念，恰恰是在「性靈論」的基礎上又結合自身創作的實踐提出新的見解，她們的思想是相對自由的，她們的才學也不能不是博雅的。

在蘇州閨秀中，類似的詩論不勝枚舉，再如袁枚「閨中三大知己」江蘇元和閨秀嚴蕊珠，在當袁枚之面流利地背誦完《于忠肅廟碑》千餘言之後，不僅歷數其用典出處，且將袁枚詩學旨趣中之「化典」一翼全盤和出，其云：「人但知先生之四六用典，而不知先生之詩用典乎？先生之詩，專主性靈，用運化成語，驅使百家，人習而不察。譬如鹽在水中，食者但知鹽味，不見有鹽也。然非讀破萬卷，且細心者，不能指其出處。」〔註130〕竟亦能說出「化典」之妙來。又如陳文述子婦汪允莊常與吳中閨秀詩歌唱和，亦在碧城詩社中，其有專論詩之「清眞」的文字，施淑儀《清代閨閣詩人徵略》有所記載，茲錄如下：

> 嘗謂詩不可不清，而尤不可不眞。清者，詩之神也。王、孟、
> 韋、柳如幽泉曲澗，飛瀑寒潭，其神清矣；李、杜、韓、蘇如長江
> 大河，魚龍百變，其神亦未嘗不清也。若神不能清，徒事抹月批風，
> 枯淡閒寂，則假王、孟而已。眞者，詩之骨也。詩以詞爲膚，以意
> 爲骨。康樂跰馳，故其詩豪邁；元亮高逸，故其詩沖淡；少陵崎嶇
> 戎馬，故其詩沉鬱；青蓮嚮慕仙靈，故其詩超曠。後人讀之，想見
> 其人性情出處，所以爲眞。詩若乃生休明之世而無病呻吟，出衡泌
> 之間而恣談國是，則僞少陵而已。〔註131〕

汪允莊爲頤道夫子陳文述子婦，在詩學旨趣上與陳氏有相通之處，而陳文述對袁枚性靈詩論亦多認同。汪氏此段論詩之言是針對其所編選《明三十家詩選》的標準而發，旨在「無悖於『清眞』二字」〔註132〕清代蘇州才媛結社作

〔註130〕（清）施淑儀《清代閨閣詩人徵略》卷六，南京：鳳凰出版社 2010 年，第
　　　　　1945～1946 頁。
〔註131〕（清）施淑儀《清代閨閣詩人徵略》卷六，南京：鳳凰出版社 2010 年，第
　　　　　1945～1946 頁。
〔註132〕（清）施淑儀《清代閨閣詩人徵略》卷六，南京：鳳凰出版社 2010 年，第
　　　　　1947 頁。

詩亦多著眼其性情，率性自然成爲作詩之本，洗練天成成爲作詩之趣，這一方面的確符合了女性文學創作的特質，同時，其受性靈詩思之影響也極鮮明，而清代毗陵詩派重「情」之言論也不能不對閨秀講究「性情出處」的取向創作產生影響。比如畢沅之友，毗陵派詩人洪亮吉（亦支持閨秀創作）在《北江詩話》卷二中曾言：「其情之纏綿悱惻，令人可以生，可以死，可以哀，可以樂，則《三百篇》及《離騷》等皆無不然。『河梁』、『桐樹』之於友朋，秦嘉，荀粲之於夫婦，其用情雖不同，而情之至者一也。」〔註133〕最後，關於蘇州昭文閨秀席佩蘭、長洲閨秀金逸、元和閨秀嚴蕊珠、震澤閨秀吳瓊仙、常熟閨秀屈秉筠、常熟閨秀歸懋儀之間的典型結社，我們將放在拜師型結社主題下，「交叉結社的典型」一節進行論述。

〔註133〕（清）施淑儀《清代閨閣詩人徵略》卷六，南京：鳳凰出版社 2010 年，第 1947 頁。